GEORGES ET SA FAMILLE

Yc

Nice — Typographie V.-Eugène GAUTHIER et Ce,
Descente de la Caserne, 1.

GEORGES

ET

SA FAMILLE

Par l'Auteur

DE CLARA

(SOUVENIRS)

LIBRAIRIES

SANDOZ ET FISCHBACHER

33, rue de Seine, et 33, rue des Saints-Pères

PARIS

Eugène FLEURDELYS | Fortuné ROBAUDY
5, avenue de la Gare | 3, rue d'Antibes
NICE | CANNES

MDCCCLXXII

INTRODUCTION

Maurice Frantz, né en 1784, était encore enfant lors des plus violentes crises de la Révolution. De fort bonne heure, il avait pris un très-vif intérêt aux événements considérables et aux brûlantes questions dont il entendait sans cesse parler chez ses parents.

Il n'y avait de tranquillité pour personne dans ces temps de troubles politiques et de guerres continuelles. L'amour de la patrie, surexcité par les périls extrêmes auxquels la France était livrée de tous côtés, lui avait donné d'intrépides défenseurs et de brillants conquérants. La gloire absorbait pour son service toutes les ressources du pays et l'impôt du sang était levé sans pitié.

Bien que Maurice fût fils unique, il dut, comme les autres, répondre à l'appel qui se faisait entendre dans les retraites les plus lointaines. A peine venait-il d'atteindre sa dix-huitième année, qu'il reçut l'ordre de rejoindre les autres recrues de son canton pour être dirigé sur la frontière où stationnait une des armées de la République.

Le jeune Frantz, quoique bon et tendre fils, répondit à cette sommation sans crainte et presque sans regrets. On ne parlait alors que de la bravoure et de la gloire militaires. L'esprit était monté à ce diapason-là, et la jeunesse française désirait généralement prendre part à ce grand mouvement belliqueux qui flattait sa vaillance naturelle et donnait essor aux rêves de son imagination aventureuse. C'était le temps des choses extraordinaires, celui de l'espérance et de l'inattendu ; rien ne gênait l'indépendance des idées, ni le développement des fortes individualités. Tant de chaînes s'étaient brisées, tant de préjugés enracinés avaient perdu leur empire, que, malgré les excès déplorables commis au nom de la République, les soldats citoyens croyaient encore défendre tous les genres de liberté en gardant les frontières de la patrie, ou en lui conquérant de nouvelles provinces.

Maurice partageait cet enthousiasme ; son inexpérience du monde, la vie retirée qu'il avait toujours menée et ses généreuses aspirations lui cachaient les périls de la carrière qui s'ouvrait à lui ; mais ils apparaissaient avec toutes leurs menaces aux malheureux parents du jeune conscrit, qui se trouvaient soudainement privés de leur fils unique et de l'espoir de leur avenir. Ils surent, cependant, retenir l'expression de leur profonde douleur, afin de ne pas diminuer le courage dont Maurice avait

besoin, se bornant à le mettre en garde, par
leurs avertissements et leurs conseils, contre les
piéges qu'il allait trouver sur ce nouveau chemin
et au milieu de ses frères d'armes. Dès son enfance,
Maurice avait appris où il devait chercher la force
pour résister aux tentations qui se rencontrent
dans toutes les situations, et qui surgissent souvent de notre propre cœur ; aussi, malgré sa jeunesse, il comprenait qu'il avait besoin d'être constamment gardé par Dieu même.

Une orpheline, nièce de Mme Frantz, et adoptée
par elle dès son bas âge, était élevée à la Prairie
comme une sœur de Maurice. Depuis quelques
mois déjà, il éprouvait pour elle une affection plus
exclusive et plus tendre que celle d'un frère, et,
au moment de la quitter pour longtemps, il ex-
prima le vœu ardent de lui être fiancé. Plein
d'espoir dans un heureux retour, il ne craignait
point ce qu'un avenir inconnu lui réservait ; tous
ses rêves étaient dorés ; il y avait dans son
cœur inexpérimenté comme une impossibilité de
réaliser de sombres prévisions. Ses parents, tout
en ne partageant pas cette confiance juvénile,
crurent, cependant, devoir lui accorder une demande si conforme à leur vœu secret ; et Marie
donna joyeusement son consentement à ce lointain
projet, qui, dès sa quinzième année, fixait son sort
pour toujours.

Les adieux se firent dans les larmes; ce fut avec une vive peine que Maurice se laissa emmener par ses compagnons de route; cependant, le courage lui revint bientôt, et il se tourna avec élan vers la nouvelle existence qui allait commencer pour lui. Il s'en était fait à l'avance un tableau trop séduisant pour n'avoir pas à décompter beaucoup; il dut passer par de dures expériences, mais l'amour de son pays, la nouveauté des lieux et des choses qu'il voyait, l'activité de son service, et la bonne humeur dont ses camarades lui donnaient l'exemple, l'aidèrent à surmonter toutes ces difficultés. Il ne put, néanmoins, échapper à de navrantes déceptions, et eut à soutenir de rudes assauts dans la vie tumultueuse des camps. Quel contraste entre les principes qu'il avait reçus et les propos licencieux qui se tenaient en sa présence! Combien il avait besoin de se retirer dans le silence de son cœur et d'y chercher des souvenirs et des forces qui le rendissent capable de poursuivre, malgré tout, la ligne de conduite qu'il s'était tracée! Sans doute, la vie militaire, si active dans ces temps valeureux, et les sacrifices imposés aux soldats par la patrie appauvrie, l'exercèrent à déployer autant d'énergie que de patience; mais l'enivrement de la victoire amenait d'autres difficultés à vaincre, et la vigilance lui était aussi nécessaire alors que dans les revers et les combats. En résumé, cette existence fatigante, tourmentée, lui fut salutaire, et les six années qu'il passa sous les drapeaux, mûrirent son jugement et donnèrent à son caractère, naturellement doux, une singulière force d'initiative. Ses lettres étaient fréquentes et marquaient les progrès qui se produisaient dans son intelligence et dans tous ses sentiments.

Le terme de cette longue absence arriva enfin, sans que les craintes qui avaient agité ses tendres parents se fussent réalisées. Maurice avait fait la guerre en Allemagne et en Italie, il s'était trouvé à de sanglantes batailles ; tous les périls auxquels exposent les fatigues, les privations et les maladies contagieuses l'avaient menacé sans l'atteindre jamais, et ces diverses expériences lui avaient été profitables.

La nouvelle de son prochain retour vint soudainement réveiller la capacité de bonheur qui semblait comme paralysée depuis longtemps dans le cœur de ses parents ; en un instant, tout fut transformé pour eux, et les angoisses d'un passé si douloureux s'évanouirent comme un songe devant cette joyeuse perspective. En revoyant Maurice, ils eurent autant de surprise que de joie : ce n'était plus le jeune homme imberbe du départ, ignorant de la vie, mais un militaire à la tenue martiale, au teint bruni, à l'œil vif et dont le beau visage exprimait autant de force d'âme que de bonté.

Pressé de déposer ses épaulettes de lieutenant, pour reprendre la vie des champs et les habitudes sédentaires, Maurice était au comble du bonheur en retrouvant dans sa chère ferme tous les trésors d'affection qu'il y avait laissés. Mais une grande amertume se mêlait à ses pures et profondes joies, car si tout était facile et doux aux Frantz, ils ne pouvaient oublier que plusieurs familles des environs se trouvaient plongées dans des deuils plus ou moins récents ; la guerre avait été meurtrière pour les jeunes gens de la localité partis dans le même temps que Maurice ; quelques-uns seulement étaient rentrés dans leurs foyers, et le contraste que présentait le retour de ceux-ci avec la désolation causée par la fin prématurée des autres, était trop grand pour ne pas être vivement senti et déploré. Mme Frantz, qui ne se lassait pas de contempler le fils rendu à son amour, passait de la gratitude émue et joyeuse, dont elle était pénétrée, à une tendre compassion pour les mères dont la grande douleur lui était connue.

On ne tarda pas à préparer le grand événement. Les noces des jeunes fiancés furent célébrées, mais un très-petit nombre d'amis y assistèrent ; car les Frantz évitaient toute démonstration pouvant éveiller l'attention sur un bonheur qui tranchait avec tant d'afflictions.

La situation politique de la France était glorieuse, mais agitée. Les événements publics qui se succédaient rapidement suscitaient sans cesse de nouvelles inquiétudes. Les conquêtes ne s'accomplissant qu'au prix des plus cruels sacrifices, c'était un temps d'angoisse pour toutes les mères, et le grand capitaine, qui semblait attacher la victoire à son char, rêvait toujours de nouveaux triomphes pour augmenter sa puissance.

M. Frantz déplorait l'ardeur ambitieuse qui portait au dehors toutes les forces vives de la France et les y consumait. Il était aussi consterné de voir que la liberté, pour laquelle la Révolution avait été faite, se trouvait de nouveau enchaînée par une autorité despotique, et que la grandeur morale qui avait jeté une si vive lumière semblait éclipsée par la gloire militaire.

La domination qui se faisait sentir dans tous les rouages de la vie civile avait respecté le domaine spirituel; mais celui-ci fut envahi à son tour. Le premier consul s'était décidé par des considérations qui rentraient dans son système général à prendre sous sa protection la religion. Il la fit donc sortir de sa retraite, lui restitua ses temples, l'entoura de terrestres honneurs, et en salariant son clergé, le mit au rang des fonctionnaires de l'Etat.

Les gens irréfléchis, ceux qui ne regardent

qu'aux apparences, et qui, étant étrangers à la piété, ignorent ce qui fait sa force, applaudirent cette réinstallation officielle et pompeuse du culte public et se répandirent en louanges et en actions de grâces envers l'auteur du concordat.

Cependant, les hommes intelligents en pareille matière, jugèrent la chose tout autrement. M. Frantz ne fut pas seul à s'affliger de l'alliance malheureuse qui avait été conclue. La connaissance qu'il avait de l'Evangile et de son divin mode d'action, lui fit de suite discerner la gravité de ce compromis ; il en prévit les funestes conséquences pour le pays tout entier, et pour les individus en particulier. Nous avons eu le temps et l'occasion de reconnaître la justesse de cette appréciation en constatant, par les effets qu'il a produit, que ce sytème a puissamment contribué à amoindrir en France l'autorité et l'influence directe du pur christianisme, en même temps qu'il a affaibli l'énergie de la conscience et le sentiment de la responsabilité personnelle.

II

LE DÉVOUEMENT

Rien ne manquait à la félicité des habitants de la Prairie. Un seul sentiment venait parfois troubler M. Frantz : c'était la crainte de ne pas mettre suffisamment à profit la liberté d'esprit et d'action que lui donnait les heureuses circonstances dans lesquelles se trouvait sa famille ; aussi ne négligeait-il aucune occasion d'exhorter ses enfants à se rendre utiles aux autres, leur rappelant que les indifférents et les ingrats peuvent seuls oublier cette obligation.

A voir la société et l'esprit qui y règne, on dirait qu'elle ignore que la solidarité humaine est une loi fondamentale de la nature. Un peu d'observation démontre, cependant, qu'on ne brave pas en vain ce principe sacré. Si une conscience endormie par la paresse et l'égoïsme parvient à se soustraire au devoir d'aimer et de servir autrui, le pauvre cœur qui s'est blotti dans l'indifférence ne tarde pas à porter la peine de ce manque de bonté et de dévouement. Un trouble secret, un vide indéfinissable et enfin le terrible marasme de l'ennui s'emparent de lui. Les forces physiques et morales qui devaient concourir à l'utilité commune se trouvant sans emploi ou sans application profitable, deviennent une cause de tourment et même de désordre ; l'équilibre intérieur une fois compromis, la santé s'en ressent d'une manière ou d'une autre. Il est donc indispensable, pour être véritablement et normalement heureux, de savoir aimer le prochain avec désintéressement, et l'on peut affirmer

que c'est par l'effet d'une erreur de l'intelligence
aussi bien que du cœur qu'on se livre à l'égoïsme
sciemment.

A la Prairie, tout prospérait. Marie avait donné
à son cher Maurice un beau petit garçon, qui faisait la joie de toute la maisonnée. Les années
qui suivirent amenèrent de nouvelles naissances
et de nouveaux sujets de gratitude. Les bons parents s'enthousiasmaient, comme c'est la coutume
des grand'pères et grand'mères, de l'intelligence
et des grâces de leurs petits enfants ; ils étaient
portés à les croire doués de facultés remarquables,
par cela seul qu'ils avaient du loisir pour observer
l'admirable développement qui s'opère pendant les
premières années de l'enfance, tant il est vrai
que la maturité des sentiments rend plus capable d'analyser et d'apprécier toutes choses.

Dans cette excellente famille, les plaisirs venaient du cœur, la vanité y était inconnue, les
tranquilles délices de la vie champêtre, les admi-
rations et les ravissements que cause le spectacle
d'une belle et pittoresque nature, le calme extérieur qui correspond à la paix de la conscience,
cette activité sans agitation, cette surabondance
de bien-être sans luxe, ces relations intimes et
confiantes qui s'alimentent de tous les incidents
journaliers et de toutes les occasions de sympathie, enfin l'émulation permanente d'avancer dans

le bien en s'y employant activement, tels étaient
les éléments dont se composait cette existence
pleine de charme et de contentement.

Que n'est-il plus connu et mieux compris ce
bonheur qui procède du rétablissement des rapports
intimes de l'âme avec son créateur par une confiance
entière en son amour rédempteur, et par une obéissance filiale à sa loi sainte! Plus nos facultés spirituelles se développent, plus aussi notre horizon
s'étend et se colore. Nous voudrions pouvoir le
révéler à ce pauvre monde aveuglé, entraîné, qui
cherche à tromper sa misère par de fausses joies,
et qui va de l'étourdissement le plus insensé à un
découragement abrutissant ou désespéré! Il importe
de reconnaître que l'incrédulité est bien moins
une erreur de l'esprit et une impossibilité de
croire qu'un *prétexte* cherché et donné par la
légéreté du cœur; elle ne persiste pas là où il y a
du sérieux et de la bonne foi; le doute, dans ce
dernier cas, est semblable au bâton à l'aide duquel
l'aveugle cherche son chemin; c'est un état transi-
toire, un sombre défilé dont le pèlerin sortira,
grâce à une lumière qui, faible d'abord, s'augmente
pour lui à mesure qu'il s'avance vers elle avec
confiance.

Nous avons vu nos amis de la Prairie dans la
pleine jouissance d'un bonheur solidement fondé.
Leur vie suivait un cours paisible et prospère. Les

années, dans leur fuite rapide, ne faisaient qu'accroître leurs joies de cœur ; car l'aimable développement des enfants en amenait chaque jour de nouvelles, et l'on pouvait signaler cette famille comme la plus favorisée de toute la contrée.

Ce fut au sein de cette heureuse situation qu'une circonstance fort grave se produisit soudainement par l'apparition d'une violente épidémie dans le village de Lagny. Elle y fit en peu de temps d'affreux ravages, s'attaquant surtout à l'enfance et à la jeunesse. On venait auprès des Frantz réclamer des secours de tous genres, car la ferme de la Prairie était réputée la maison des consolations et les affligés y étaient toujours bien accueillis. Mais cette petite vérole, compliquée de fièvre maligne, effrayait les plus courageux. Maurice et Marie, habitués dès longtemps à visiter les malades des alentours, hésitaient à se rendre au milieu de la contagion, craignant de l'apporter à leurs propres enfants. Le combat que se livrait dans leur cœur la prudence et la charité, les laissa quelques jours indécis ; mais à chaque nouvel appel qui leur était adressé, la force de résistance diminuait; d'ailleurs, plus ils examinaient ce que l'Evangile enseigne, plus ils se sentaient disposés à se donner eux-mêmes. Il se décidèrent enfin à prendre toutes les précautions indiquées, excepté celle de se tenir éloignés des malades. Le parti était sérieux, ils le sentaient et ne purent échapper à de pénibles craintes ; mais aussitôt qu'ils eurent commencé à remplir leur belle mission, ils ne pensèrent plus au danger qu'ils bravaient, et furent entièrement absorbés par les soins à donner et par les consolations à offrir aux parents le plus douloureusement affligés. Comment auraient-ils pu hésiter à continuer cette œuvre de dévouement, en voyant combien elle était utile ? Aussi ne la laissèrent-ils que lorsque le mal commença à diminuer et qu'ils ne furent plus nécessaires. Mais tandis qu'ils se réjouissaient d'avoir pu remplir ce devoir, sans avoir compromis la santé de leur propre famille, le mal cruel s'était déjà introduit chez eux, et, après quelques jours de secrète incubation, il éclata avec une force extrême chez le fils aîné, jeune garçon de quinze ans. Les jours suivants, les quatre autres enfants tombèrent aussi malade. La forte constitution des aînés sembla rendre plus intense la fièvre qui les dévorait, et, au bout d'une semaine, Anselme et ses deux sœurs avaient été ravis à leurs pauvres parents.

Au début de cette grande calamité, Maurice et Marie, éperdus, avaient été comme atterrés par le danger qui menaçait la vie de leurs enfants ; mais ils durent de suite se consacrer entièrement à eux, surmonter l'agonie intérieure, et se soumettre à l'épreuve, quelque immense qu'elle fût ; ils cherchèrent la force

qui leur manquait auprès de Dieu même, en le priant
filialement, puis se laissèrent aller au courant de la
volonté suprême, sans lui opposer la leur. Absorbés
par les soins à donner et par les consolations dont
les chers malades avaient besoin, au milieu de
leur extrême souffrance, il n'y eût de place dans
leur cœur que pour le dévouement. Dans ces
temps exceptionnels où tout semble se désorga-
niser, où l'on voit les biens les plus chers nous
échapper, où l'orage menace de tout détruire, les
proportions ordinaires des choses humaines sont
remplacées par des données nouvelles. Tout ce qui
est terrestre semble frappé de mort, et l'on ne sait
plus où placer le bonheur et le repos. Il fallait
pourtant ne pas s'abandonner à la douleur que
causait la mort d'Anselme et de ses sœurs, car les
deux très-jeunes enfants, Dorothée et Georges,
avaient échappé à la crise fatale, et demandaient
d'autant plus d'attention qu'on devait leur cacher,
pour un temps, le deuil profond de la famille.

Ce fut donc autour de ces chers enfants que se
réunirent les sollicitudes et les soins de ces malheureux parents. Il fallait à leur jeune âge des
distractions pendant les jours de la convalescence;
mais que ne fait pas une tendresse dévouée ! Et
combien ces sacrifices sont utiles à l'affligé ! N'est-
ce pas pour cela que si souvent il y a un enfant
très-malade dans les familles qui viennent d'en

perdre un autre ? Diversion de la souffrance par les
soucis du cœur, vous êtes moins pénible que la diversion qu'impose le monde à certains cœurs brisés!

Ainsi se trouva bouleversée l'heureuse vie des
habitants de la Prairie : vieux et jeunes parents
eurent à faire ensemble des expériences toutes
nouvelles ; car, pendant les seize années qui s'é-
taient écoulées sans aucun accident grave, l'habitude d'être heureux s'était prise, et ils avaient
vécu dans cette douce sécurité qu'inspire la confiance en Dieu et la reconnaissance pour de cons-
tants bienfaits.

Tout changea d'aspect pour eux après la mort
de leurs enfants ; la fragilité de l'existence humaine lui fit perdre à leurs yeux une partie de
son importance, tandis que les choses éternelles
se revêtirent d'une plus grande réalité. Ils avaient
su consoler les affligés, sauraient-ils se consoler
eux-mêmes? Ces grandes promesses qu'ils regar-
daient comme certaines quand ils en parlaient à
d'autres, n'avaient-elles plus la même puissance
depuis qu'ils étaient dans un deuil si profond ?...
Non, mille fois non : elles leur apparaissaient, au
contraire, toutes lumineuses et plus fermes que
jamais ; la vie présente avait subitement perdu
son pouvoir fascinateur, une foule de paroles de
la Sainte-Ecriture, destinées aux affligés, venaient d'elles-mêmes se présenter à leur mémoire

et s'imposer à leur cœur avec une vivante autorité et une tendre persuasion. Ils comprenaient aussi que cette affliction leur imposait de nouvelles obligations, qu'ils devraient manifester leur foi en Dieu par une soumission exempte de tout murmure. Le monde aurait les yeux fixés sur eux pour voir comment ils accepteraient une épreuve si considérable ; car il se plaît à juger de la réalité et de la valeur de la religion par la conduite de ceux qui la professent.

Pour comprendre ce qu'ils éprouvaient, il faut se souvenir des pertes qu'ils avaient faites. Au joyeux entrain de ce beau jeune homme, qui semblait devoir être le soutien et la gloire de sa famille, avait succédé le froid silence de la mort, et les deux jeunes filles, si gracieuses, si aimantes, laissaient un vide impossible à décrire. Il n'y avait plus de mouvement ni de joie dans la maison depuis que ces jeunes voix s'étaient tues pour toujours ; la vie semblait s'être retirée au fond des cœurs ; tant cette demeure, jadis si animée, était devenue silencieuse et morne.

M. Frantz, le bon et tendre grand-père, était héroïque au milieu des siens ; il n'oubliait jamais qu'il était le chef de la famille, et que la charge de soutenir et de consoler ces pauvres cœurs brisés reposait sur lui. « Souvenons-nous, disait-il à sa femme et à ses enfants, que nous avons été bien longtemps heureux, et maintenant que nous voilà descendus dans la vallée des larmes, prenons garde comment nous y marcherons ! Surtout ne soyons pas ingrats et gardons-nous de douter de l'amour de Dieu, parce qu'il n'a pas voulu nous laisser nos bien-aimés enfants ; leur départ est un gain pour eux. Saint Paul dit : « *Mon désir tend à déloger pour être avec Christ.* » Ils sont donc avec leur Sauveur. « Considérons le but qu'il s'est proposé à notre égard ; pour moi, j'ai compris que j'avais besoin d'être rappelé fortement à la contemplation des choses éternelles ; notre existence était si douce, si agréable, que j'avais perdu ce sentiment d'*étranger et de voyageur* que le chrétien doit toujours conserver ici-bas. Nos chers enfants ont été retirés de devant le mal dont ce monde abonde ; ils avaient déjà donné leur cœur à leur Sauveur, ils sont avec lui, et c'est là que nous les retrouverons. »

La manière dont cet événement s'était produit le rendait plus douloureux encore ; car il était évident que la contagion avait été apportée à la ferme par Maurice et Marie, et on pouvait les accuser d'imprudence. Les personnes qui venaient leur rendre visite laissaient plus ou moins voir que c'était l'opinion générale. Sous des formules à la fois compatissantes et admiratrices, on leur insinuait « *qu'ils étaient victimes d'un dévouement exagéré, conséquence de leur piété exaltée.* »

3

Certes, s'ils avaient envisagé les choses à ce point de vue, il y aurait eu dans leur grande infortune une source intarissable de regrets et d'immense amertume ; mais ils avaient dès longtemps d'autres convictions, car les motifs qui déterminaient leur conduite étaient puisés dans l'exemple et les commandements exprès et positifs de leur divin maître. L'étude approfondie des Saintes Ecritures les avait convaincus que les causes secondes sont les moyens visibles par lesquels Dieu manifeste sa volonté ; mais qu'elles sont impuissantes à nuire, s'il trouve bon de détruire leur effet et leur influence. Ils n'eurent recours à aucune des consolations banales que recherchent les esprits superficiels; c'était uniquement par la méditation des grandes vérités de l'Evangile qu'ils prenaient des forces et qu'ils trouvaient des armes pour combattre le découragement et l'ennui du cœur qui cherchent à s'emparer des affligés. Ils puisèrent aussi de grands soulagements dans l'intimité qui régnait entre eux ; la fusion de leurs sentiments, l'échange habituel de leurs impressions douloureuses ou de leurs espérances célestes ramenait la sérénité dans leur cœur.

Près d'une année s'était écoulée, et la bonne dame Frantz, quoique soumise et confiante, se ressentait profondément dans sa santé des souffrances auxquelles son tendre cœur avait été appelé. Il vient un âge où, chez les personnes qui n'ont ni légèreté dans le cœur, ni trivialité dans l'esprit, les peines comptent double, parce qu'elles pèsent sur un ressort qui a perdu son élasticité. On vit donc cette femme excellente s'affaiblir et dépérir insensiblement, malgré tous les soins dont elle était entourée. Elle semblait n'avoir plus que de la gratitude et de l'humilité. La dépendance à laquelle sa faiblesse la condamnait faisait encore mieux paraître « cet *esprit doux et paisible*, » recommandé aux femmes et auquel elle avait toujours aspiré. D'un caractère énergique et qui eût été volontaire, elle avait triomphé de cette disposition et était arrivée à posséder toujours son âme par la patience.

Sa famille espérait la conserver encore, mais il fallut renoncer à ce bonheur, et cette chère et vénérable mère s'éteignit sans secousse ni agonie. Sa dernière parole fut dite à voix bien basse avec son dernier soupir, et un tendre regard aux siens leur exprimant son amour jusqu'à la fin.

III

ENCORE DES LARMES

L'affection de Marie pour sa belle-mère lui avait fait discerner de suite le déclin de sa santé ;

elle y avait opposé les soins les plus attentifs et les plus dévoués et s'était appliquée à lui parler le moins possible de ses chers enfants défunts, ayant observé que tout ce qui émouvait vivement la malade épuisait ses forces.

Mme Frantz avait toujours été d'une société charmante ; son esprit enjoué, le tour original qu'une vive imagination donnait à ses idées, prêtait un singulier attrait à sa conversation ; tout prenait vie en passant par son cœur, et les moindres incidents se coloraient, lorsqu'elle en faisait le récit. Chacun se sentait heureux près de cette femme aimante et gracieuse qui s'intéressait chaleureusement à tous ceux qui venaient lui faire part de leurs peines ou de leurs plaisirs ; aussi avait-elle été jusqu'à sa fin le centre d'où rayonnaient les douces joies du foyer domestique.

Sa mort causa aux siens et à ses amis un vide proportionné à l'affection qu'elle avait inspirée, et Marie fut dès-lors de plus en plus portée à la vie silencieuse et spirituelle qui s'était développée en elle depuis la perte de ses enfants. Elle s'y livrait à son insu, car elle donnait toute son attention à ce qu'elle devait aux siens, vaquait à tout, et même prenait soin de l'agrément de chacun d'eux ; mais elle se sentait sur la limite de deux mondes, habitant spirituellement dans ce ciel où étaient ses enfants et sa belle-mère, et vivant d'amour et de

dévouement pour ceux qui lui restaient sur la
terre. Son cœur n'avait, à vrai dire, plus de demeure fixe ; il allait du visible à l'invisible, et in-
terrogeait sans cesse la Parole de Dieu, pour en
recevoir les informations certaines qu'elle seule
peut donner.

Ainsi se développait cette âme aimante, ainsi se
produisait en elle une consolation réelle, profonde
et toujours attendrie, qui ne l'isolait point des
siens, bien qu'elle lui donnât une plus grande capacité de méditation. De telles impressions ôtaient
toute amertume à son deuil, et développait en elle
un besoin croissant de s'entretenir des choses éternelles ; elle était convaincue d'avoir été enrichie
plutôt que dépouillée par ses grandes afflictions,
et ses chers absents lui semblaient comme présents.

Ces expériences appartiennent à un ordre de
choses supérieur à ce bas monde ; elles peuvent
faire l'effet de rêveries aux personnes qui n'ont
encore rien senti de pareil ; nous leur demandons
de vouloir bien s'abstenir de porter une sentence
contre elles, le temps vient pour chacun de savoir
que la surexcitation d'une imagination maladive
n'est pour rien dans de tels sentiments. Sans en ap-
peler à la mystérieuse révélation dont Pascal crut
devoir garder toujours le secret, nous pourrions
rappeler ici des faits authentiques qui sont autant
de rayons lumineux traversant notre épaisse at-

mosphère, pour nous donner quelque avant-goût
de cette vie divine à laquelle nous sommes encore
si étrangers sur la terre.

Le pauvre veuf et son fils admiraient ensemble
la sérénité et la constante prévenance dont les entourait Marie ; ils ne pouvaient se lasser de contempler l'angélique expression de son visage, mais
ils ne se doutaient nullement que la pure flamme
qui animait son regard la consumait en secret.
Elle répugnait instinctivement à répandre ses
peines au dehors, et à les leur faire porter ; elle
s'inclinait en silence sous l'épreuve avec une confiante soumission, comme la fleur qui referme sa
corolle sous les gouttes d'une pluie d'orage. Cette
sorte de douleur paisible et concentrée use davantage que celle qui s'exhale et se communique. Il
aurait fallu un cœur féminin près de Marie. Son
mari et son beau-père avaient leur propre fardeau
à porter, et par moment le trouvaient bien lourd ;
ils repoussaient énergiquement le découragement
comme étant un muet murmure, s'exhortaient mutuellement à être joyeux dans l'espérance céleste et
patients dans l'affliction, mais ne savaient pas deviner la vie contemplative de Marie ni s'y associer.

Pendant quatre années, on ne remarqua pas
d'altération sensible dans la santé de cette douce
femme ; quoiqu'elle éprouva par moment de vives
douleurs au cœur, elle ne s'en inquiétait nulle-

ment et n'en parlait pas. Un jour, cependant, une violente palpitation l'ayant saisie, elle se sentit subitement défaillir ; une oppression anxieuse lui ôta presque la faculté de respirer, et la crainte d'une mort prochaine, peut-être même subite, s'empara d'elle. S'étant un peu remise, elle s'assit dans son fauteuil, et se mit à considérer la situation dans laquelle elle se trouvait.

La probabilité de quitter ses enfants, son mari, son beau-père, qui tous avaient un si grand besoin d'elle, l'accabla. Effrayée de toutes les conséquences d'un pareil événement, surmontée par cette saisissante perspective, elle fondit en larmes et se livra à la plus amère tristesse. Une forte lutte s'engagea entre la soumission à laquelle ses convictions la portaient et ses affections les plus tendres ; elle oublia, pendant ce cruel moment, que Dieu suffit à *tout* et à *tous*, et qu'il doit occuper toujours la première place ; mais sa désolation fut courte, elle revint à la confiance qui lui était habituelle, et demanda avec ferveur à Dieu la force et la soumission qui lui devenaient nécessaires.

Une fois rassurée, elle porta ses regards sur les promesses qui, depuis longtemps, lui étaient familières, et se sentit irrésistiblement attirée par le bonheur du Ciel. Ce départ qui l'avait si fort effrayée lui apparut comme l'entrée au port et la délivrance suprême. Les plus doux pressentiments et le désir des joies parfaites et éternelles s'emparèrent de son cœur avec une divine puissance. Semblable au voyageur qui a gravi une haute montagne, et dont le regard contemple la plaine qu'il domine, Marie se sentit alors élevée au-dessous de toute lutte et de toutes souffrances morales. Ce fut dans cette heureuse disposition d'esprit que le sommeil la gagna doucement, et bientôt elle s'endormit profondément.

Lorsqu'elle s'éveilla, Maurice était devant elle, debout; immobile, il la regardait en silence; ses traits altérés et sa pâleur lui avaient révélé la gravité de son état. Il avait à l'instant compris et senti le malheur qui le menaçait, mais pour ne pas troubler le repos de la chère malade, il imposa silence aux mouvements tumultueux de son cœur et triompha de son émotion. Cette muette contemplation ressemblait à une sanglante immolation. Recueilli en lui-même, concentré dans sa douleur, il s'inclina humblement sous l'épreuve, examinant avec une inexorable sévérité l'état de son cœur, tant il est vrai que, pour les consciences délicates, l'affliction est une lumière bienfaisante. Il s'efforça ensuite de reprendre pleine possession de lui-même pour faire face aux émotions qui l'attendaient.

Marie le voyant paisible ne fut point troublée; seulement, son regard, plus profond et plus tendre encore que de coutume, ajoutait à ses paroles une

ineffable douceur. Son mari put lui répondre sans
trahir la souffrance qui le bouleversait en secret,
et dès ce moment les soins les plus assidus lui
furent donnés, mais le médecin déclara que d'un
instant à l'autre elle pouvait cesser de vivre. Plusieurs jours se passèrent sans que le danger parût
s'aggraver; pendant le temps de cette anxieuse attente, Maurice et M. Frantz ne quittaient pas Marie,
et s'appliquaient à encourager et même à réjouir sa
foi, l'accompagnant, pour ainsi dire, sur les rives
de l'éternité, avec une tendresse dont le dévouement se refusait à tout retour personnel et égoïste
sur les conséquences de ce grand événement.

Marie parlait fort peu, l'oppression comprimait
sa respiration, mais elle avait toute sa présence
d'esprit, et paraissait jouir d'une paix parfaite, in-
diquant elle-même les portions des Saintes-Ecri-
tures qu'elle désirait qu'on lui lût, et se plaisant à
écouter le chant de plusieurs de ses cantiques favoris; tout annonçait qu'elle se préparait avec confiance à son départ.

Un soir que Maurice était assis près de son lit et
se disposait à la veiller, Marie lui fit signe de s'approcher, puis posant sa main dans la sienne, elle
lui dit :

« — Cher ami, je savoure au-delà de ce que je
puis dire la douceur de cette parole : « Vous êtes
sauvés par grâce par la foi, cela ne vient pas de

vous, c'est le don de Dieu. » (*Ephésiens*, II, 8.)

A peine avait-elle prononcé ces derniers mots qu'elle pâlit, sa respiration resta suspendue... puis un léger soupir s'exhala de ses lèvres entr'ouvertes, et tout fut fini pour elle ici-bas. L'âme avait pris son vol vers ce monde invisible qui échappe à nos sens... Cette existence close pour la terre se continuait dans ces lieux célestes où la mort n'a point d'empire.

IV

LE CALME APRÈS L'ORAGE

On s'étonne à bon droit que le cœur humain puisse résister aux grandes secousses, aux soudaines catastrophes et aux déchirantes douleurs dont il est atteint en ce monde ; tous, il est vrai, ne triomphent pas des événements qui ont anéanti leurs espérances ; il est beaucoup de gens qui divisent leur vie en deux parties, l'une qui appartient à la jeunesse, aux illusions, à ce qu'ils appellent le bonheur ; l'autre qui renferme les regrets d'un temps trop vite passé et des lamentations pleines d'amertume qui les accompagnent jusqu'au tombeau. Un plus grand nombre persiste

à prendre les choses par le meilleur côté et à faire
une retraite honorable, le sourire sur les lèvres,
tout en perdant le long du chemin les appuis
auxquels elles s'étaient confiées. Ce sont des esprits légers et résolus tout ensemble; légers pour
ne rien approfondir et se maintenir à la surface des choses; résolus, en ce qu'ils s'opposent
par une invincible répugnance à recevoir de la
fragilité de la vie humaine les graves enseignements qu'elle donne à tous. Nous avons connu
plusieurs vieillards de ce caractère, qui, tout ridés
et déjà caducs, cherchaient et trouvaient encore le
côté plaisant de chaque circonstance. L'un d'eux
conserva cette gaieté anormale, malgré la perte de
sa fortune et de tous ses liens de famille. En
pliant les lettres de faire part pour la mort d'un parent, digne de tous ses regrets, il ne résista pas
au plaisir de faire un jeu de mots. Il était serviable, d'humeur égale, bon à vivre, mais incapable de recevoir de sérieuses impressions.

La compassion et la charité pratique rencontrent aussi un obstacle insurmontable chez ceux
qui redoutent de voir la vie sous ses sombres aspects. Une dame, fort débonnaire, d'ailleurs, cessa
subitement toutes ses relations avec une de ses
amies, pour échapper à la vue et au contact des
grandes afflictions et du deuil profond qui lui
étaient survenus; et, chose étrange ! cette même

personne dont l'esprit fuyait les peines véritables
de ses amis, trouvait sa principale jouissance dans
la lecture de romans excentriques, et aimait
passionnément la représentation des mélodrames
les plus tragiques.

On voit aussi beaucoup de gens qui cherchent
à se consoler de la mort de leurs proches et de
leurs plus chers amis par divers genres de distractions; le monde a tout préparé pour favoriser
une entreprise qui érige l'oubli en prudente nécessité. Ces esprits irréfléchis et insouciants passent par les plus solennelles et impressives circonstances, comme s'ils avaient hâte d'en sortir
et de recommencer une existence toute machinale
et superficielle, à peu près de la même manière
qu'un voyageur s'étudie à traverser un marais sans
s'y embourber.

Il est vrai qu'en citant ces différentes classes
d'affligés, nous n'avons pas abordé le sujet lui-
même; car toutes ces catégories, et bien d'autres
encore, appartiennent du plus au moins aux dif-
formités morales de notre pauvre humanité, et
par cela même font exception à la règle, mais ces
exceptions sont si nombreuses qu'on ne saurait
les passer sous silence.

En considérant maintenant cette question à son
point de vue normal, nous remarquons avec
beaucoup d'intérêt les moyens par lesquels les

peines s'apaisent, se modifient et se transforment;
et comment les cœurs brisés par elles reviennent au courage et au contentement, après avoir
passé par de grandes épreuves et de cruels désen-
chantements.

De tous les ressorts qui peuvent rendre à
l'affligé son énergie, il n'en est pas de plus puissant que la *Charité*; elle a des secrets admirables
et spéciaux pour réveiller les facultés du cœur;
en faisant du bien à d'autres, celui qui souffre
se reprend à vivre; le doux sourire qu'il ramène
sur un visage abattu le gagne irrésistiblement;
il sort de lui-même, il s'oublie et s'aperçoit enfin
que rien ne console autant que de chercher à
consoler autrui. Telle personne qui s'isolait dans
sa prospérité et qui profitait de son bonheur dans
une égoïste indifférence, arrive, par des souffrances
et de douloureuses expériences personnelles, à sympathiser aux tristesses et aux maux du prochain;
les bornes étroites qui l'enfermaient dans les froides
combinaisons de l'intérêt individuel sont enle-
vées par une généreuse charité; le souffle vivant
de l'amour anime et purifie ce cœur jadis si sec,
son horizon s'agrandit et il apprend à cette humi-
liante et salutaire école de l'affliction que le but
auquel il faut viser est placé au-dessus de ce monde
et que les meilleurs temps de notre vie ne sont,
après tout, que des *haltes* accordées pour reprendre

des forces. L'âme ainsi *renseignée* sur la nature de sa course terrestre regarde à Dieu comme au *Père*, et considère tous les hommes comme des frères. Elle éprouve un sentiment de famille pour l'humanité toute entière, et ne se trouve isolée ni dépaysée nulle part. En tous lieux, elle rencontre un prochain à aimer, à enseigner, à secourir et à consoler ; elle se souvient que les grandes vérités révélées par l'Evangile doivent, pour produire des impressions durables, se manifester par des actes plus encore que par d'éloquentes paroles.

Comment notre pauvre Maurice supporta-t-il une affliction si considérable et qu'il n'avait point prévue ? Il venait de perdre celle qui était la vie de sa vie, sa joie de tous les jours ; car une heureuse union réalise la plus grande somme de félicité auquel l'homme puisse prétendre ici-bas. Toutes ses forces l'abandonnèrent quand il fallut rendre à la terre la dépouille mortelle de sa bien-aimée Marie ; mais si la nature eut son heure de défaillance et de profonde désolation, la foi eut la sienne bientôt après. Il sentit plus et mieux qu'il ne l'avait jamais compris que la mort a été désarmée et que le moment du départ est celui de la délivrance pour l'âme rachetée de la condamnation : « Christ a mis en évidence par l'Evangile « la vie et l'immortalité, » se répétait-il à lui-même.

Des devoirs sacrés me restent à remplir ; je suivrai l'exemple admirable que me donne mon père, dans sa grave et sublime résignation ; je me consacrerai à lui et à mes enfants, je vivrai intérieurement avec mes bien-aimés du Ciel, et je servirai constamment mon divin-maître, en obéissant aux inspirations de sa charité. Faire connaître son amour à ceux qui l'ignorent, consoler les affligés qui n'ont point d'espérance, en leur annonçant l'Evangile : voilà désormais ma vie ; comment ne serait-elle pas remplie ! »

Maurice voulut, le même soir, rentrer dans la chambre de Marie et l'habiter comme auparavant ; loin de craindre les souvenirs empreints partout dans ce lieu, il voulait les associer à ses projets d'avenir. Et tout en gardant la mémoire des joies passées, contempler les solennelles perspectives qui s'ouvraient devant lui.

Toutes les émotions par lesquelles il avait passé dans cette lugubre journée avaient trop fortement agi sur lui pour qu'il fût en état de se livrer au repos. Il s'approcha de la fenêtre, l'ouvrit et se mit à regarder le ciel tout brillant d'étoiles. Cette paix et ce mystère d'une belle nuit d'octobre s'harmonisait avec ses sentiments ; pour lui, les espérances lumineuses étaient en haut, et la vie avait désormais un aspect semblable à celui de cette vallée faiblement éclairée des pâles rayons

de la lune. Il resta longtemps debout devant le
tranquille spectacle de la nature; son âme était
absorbée par une muette et intime oraison, il repoussait l'amertume des terrestres regrets, et demandait ardemment de pouvoir s'élever sur les
ailes de la foi jusqu'au séjour où étaient entrées
les âmes qui l'avaient quitté. Son entretien avec
Dieu ressemblait à celui d'un fils avec son père;
une douce confiance se communiquait à lui; il
n'avait plus le sentiment de la mort et de l'isolement; une paix indéfinissable avait doucement
remplacé les défaillances et les angoisses par lesquelles il venait de passer; rien ne s'opposait plus à
ce qu'il se livrât au sommeil, comme un enfant
qui, après avoir beaucoup pleuré, s'endort dans les
bras de sa tendre mère.

Après quelques heures de repos, il se réveilla,
et ces paroles de Psaume LXXII se présentèrent à
sa mémoire, avec une netteté et une actualité
saisissantes :

« Je serai avec lui quand il sera dans la détresse,
« je l'en retirerai et le glorifierai.

« Je le rassasierai d'une longue vie, et lui ferai
« voir ma délivrance. »

Ces grandes promesses lui arrivaient comme
un message direct venant le consoler et le guider
au milieu de sa douleur et de son abattement.
Son émotion était profonde et l'élevait au-dessus

du moment présent, mais un trouble involontaire s'empara de lui au souvenir de cette parole : « Je le rassasierai d'une longue vie. »

Que pouvait signifier cette promesse ? Devrait-il vieillir loin de Marie, passer un grand nombre d'années sur cette terre sans elle ? Quel exil !... Cependant, la joie que lui causait cette divine communication, domina tout autre sentiment et il se sentit comme inondé de paix et de confiance par elle.

Appui de son vieux père, unique protecteur de ses enfants, Maurice ne pouvait manquer de ces intérêts puissants qui rendent à l'existence une douce saveur ; aussi, malgré la mélancolie qui se mêlait à toutes ses impressions, avait-il réussi à réédifier une bonne vie de famille sur les ruines de celle qui n'était plus. Il sut créer à son père de nouveaux sujets d'intérêt pour remplir les vides qui s'étaient faits dans ses habitudes ; il était secondé dans ses efforts par l'animation que prêtait à tout le joyeux entrain des enfants, ainsi que par l'attention et les soins qu'on devait leur donner. Grâce à la paix qui régnait dans les sentiments du père et du fils, tout reprit, à la Prairie, un aspect agréable ; l'on aurait pu comparer leur existence d'alors à ces suaves journées d'automne qu'un soleil voilé n'égaie pas, mais dont l'air pur est vivifiant, et qui offrent le contraste de l'abondance des fruits arrivés à maturité, avec l'aspect mélancolique du déclin de la saison.

L'éducation de Dorothée et de Georges était pour Maurice l'objet d'une incessante sollicitude; il cherchait à remplacer auprès d'eux la tendre mère qu'ils avaient perdue, se consacrant dans ce but à leurs devoirs et à leurs plaisirs pendant les loisirs que leur laissait l'école. Les tristes circonstances dans lesquelles Georges et sa sœur s'étaient trouvés les avait rendus plus sérieux que leur âge, ce qui créait tout naturellement des rapports et une confiance très-intimes entre le père et ses enfants.

Georges avait une de ces riches natures qui annoncent de bonne heure les aptitudes qui les distingueront plus tard. Sa chaleur d'âme, l'activité de son esprit le rendaient ingénieux à utiliser son temps et le portaient aussi à communiquer ses impressions, exerçant ainsi une certaine influence sur son entourage. Il s'était installé lecteur de la famille pendant les veillées d'hiver et s'acquittait de ce rôle avec beaucoup d'entrain.

Marthe, la fidèle servante, qui était entrée au service des Frantz, le jour des noces de Maurice et de Marie, avait pris une grande part à tous les événements dont la Prairie avait été le théâtre. Elle regardait Georges comme un prodige et lui était dévouée corps et âme. L'empire qu'il exer-

çait sur elle ne s'était jamais montré si puissant
que le jour où, cédant à ses instances, elle avait
consenti à devenir son écolière. A force de persévérance et d'encouragement, il était parvenu à lui
enseigner à lire et à écrire. Assise le soir au fond
de la salle à manger, avec sa petite lampe d'étain
devant elle, l'excellente fille écoutait les lectures
de son cher Georges, tout en tricotant son bas bleu.
C'était pour elle un doux délassement après sa
laborieuse journée, et son esprit candide recevait
ainsi, peu à peu, un certain défrichement intellectuel.

Selon les traditions patriarcales qui régnaient
jadis dans les campagnes, et qui s'étaient conser-
vées à la ferme de la Prairie, les serviteurs, quoique plus respectueux et plus dociles que ceux de
ces temps-ci, vivaient moins à distance de leurs
maîtres. Un secret échange de véritable protection
et de sincère dévouement établissait dans les
bonnes familles de solides et doux liens entre les
uns et les autres. Il y avait moins d'indépendance
et de mouvement dans les idées : la liberté aurait
eu bien des réclamations à faire, mais on trouvait
plus de stabilité et de contentement d'esprit chez
les domestiques.

Une demeure aussi ancienne que celle de la
Prairie ne pouvait manquer d'avoir encore quelques souvenirs du temps passé. Il se trouvait, en

effet, sous la haute toiture de l'antique maison,
une vaste chambre appelée la *Réserve*. C'était là
que depuis plus de deux cents ans on avait relégué
successivement les choses hors de mode ou d'usage, et que l'on conservait cependant par respect
des ancêtres, ou par habitude de ne rien détruire
sans nécessité. Il était bien rare qu'on eût à entrer
dans cette partie du grenier, et le jour où Georges
y pénétra pour la première fois marqua dans ses
souvenirs, car il fut pris d'extase en se trouvant
au milieu de cette grande salle éclairée par un
demi-jour qui prêtait une apparence fantastique à
cet assemblage d'objets de toute sorte : meubles
antiques et délabrés, vêtements du temps jadis,
portraits de grandeur naturelle, à costume étrange,
vieux instruments brisés, coffres à demi remplis
de vieilleries, livres lacérés par le temps, parche-
mins jaunis et mille autres choses sans nom, le
tout revêtu de poussière et de vétusté. Notre ado-
lescent ne trouvait rien de mélancolique à regarder ces objets sur lesquels le temps avait posé sa
ruineuse empreinte. Dès le lendemain, il obtint la
permission d'explorer à sa fantaisie la Réserve,
et s'y rendit joyeusement une heure avant l'école,
bien décidé à redescendre à temps ; mais le moyen
au milieu de tant de richesses inconnues. L'envie
lui vint de combattre avec une hallebarde qui se
trouvait là les personnages représentés sur un

grand tableau enfumé, mais ses regards étant tombés sur un volumineux bouquin, il posa la lance et le prit. C'était un martyrologe dont le style était hérissé de mots étranges ou vieillis. Georges ne se décourageait pas pour si peu, car les gravures, toutes macérées qu'elles fussent, annonçaient assez le tragique intérêt de ce récit. L'école fut oubliée et il ne s'en souvint que lorsque son nom retentit dans l'escalier avec la cloche du dîner. Il se hâta de descendre tout confus, mais encore plus enchanté de sa trouvaille.

Maurice voyait avec regret s'affirmer toujours davantage le goût de son fils pour les études, il aurait désiré qu'il se destinât à l'agriculture, pour diriger plus tard les travaux de son domaine, mais il ne crut pas devoir s'opposer à une vocation si nettement accentuée, d'autant plus qu'il discernait chez Georges les germes de hautes qualités morales et une vive intelligence.

Avons-nous besoin de dire qu'entre le bon grand-père, son fils et ses petits-enfants, il régnait le plus doux accord. Lorsque de part et d'autre on sait aimer, la différence des âges, des goûts et des caractères ne fait point obstacle au bonheur, ni à l'abandon, pas même à la gaieté; et le respect rendu aux parents ajoute encore à la douceur des relations de famille. La soumission filiale a une sainte beauté et une ineffable douceur. Vivre beau-

coup ensemble, chercher à se complaire mutuellement, introduire le moins possible d'éléments
étrangers entre soi, c'est le plus sûr moyen de fon-
der et de conserver l'union des cœurs et le charme
du foyer domestique. Les familles opulentes qui
envisagent comme un privilége de remplacer le
dévouement personnel par des soins mercenaires
font bien souvent, à leur préjudice, une fatale expérience. Ces secours achetés pour combler les
vides que créent l'égoïsme et la nonchalance per-
mettent à ces défauts de se développer démesu-
rément. Il faut une âme bien grande, un esprit bien
judicieux pour éviter de tomber dans les piéges
que la richesse tend si habilement à ceux qui la
possèdent.

Au jour où tous les secrets seront manifestés,
on reconnaîtra que la simplicité des habitudes, et
les vertus exercées au sein de la famille avec un
joyeux dévouement, ont été de puissantes digues
élevées par la nature contre le flot de l'immoralité,
qui cherche à pénétrer partout où il y a des
brèches.

C'est au sein des familles unies que se forment
les sentiments purs et élevés; c'est aussi le point
de départ du bon citoyen qui se prépare à défendre
les lois en les observant lui-même. Là encore
naissent et grandissent ces aimables et bonnes relations des frères avec les sœurs qu'ils protégent,

et des sœurs pour les frères qu'elles attirent aux
douces joies de la maison paternelle.

V

NOUVELLES ÉPREUVES DE MAURICE

Tandis que le développement moral et intellectuel de Georges faisait concevoir les plus grandes
espérances à son père, il s'opérait chez Dorothée
un autre genre de transformation. La douce et
gentille enfant était devenue une jeune personne
parée de toutes les grâces naturelles; sa beauté
s'épanouissait comme une fleur des champs, et
semblait à Maurice d'autant plus touchante, qu'elle
lui rappelait trait pour trait sa mère au même âge.
Ceux qui ont eu le bonheur de voir grandir sous
leurs yeux une fille chérie, comprendront combien
Dorothée contribuait au bonheur de sa famille.
Gaie, confiante, prévenante, elle animait tout par
sa présence, et remplissait, avec une grâce charmante, la tâche de maîtresse de maison qui lui
était imposée si prématurément par le veuvage de
son père.

Il y a dans la fuite rapide du temps des moments
où son inflexible course inspire une sorte de

frayeur. Fatigué de fortes émotions, poursuivi et
comme harcelé par les événements de toute sorte
qui se succèdent les uns aux autres, ainsi que les
vagues sur le rivage de la mer, on voudrait
faire halte, respirer à l'aise et prendre un temps
de repos. Un coup d'œil porté sur l'ensemble des
choses humaines surexcite l'imagination, évoque
les plus lointains souvenirs, et réveille les craintes
encore plus que les espérances. Telle était la disposition dans laquelle se trouvait alors Maurice; il
jetait un regard anxieux sur l'avenir de ses enfants,
et se disait que l'heure où leur sort se déciderait
ne pouvait tarder à sonner, et que les circonstances
domineraient sa volonté. Il conservait cependant
l'espérance que sa fille pourrait rester auprès de
lui, qu'il trouverait un gendre digne d'elle et
heureux de lui succéder dans la direction des
travaux agricoles. Ce doux projet devait, hélas!
s'évanouir comme tant d'autres; il est rare que nos
propres combinaisons se réalisent, et nous avons
bien souvent l'occasion de reconnaître que le temps
et les pensées que nous avons consacrés à préparer
un avenir plus ou moins éloigné, l'ont été en pure
perte. Mieux vaut donc le laisser entre les mains
de Dieu, et appliquer nos forces de toute espèce à
ce qui en sollicite jour après jour l'emploi.

Ce que nous allons raconter justifie cette réflexion.

Une personne qui habitait dans le voisinage de
la Prairie, et qui cherchait à remplir le vide de son
existence isolée, par une activité bienveillante,
mise au service de ses amis et connaissances, vint
un matin trouver Maurice d'un air important et
mystérieux; pressée, disait-elle, par l'estime et
l'amitié qu'elle portait à la famille Frantz, elle
jugeait à propos de l'informer que Charles Mandal,
le fils unique du propriétaire de la grande usine,
s'était épris pour Dorothée d'une vive passion, et
avait déclaré à ses parents que s'ils ne l'autorisaient
pas à demander sa main, il ne se marierait jamais.
M. et Mme Mandal lui avaient répondu qu'ils s'esti-
meraient heureux de recevoir dans leur famille
une jeune personne si bien à tous égards, mais
que le grand obstacle à ce mariage était en lui-
même, car ils le jugeaient incapable de faire le
bonheur d'une femme, par suite de son caractère
violent et égoïste, qui, dès son enfance, faisait leur
propre tourment. Le jeune homme, atterré par cette
réponse, s'était livré à une espèce de désespoir;
puis, revenu de ce premier mouvement, il avait
témoigné à ses parents le plus vif repentir, les
assurant que, pour se rendre digne d'une si grande
faveur, il allait commencer de suite à devenir un
bon fils, puis un travailleur assidu. Rien ne lui
coûterait, avait-il ajouté, s'il était soutenu par
l'espoir d'obtenir la main de celle qu'il aimait. M.

et Mme Mandal l'avaient fortement encouragé dans ses bonnes résolutions, lui promettant leur concours, s'il s'en montrait digne pendant un temps suffisant pour leur inspirer toute confiance.

Depuis lors, dit encore Mme Dupont, Charles donne autant de satisfaction à ses parents, qu'il leur avait causé de chagrin précédemment.

Bien que la famille Mandal fût des plus estimées de la vallée du Bart et qu'une telle alliance pût paraître convenable et avantageuse, Maurice reçut cette espèce de confidence avec le plus vif déplaisir. Elle lui montrait comme prochaine la possibilité d'un événement qu'il s'était plu à reléguer dans un lointain avenir, et lui faisait sentir qu'un bon père n'est point libre de régler lui-même le sort de sa fille d'après ses désirs. Il se dit donc à lui-même que si ce jeune homme se montrait capable de fournir les garanties que ses respectables parents exigeaient de lui, il n'y aurait pas de motifs légitimes de l'éloigner de Dorothée, et que toute chance de la conserver sous le toit paternel serait à jamais perdue, puisque Charles Mandal, comme fils unique, était appelé à succéder aux affaires de son père.

Une année entière s'écoula, cependant, sans que Maurice eût occasion de rien observer qui vînt à l'appui du récit qui lui avait été fait. Il en conclut naturellement que cet incident n'avait point eu l'importance que la dame Dupont lui avait prêté et se tranquillisa entièrement à cet égard.

Les choses en étaient là, lorsque tout à coup la tranquillité d'esprit de Maurice fut de nouveau troublée.

Une enfant était tombée dans la petite rivière qui longe l'usine de M. Mandal. Entraînée par le courant rapide, elle allait passer sous la chute de la grande roue, lorsque Charles, qui avait entendu le cri de désespoir de la pauvre mère, se jeta à l'eau et parvint à saisir la petite fille par sa robe, au moment même où elle allait disparaître. Il se montra très-heureux et fort ému d'avoir réussi. Ce trait de généreux courage fut raconté et loué dans les alentours et le héros de cette bonne action excita l'intérêt général, on parlait de lui comme étant le modèle des jeunes gens du pays et son nom fut bientôt dans toutes les bouches.

Maurice écoutait tout cela avec une attention particulière. Dès ce moment, il commença à observer lui-même Charles, et il acquit la conviction que sa conduite était, en effet, irréprochable. Ce jeune homme avait un caractère ardent qui ne dissimulait ni le bien ni le mal et ne se faisait nul souci de gagner les suffrages d'autrui ; on pouvait donc aisément remarquer le changement qui s'était opéré en lui.

A quelques temp de là, la fameuse messagère

se présenta de nouveau à la Prairie et demanda un entretien à Maurice. Cette fois, elle avait pris une position quasi-officielle pour traiter le sujet. Elle venait apprendre à M. Maurice Frantz que les parents de Charles Mandal étaient maintenant pleins de confiance dans les sentiments de leur fils, ils n'avaient qu'à se louer de lui, et persuadés que son attachément pour Mlle Frantz avait été le puissant mobile qui avait agi sur ces sentiments et amené le changement qui les rendait si heureux, ils avaient voué à cette jeune personne une affectueuse gratitude, et mettraient le plus grand prix à s'allier par ce mariage à la famille Frantz.

Maurice, à la fois ému et attristé par cette communication, n'eut qu'une pensée : celle de conserver sa fille, et répondit en termes polis, mais vagues, exprimant combien il était touché de tant de confiance, mais déclarant nettement qu'il ne pensait point à la marier, qu'elle était trop jeune pour qu'il s'occupât d'une semblable question avant l'année suivante.

Mme Dupont ne put point obtenir de lui d'autre réponse, ni aucun encouragement quelconque; elle n'eût donc nul espoir à donner en échange de son message; néanmoins, en bonne diplomate, elle estima que la partie n'était pas perdue, et lorsqu'elle rendit compte aux parents de Charles de sa visite, elle présenta les choses si adroitement qu'ils com-

prirent qu'en attendant patiemmement une année
encore, ils pouvaient se flatter pour leur fils d'un
succès certain, en retour de son fidèle attachement. Ce délai fut considéré par eux comme une
circonstance favorable à l'affermissement des
bonnes dispositions de Charles, et comme un
motif de sécurité pour leur loyauté.

Quant à Maurice, c'était une trêve, une année
de sursis, pendant laquelle l'avenir de sa chère
fille n'était pas engagé; cependant, cette quiétude
d'esprit qu'il s'était octroyée était plus apparente
que réelle; il avait l'œil toujours ouvert pour voir
et l'oreille toujours tendue pour entendre ce qui
concernait Charles Mandal. Les renseignements
qu'il recueillait continuaient à être des meilleurs; il
y avait dans l'air et les manières de ce jeune
homme quelque chose d'ouvert et d'aimable qu'on
ne lui avait point vu auparavant; ses parents pa-
raissaient heureux et paisibles, et Maurice, qui connaissait le secret ressort qui avait mis tout en jeu,
commençait à prendre en sérieuse considération
les sentiments et les intentions de Charles. Il ne
pouvait même plus voir en lui un étranger; en tous
cas, il avait cessé de lui être indifférent.

Maurice avait toujours eu l'habitude de communiquer ses soucis, ses joies, ses pensées de toute
nature à son excellent père; ils passaient de bonnes
heures ensemble dans ces intimes entretiens qui

touchent à tout. Il y a une puissance de consolation et un charme d'épanchement dans une relation de cette espèce, que rien ni personne ne peut
remplacer.

« Cher fils, » dit un soir M. Frantz à Maurice,
« je ne puis te cacher ce que j'éprouve, aussi bien
le devinerais-tu si je ne te le disais pas, car nos
cœurs sont trop unis pour que nous gardions quelque sentiment secret l'un pour l'autre. Je me sens
maintenant comme un marin qui, ayant fait ses apprêts de voyage, met son navire en rade et n'attend
plus qu'un vent favorable pour lever l'ancre ; il me
semble que le nombre de mes années est complet ;
je m'essaie souvent comme les petits oiseaux à
ouvrir mes ailes au bord du nid ; quelque chose
me dit que je dois porter toutes mes pensées vers
les demeures éternelles où tant d'êtres chéris m'ont
précédé. Ne t'attriste pas, mon cher Maurice, de
ce pressentiment ; tu sais quelle est ma tendresse
pour toi et pour tes enfants. Ce n'est pas mon
amour qui vous quittera, oh ! non, il vous restera fidèle, car je vais là où on aime pleinement, là où toutes les bonnes affections arrivent
à leur perfection. J'ai maintenant, quant à ce
monde, ce genre de lassitude qu'on éprouve à la
fin d'une longue journée de travail ; ne pouvant
plus, comme auparavant, m'employer activement
pour vous et pour d'autres, je ne vis que de sou-

venirs et d'espérances. Toi, très-cher fils, qui m'as
donné tant de bonheur, tu as encore une grande
et belle tâche à remplir, et tu n'y feras pas défaut,
je le sais ; — *que Dieu soit ton bouclier et ta grande
récompense,* — selon la promesse faite à Abraham,
le père des croyants. »

Après avoir prononcé ces paroles, qui émurent
profondément son fils, M. Frantz célébra lui-même,
selon sa coutume, le culte du soir, donna sa bénédiction à ses enfants avec une tendresse et une
onction qui produisirent sur eux une impression
toute particulière, puis il se retira dans sa chambre accompagné par Georges, comme d'habitude.

Le lendemain matin, Maurice frappa à la porte
de son père, pour s'informer comment il avait
passé la nuit ; ne recevant pas de réponse, il entra
dans la chambre avec une très-vive émotion, le
souvenir de la conversation de la veille l'avait
tenu longtemps éveillé, et lui laissait une grande
tristesse. Quels furent son saisissement et sa douleur en remarquant que ce repos qui ressemblait
à un paisible sommeil était celui de la mort ! Il
n'y avait encore ni rigidité dans les traits, ni dé-
coloration dans le visage ; évidemment, l'accident
venait de se produire. On remarquait sur son front
et dans le sourire de ses lèvres entr'ouvertes, les
traces d'un ineffable bonheur, et même les indices
d'un étonnement radieux. L'âme était partie, mais

elle avait laissé sur son enveloppe mortelle le sceau glorieux de son triomphe et de sa délivrance.

En vain Maurice appela les secours de l'art. Tout était fini quant à ce monde; le pressentiment de M. Frantz s'était réalisé sans qu'il eût subi ni maladie ni aucun affaiblissement de ses facultés.

La perte que Maurice avait faite était fort grande, il faudrait faire connaître à nos lecteurs cet homme si éminent par sa piété pratique pour qu'ils pussent en juger. Il avait réalisé le type du vrai chrétien. Sa foi, constamment nourrie et développée par l'étude attentive des Saintes Ecritures, avait été exercée par de grandes afflictions, et une soumission absolue et filiale envers Dieu. Il se préoccupait de rendre, en toute occasion, un fidèle témoignage à l'Evangile, par sa conduite, et cherchait à faire comprendre à tous la gratuité du pardon de Dieu. Sans être prédicateur, il le devenait souvent par la vivacité de ses convictions; et sa charité était si connue dans le pays, que les malheureux et les affligés venaient à lui avec la confiance qu'inspire un père. Trop compatissant pour être gai dans le sens ordinaire, il était toujours paisible, affectueux, joyeux en Dieu, et sa société était pleine d'agrément et d'intérêt.

Il se passa bien des mois avant que Maurice pût se remettre à flot; il ne s'accoutumait point à être séparé de son père, avec lui s'était brisée la chaîne

de son passé, car ses enfants, tout bons et aimables qu'ils étaient, vivaient du présent, et leur
gaieté, l'activité de leur esprit fatiguaient son cœur.
Cependant, cette souffrance si vive devait amener
Maurice à un degré de développement spirituel
qu'il n'avait pas encore connu. Privé d'épanchement sur la terre, il prit l'habitude de confier à
son Dieu ses angoisses et de lui demander le courage et la force qui lui manquaient; il dit au
Seigneur lui-même ce qu'il confiait à son bien-aimé
père auparavant; il alla chercher dans la Bible
seulement les consolations qu'il puisait dans la
tendresse et la foi de M. Frantz, et peu à peu il se
trouva relevé, vivifié et réjoui par ces rapports
continuels avec l'Esprit de Dieu. Ainsi en arrive-
t-il ordinairement aux sincères chrétiens; chaque
perte douloureuse qu'ils font laisse dans leur cœur
un vide que le Seigneur vient remplir par les secours et les consolations de son esprit et de sa Parole; à mesure que les ombres s'étendent sur ce
monde-ci, les espérances et les promesses de la
foi s'éclairent d'un plus vif éclat, les épreuves de
longue durée qui changent profondément l'existence, exercent une influence continue sur le cœur
et produisent sur l'être moral le même complet
renouvellement que les régimes sévères et prolongés
opèrent chez les malades dont la santé doit être
entièrement refaite.

5

Dorothée et Georges ressentirent profondément la perte de leur grand-père, ils avaient pour lui la plus tendre vénération, et depuis longtemps lui consacraient chaque jour certains moments, soit pour l'accompagner dans ses promenades, soit pour lui faire la lecture à haute voix ; le souvenir de ces heures passées dans une société si précieuse, devait leur rester toute leur vie ; ils y avaient recueilli des conseils, d'intéressants récits, des exemples, puisés dans les événement ou dans la connaissance de certaines individualités que M. Frantz citait à propos, pour mettre mieux en lumière un principe ou une idée qui pouvait être utile à ses chers petits enfants. Georges, aussitôt après la mort de son bien-aimé grand-père, se mit à écrire de souvenir tout ce qu'il se rappelait de ces utiles entretiens, afin de les conserver toujours. Il mit à ce travail une ardeur et une suite qui donnèrent une grande satisfaction à son père. Le caractère particulier de la fin de l'excellent vieillard avait enlevé à sa mort toute apparence triste et lugubre. Il semblait naturel qu'il eût été prendre possession de cette vie éternelle dont il aimait tant à s'entretenir ; et si ce n'eût été le vide immense que laissait un homme aussi utile au bonheur des siens, on n'aurait rien eu à regretter, aussi ne put-il se mêler au deuil de ces jeunes cœurs aucune idée sombre qui fût de nature à leur ôter l'enjouement naturel à leur âge.

Le frère et la sœur, liés d'une étroite amitié, s'étaient créé des occupations et des recréations si nombreuses que le désœuvrement et l'ennui ne pouvaient les aborder. L'imagination de Dorothée, vive et gracieuse, la disposait à profiter ingénieusement de toutes les ressources de la vie champêtre et à y trouver des plaisirs qui n'amènent jamais de satiété. Admiratrice passionnée de la belle nature, elle accompagnait souvent Georges dans de longues courses sur les montagnes; ils avaient dans les chaumières des environs mille intérêts bien chers, car ils s'y rendaient pour soulager ou pour instruire de pauvres paysans, et cette partie de leurs promenades n'était pas la moins fructueuse pour ces jeunes gens charitables et expansifs.

Les mesquines ambitions de la vanité qui tourmentent tant de jeunes filles des villes étaient complétement inconnues à Dorothée; elle ne devançait pas non plus le temps à venir par des rêves romanesques; ce genre de prévision était étranger à son esprit; tout était simple, véritable, naturel dans cette existence; rien de factice, d'apparent, d'exalté ne s'était introduit dans ses idées et ses habitudes; et quoique fort sensée et assez habile pour les soins à donner à un ménage, elle

était restée aussi enjouée, aussi candide et presque ausi folâtre qu'aux jours de son enfance.

VI

LE SACRIFICE

Cette année, qui semblait devoir être si longue
au gré de Charles Mandal, et si courte selon les
calculs de Maurice Frantz, s'était écoulée comme
toutes les autres : bien vite, en effet. Les jours
étaient comptés par le jeune homme; aussi pres-
sa-t-il son père de se rendre à la ferme pour
plaider sa cause.

Aussitôt que M. Mandal eut été annoncé à
Maurice, celui-ci comprit que la grande question
allait définitivement se juger, et l'effroi le prit ;
mais la chose ne se passa point comme il l'avait
supposé, parce qu'il avait à faire à un homme
aussi sincère et aussi consciencieux que lui. Le
père de Charles raconta en toute simplicité l'histoire de l'affection de son fils pour Dorothée, celle
des difficultés suscitées par le caractère violent
et rebelle du jeune homme, le changement extraordinaire qui s'était opéré en lui, et la confiance
que ses parents en avaient conçue. M. Mandal

termina son exposition, en exprimant à Maurice
combien sa femme et lui seraient heureux si Mlle
Frantz devenait leur belle-fille, car l'influence si
bienfaisante qu'elle avait exercée, à son insu, la
leur rendait chère depuis longtemps.

Touché de tant de loyauté et de confiance,
Maurice ne pensa plus à lui ni à ses répugnances ;
il fit à son tour le récit de tout ce qu'il avait senti
au sujet de cette alliance, entraîné par sa générosité, et sans même prendre le temps de la réflexion, il permit à Charles de venir à la Prairie
rendre une visite à Georges, moyen tout naturel
de voir Dorothée dans l'intimité de la famille. La
question de fortune ne fut point abordée. Ni l'un
ni l'autre des deux pères n'y songea, tant les vrais
intérêts, les intérêts essentiels de leurs enfants les
avaient préoccupés.

Dès le lendemain, en effet, Charles chercha
l'occasion d'entrer en relation directe avec Georges ;
il s'en fit bien vouloir par la franchise de ses manières, et les deux jeunes gens ne tardèrent pas à se
lier d'amitié. Dorothée apprit au bout de peu de
jours, de la bouche de Charles, les sentiments qu'il
lui portait ; elle en fut aussi touchée que surprise,
et cette affection fidèle qui avait triomphé de tant
d'obstacles, lui inspira une vive reconnaissance.
Ignorant combien elle était belle et intéressante,
et quel attrait lui donnaient sa simplicité et sa

modestie, elle ne s'attribuait aucun mérite, et
accorda ingénument à Charles cette affection sollicitée avec tant d'ardeur et de constance. La perspective de retrouver une mère en Mᵐᵉ Mandal
lui fut inexprimablement douce, car elle avait
souvent éprouvé le besoin d'être guidée et soutenue par une protection féminine.

Quant à Maurice, après le généreux entraînement qui l'avait porté à donner un facile et complet
consentement aux fiançailles de sa chère enfant,
il fut repris en sous-œuvre par les sentiments de
la nature, et se vit avec une sorte de terreur
condamné à subir le sacrifice que depuis si longtemps il avait prévu et redouté; il ne pouvait
consentir, dans le secret de son cœur, à céder
ses droits de père à un mari; il savait que Dorothée,
le jour où elle avait accordé son affection et sa
confiance à Charles et à sa mère, avait en même
temps donné de redoutables rivaux à son père
et à son frère, et qu'en faisant partie d'une autre
famille, son *home* ne serait plus la Prairie; mille
doux liens ne pouvaient manquer de se dénouer,
malgré les cordiales relations établies entre tous.
Maurice, qui avait vu renaître par Dorothée la vie
de famille, croyait perdre une seconde fois sa
bien-aimée Marie, car Dorothée la lui rappelait
sans cesse, et l'on sait ce qu'une aimable et bonne
jeune fille répand de bonheur autour d'elle; ne

l'a-t-on pas nommée l'ange de la maison ? n'en est-elle pas la poésie vivante ? Sa voix qui répète des chants joyeux ou de saintes cantiques, n'a-t-elle pas la puissance de faire vibrer les cordes les plus sensibles du cœur de ses parents ? Ne soyons pas sévères envers ce pauvre père, qui avait été appelé à faire déjà tant d'adieux à ceux qu'il chérissait !... Cependant, cet excellent homme n'était pas aussi indulgent pour lui-même que nous sommes disposés à l'être à son égard ; chrétien sincère et expérimenté, il exerçait une vigilante surveillance sur son propre cœur ; il savait que lorsque la paix abandonne le disciple de Jésus-Christ, il y a une raison cachée ou connue pour cette interruption de communion avec l'Esprit de Dieu, et que ce trouble ne cesse qu'avec la cause qui la produit. Maurice s'examina donc en priant à deux genoux, afin que la lumière se fît pleine et entière dans son âme. Il dit peu de chose ; mais, ouvrant son cœur sans réserve au Seigneur, il laissa échapper sa plainte douloureuse, puis attendit en silence la réponse intérieure qu'il avait implorée. Ses vues se modifièrent insensiblement pendant cette muette oraison ; maints textes de la Sainte-Ecriture s'offrirent à son souvenir ; enfin une parole de l'apôtre Jean s'imposa à son esprit plus que toutes les autres :

« *Mes petits enfants, gardez-vous des idoles.* »

C'en était assez, Maurice avait tout compris ; il se leva, sortit, se promena longtemps seul dans le verger. Il sentait qu'il avait eu tort de vouloir retenir les joies terrestres qui lui étaient ôtées ; que, jusqu'à ce moment, il avait aimé sa charmante enfant d'une manière égoïste, et l'avait considérée comme lui appartenant, tandis qu'en envisageant les choses au point de vue céleste, Dorothée était à Dieu, qui disposait d'elle selon sa volonté souveraine et toujours bonne. Il comprenait aussi qu'il devait accepter sincèrement les privations qui lui étaient imposées, et se dévouer plus que jamais au bien d'autrui. La joie de pouvoir accepter le sacrifice, de se sentir affranchi de toute volonté propre, s'empara entièrement de lui, et fit renaître toute sa sérénité.

C'est ainsi que se passent les choses pour les âmes qui sont placées sous le régime et l'influence de la grâce de Dieu, parce que son action est intérieure, spirituelle et efficace.

VII

UNE VOCATION

Après le mariage de sa fille, la vie de Maurice prit un tout autre aspect. A l'animation qu'avait

amené les préparatifs de la noce et les fréquentes
communications avec les parents et amis de Charles, succéda l'isolement du père et du fils et le
vide laissé par Dorothée. C'était triste pour Georges, auquel il fallait du mouvement d'idées et
de l'expansion ; c'était plus triste encore pour
Maurice, qui avait de la peine à s'associer à la vie
exubérante du jeune homme, tandis qu'une secrète et poignante mélancolie lui ôtait sa liberté
d'esprit. Ce malaise ne pouvait durer, car Maurice
se rendait toujours compte de ses sentiments et de
sa position. Il ne tarda pas à comprendre qu'il
devait sortir de cet impasse par le dévouement.
Son expédient fut donc de briser avec le découragement qui s'était emparé de lui et de se consacrer
de cœur et d'esprit au jeune homme, de mêler sa
vie à la sienne, et de multiplier leurs rapports pour
lui faire comprendre que son père était son meilleur ami. Cet effort fut couronné d'un plein succès ;
non-seulement Georges trouva dans cette relation
intime une mine de jouissances et d'intéressants
entretiens, mais Maurice prit un plaisir extrême à
cette relation constante avec ce jeune esprit si plein
de spontanéité. Jusqu'à ce jour, Georges et Dorothée
s'étaient suffi l'un à l'autre, et Maurice ne se trouvait pas appelé à s'occuper de leurs plaisirs ; mais
alors il dut prendre part à tous les délassements de
son fils, et s'en trouva bien lui-même. Il aurait aimé

continuer cette douce existence, mais le moment
approchait où une séparation devenait nécessaire.
La fin des vacances étant arrivée, il mit à exécution le projet formé dès longtemps de conduire
son fils à Strasbourg, pour qu'il y complétât ses
études; et après l'avoir installé chez une dame de
sa parenté qui habitait cette ville, il revint chez
lui.

C'était la première fois qu'il se trouvait complétement solitaire dans sa grande maison. Ne voulant pas se laisser gagner par l'ennui de l'isolement,
il prit en main les affaires de la commune, qui,
négligées depuis longtemps, réclamaient impérieu-
sement des soins assidus et une intelligente initiative. Bientôt une fréquente et intéressante correspondance avec Georges vint animer sa solitude; il
savourait aussi les tranquilles heures de lecture et
de méditation qu'il pouvait s'accorder, et prit goût
à cette vie calme et silencieuse, bien remplie,
d'ailleurs, qui semblait doubler l'activité de son
cœur et de son esprit.

Quant à Georges, il profitait avec ardeur des
ressources qui l'entouraient et prenait beaucoup
de plaisir à suivre les leçons du Gymnase. Il remarqua parmi ses condisciples deux frères, jeunes
gens fort distingués d'intelligence et de conduite;
il se lia d'une étroite amitié avec eux et trouva
dans leur société un utile et agréable délassement.

Quoique son nouveau genre de vie le mît en rapport
avec beaucoup d'idées nouvelles, il ne changea
pas de sentiment à l'égard de la vocation qu'il
avait choisie. Ni les facilités qu'il avait pour s'avancer dans le monde, ni l'exemple de ses amis des-
tinés à des carrières libérales, ne purent ébranler
sa résolution. L'esprit est inconstant, mais le cœur
est fidèle, et c'était le cœur qui avait déterminé
la vocation de Georges pour l'enseignement, et lui
avait inspiré le désir de vivre près de son père
veuf et isolé ; il voyait son devoir et son bonheur
tout ensemble à habiter toute sa vie la demeure
patriarcale où il était né.

On sera moins étonné de ces vues si modestes
si l'on considère comment Georges avait été élevé.
Il avait grandi dans un milieu où la justice et la
charité faisaient loi ; cette atmosphère de vérité
avait fécondé les bons germes qui se trouvaient
dans son cœur et favorisé l'épanouissement d'une
franche gaieté dans son caractère expansif sans
rien diminuer de l'autorité de sa conscience. La
vie des champs avait développé chez lui un esprit
observateur, et tout enfant il questionnait déjà son
père sur la cause des diverses transformations qui
s'opèrent dans la nature. La germination des semences, la greffe des arbres, l'amendement des
terres, les diverses opérations de la culture, et
tant d'autres faits de toutes espèces, lui faisaient

faire des réflexions sérieuses et des rapprochements ingénieux pour lesquels la Sainte Ecriture
lui fournissait des lumières à la portée de son intelligence naïve.

Après une première année scolaire terminée par
de brillants examens, le jeune étudiant vint passer
les vacances chez lui et faire connaissance avec sa
petite nièce dont il avait été nommé parrain. Elle
fut appelée Suzanne, comme sa grand-mère paternelle, et devint l'occasion d'une douce fête pour
toute la famille.

Deux années furent encore consacrées aux études de Georges; ses projets exigeaient qu'il eût
acquis un solide fonds d'instruction; plus il se
destinait à une vie retirée loin du commerce des
hommes instruits, plus il désirait être à même de
se suffire à lui-même. Il revint chez lui avec les
deux diplômes de bachelier, ayant étudié les lettres
et les sciences.

Son arrivée si longtemps désirée fut l'occasion
d'une fête publique à Lagny; on savait dans quel
esprit de dévouement et d'affection il venait se
consacrer à la jeunesse de ce grand village et tous
les parents étaient reconnaissants et pleins d'espoir pour l'avenir de leurs enfants.

VIII

L'ÉCOLE

Le moment de débuter dans sa modeste carrière était venu pour Georges; il avait prévu les ennuis et les difficultés de tout genre que lui donneraient la première installation et l'établissement des réformes à introduire dans une école qui n'avait jamais été bien conduite; car le vieux maître, homme très-ordinaire et routinier, avait misérablement rempli sa tâche pendant son long séjour à Lagny. Si Georges n'avait pas considéré les grands côtés de sa mission, il aurait été tenté de l'abandonner dès ses premiers et pénibles essais pratiques, mais il portait son regard au-delà du moment présent et se trouvait soutenu et encouragé par la confiance et la bonne volonté du conseil communal. Un bâtiment spacieux et de belle apparence s'achevait, il avait été construit d'après les vues du nouvel instituteur et devait faciliter la réalisation de ses plans. L'inauguration de cette maison fut célébrée joyeusement, et Georges en conçut bonne espérance. L'attention et l'importance qu'il mettait à l'organisation du matériel de l'école était loin de l'absorber; sa sollicitude se portait bien plus loin. Semblable au sculpteur qui se trouve placé devant le bloc informe qu'il se propose de façonner, il considérait l'enfance et la jeunesse grossières et incultes de cette contrée comme la matière première sur laquelle il devrait travailler. Lui aussi, comme le statuaire, avait un idéal dont il voulait poursuivre avec persévérance la réalisation. Le génie de l'artiste sait animer le marbre et prêter une forme humaine à la pierre la plus dure, mais l'œuvre de l'instituteur est plus difficile : il doit agir sur le cœur humain et travailler à rétablir en lui l'image divine, si effacée chez la plupart. Noble travail, sublime entreprise qu'on ne saurait trop honorer, mais aussi qui ne peut être accomplie que par un homme dont le cœur est éclairé et vivifié par la charité divine.

On ne peut évaluer les services que rend à son pays l'instituteur qui sait aimer véritablement ses écoliers et se dévoue entièrement à son œuvre. Mais combien est aride et stérile la vocation du maître d'école, auquel ce feu sacré manque, et qui n'est point soutenu par un sincère et chaleureux amour pour l'enfance, car il n'a compris ni pour lui-même ni pour les autres la valeur infinie de l'âme humaine. Il ne remplit pas une mission de régénération, mais un emploi machinal qui le fatigue, l'ennuie et dans lequel il ne recueille aucune joie.

Georges ne trouvait point trop étroit le cercle de

son activité et n'éprouvait aucun déplaisir d'être
fixé pour toujours à la campagne, il avait beaucoup
joui des avantages que lui offrait un centre d'étude,
mais sa vie intérieure était assez forte pour animer
tout autour de lui. Les esprits convaincus ne
se laissent pas aisément abattre, parce qu'ils savent
que ce n'est que par de courageux efforts qu'on
peut triompher du mal moral qui domine le monde.
Il n'ignorait pas que l'intelligence des enfants
villageois manque généralement de vivacité, mais
leur jugement plus droit seconde l'instituteur;
ils ont l'esprit naturellement observateur et habitués à la solitude et au silence des champs, ils
sont préparés à comprendre le sérieux de la vie et
à en accepter les devoirs. La plupart des hommes
qui ont honoré l'humanité par leur caractère et
leur bienfaisante influence, ont eu d'humbles origines; leur énergie s'est développé en luttant contre
des difficultés de tout genre, et leurs premières
connaissances ont été puisées dans des écoles po-
pulaires.

Georges ne tarda pas à surmonter les ennuis que
lui avait donnés l'installation de sa petite classe, et
les obstacles que présentait l'organisation de la
grande. Dès qu'il eut adopté de cœur ses élèves,
il chercha avec une tendre sollicitude à leur inspirer
le goût du travail et à les soumettre à l'autorité
secrète et individuelle de la conscience. Dans ce

but, il demandait qu'on envoyât les enfants à l'école dès leur sixième année, afin d'agir sur leurs premiers sentiments. Il était parfaitement décidé à ne point employer comme stimulant l'excitation de l'amour-propre et de la vanité, persuadé que l'homme, dans son enfance comme dans la maturité de son âge, ne devrait avoir pour mobile que l'amour du bien et l'intelligente connaissance du grand but de son existence. Toutes les ambitions qui reportent sur lui-même ses désirs et ses jouissances, le diminuent et l'abaissent, et si l'on examine ce qui se passe dans le monde, les idées reçues, les opinions qui gouvernent la société, et les habitudes qui forment la vie générale, on sera forcé de reconnaître que tout part de l'intérêt personnel, dissimulé ou manifesté, et que tout y retourne aussi misérablement.

Georges s'était procuré un aide capable de le seconder, et l'avait chargé de diriger la petite classe, sans pour cela cesser de s'en occuper, car il aimait tout particulièrement « ses petits agneaux. »

Comme il avait eu l'avantage de poursuivre sans hésitation un même but, il y avait naturellement rapporté toutes ses observations, et s'était enrichi d'une foule de faits qui venaient à propos éclairer et captiver les enfants.

Le maintien de l'autorité est indispensable, mais c'est une force dont il faut ménager l'emploi,

tandis que la puissance qui agit par l'amour chrétien
dans l'éducation, bien loin de perdre son influence,
acquiert d'autant plus d'empire que la conscience
et les sentiments des élèves se forment et se développent davantage. Nous avons connu un capitaine de la ligne qui, retiré du service et devenu
directeur d'un nombreux orphelinat de garçons, a
exercé pendant plus de trente ans une action profonde et très-efficace sur les élèves qui lui étaient
confiés. Bien que ces garçons, pris dans la plus
pauvre classe, fussent mal élevés, incultes, souvent
même vicieux, il ne les punissait que dans des cas
extraordinaires. Son habitude était de prendre à
part l'élève coupable, de s'entretenir cœur à cœur
avec lui, de lui montrer avec douceur la cause du
mal et le remède à y apporter, puis il priait dans
son cabinet, agenouillé à côté de lui, demandait à
Dieu de lui pardonner et de lui donner le secours
de sa force divine pour agir en lui contre ses
mauvais penchants.

Il lui est souvent arrivé de se charger lui-même
des fautes du coupable ; car, quand il n'avait pu
faire naître en lui la repentance, il passait une
partie de la nuit suivante à intercéder dans le
secret de son cabinet pour obtenir de Dieu qu'il
touchât par son influence directe et puissante ce
cœur demeuré sourd aux exhortations de son directeur. Cet excellent homme a eu la joie de

6

former au bien un grand nombre des orphelins
qu'il avait sous ses soins et de donner ainsi à notre
pays des citoyens utiles qui se distinguent par la
fermeté de leurs principes et leur excellente conduite soit dans l'armée, soit dans le civil.

La première éducation est la saison des se-
mailles, le sol est encore libre de les recevoir,
elles peuvent s'y développer et y grandir, tandis
que, plus tard, il faut commencer par arracher les
plantes gourmandes qui ont poussé des racines
profondes. Viennent alors les grandes afflictions,
qui sont comme le soc qui déchire la terre durcie
et la retourne. Dans sa miséricorde, Dieu, le grand
éducateur, fait plus tard ce que les parents ou les
instituteurs n'ont pas fait à temps.

Pour que la vie morale circule partout en France
et renouvelle l'esprit de notre peuple, il faut que
chaque personne qui a un certain degré de foi et
de lumière, d'élévation et de charité, ait à cœur
d'exercer autour d'elle une influence. Tous doivent
prendre une part de responsabilité dans la réno-
vation sociale. La bonne et puissante réaction s'o-
père par de petits moyens, de proche en proche,
d'âme à âme. C'est le procédé que Dieu emploie
dans la nature. De petites semences produisent de
vastes moissons ; — de petites feuilles forment un
épais ombrage, des graines légères, presque invisibles, s'envolent au loin et éclosent là, sans que

personne les y ait portées. Un gland donne un arbre vigoureux ; de même le témoignage rendu à la vérité par une âme fidèle et modeste se répand bien au-delà du petit cercle dans lequel elle vit, et un petit enfant élevé avec soin par une mère chrétienne a pu devenir une colonne et l'appui de la vérité dans la libre Amérique.

En échange, une méchante pensée, une mauvaise parole, une coupable action se succèdent rapidement et deviennent autant de germes de corruption qui, lancés dans le monde, ne peuvent manquer d'éclore et de s'y multiplier à l'infini.

Un émigré irlandais avait eu la fantaisie de faire venir de son pays une plante de chardon en souvenir de ses courses enfantines à travers les terrains vagues qui entouraient la cabane de ses parents, il la mit dans son jardin, en Australie, et bientôt une multitude de chardons se montrèrent auprès et au loin de la demeure de notre imprudent colon ; il lui aurait fallu un travail impossible pour détruire les innombrables chardons provenant de la semence de celui qu'il avait planté.

Ce fait est un image de la progression du mal abandonné à lui-même et démontre l'importance qui doit s'attacher à tous les actes de notre vie. Rien n'étant réellement indifférent dans ses conséquences.

IX

LE DÉPART DE DOROTHÉE

Depuis longtemps, Charles Mandal avait perdu sa gaieté ; on ne lui voyait plus cet air ouvert et bienveillant qui avait donné tant d'agrément à sa physionomie. Ses visites chez son beau-père devenaient de plus en plus rares ; il se montrait maussade et taciturne. Dorothée elle-même paraissait contrainte, absorbée ; ses traits étaient souvent altérés comme si elle avait pleuré ou secrètement souffert. Maurice remarquait avec une vive inquiétude ces signes alarmants, sans oser cependant questionner sa fille. Georges partageait ce souci, et tous deux se demandaient avec angoisse quelle pouvait être la cause du triste changement qui s'était produit dans ce jeune ménage, jadis si uni et si heureux. Après avoir laissé passer quelques semaines encore pour voir si cette situation cesserait, Maurice se résolut à demander une explication complète à sa fille.

Il sortit donc un matin après son premier repas pour se rendre à l'usine. Une nuit sans sommeil, passée tout entière à se préparer au chagrin qui l'attendait, avait laissé sur son visage les traces bien visibles de la douleur qui étreignait son cœur.

Dorothée, dès le premier regard porté sur son père, comprit qu'il n'était plus possible de garder son triste secret. Elle se jeta dans ses bras tout en pleurs, puis, après un moment de silence, pendant lequel elle cherchait à surmonter son émotion, elle lui raconta que son mari lui avait expressément défendu de révéler à sa famille la résolution qu'il avait prise ; cette obligation de dissimuler lui avait causé une souffrance pleine de remords, sans pourtant qu'elle osât la braver. Puis elle lui apprit que Charles, las d'une existence si régulièrement paisible, désireux de connaître le monde et de voler de ses propres ailes, avait profité d'un voyage d'affaires à Paris pour entrer en relation avec un négociant établi en Algérie, qui lui avait proposé une participation avantageuse dans une exploitation de forêt. Cette association devait durer dix années ; il l'avait acceptée, promettant à Dorothée de la ramener dans sa famille après ce temps-là.

Comment peindre la surprise et le chagrin du pauvre père en apprenant cette nouvelle ? Il y trouvait, non-seulement le renversement du sort de sa fille, mais une preuve évidente que l'ancien caractère de Charles avait repris son empire. Il fallait, en effet, qu'il fût maîtrisé par un inconcevable égoïsme et que son inconstance naturelle pour un travail régulier eût séduit son imagination d'une manière étrange, pour qu'il se fût rendu à

de telles propositions. Maurice reconnaissait dans
cette désastreuse circonstance que, lorsque le cœur
n'est pas régénéré par l'action intérieure de l'Esprit de Dieu, les réformes les plus remarquables,
et, en apparence, les plus réelles n'ont ni profondeur, ni persistance.

Les excellents parents de Charles ignoraient encore les projets de leur fils. Maurice se joignit à
eux pour faire une tentative solennelle auprès de
l'imprudent jeune homme, afin de le détourner
de son funeste dessein et de lui fournir le moyen
de se dégager de la promesse qu'il avait faite, ils
cherchèrent à l'éclairer sur les dangers auxquels
il exposait sa femme et sa petite fille ; ils essayè-
rent de réveiller les sentiments généreux qu'il
avait montrés, mais ni les larmes de sa bonne
mère, ni les meilleurs arguments de son père ne
purent l'ébranler ; il se montra fier, indépendant,
impatient même de secouer le joug que l'affection
et l'autorité paternelles faisaient peser sur lui, se
plaignant avec hauteur de ce qu'à son âge on ne
le laissait pas libre d'agir selon son propre jugement. Il termina brusquement ce pénible entretien
en annonçant son départ pour un jour très-pro-
chain ; il avait eu le dessein de laisser sa femme
et son enfant quelques mois encore en France
pendant qu'il préparerait leur établissement près
de lui, mais ayant reçu la plus cordiale invitation

de son futur associé de recevoir Dorothée dans sa propre famille, il n'hésitait pas à l'emmener avec lui ainsi que la petite Suzanne. Il ne fut donc plus question que de hâter les préparatifs du prompt départ de la jeune femme dont la douleur était trop vive pour lui laisser le courage de s'en occuper elle-même, car elle portait le poids de tous les torts de son mari, et quoique bien innocente, en souffrait comme si elle eût été aussi coupable que lui.

La veille du jour de ce lamentable départ, Maurice ne put fermer l'œil; il se rendait compte de tous les dangers et de tous les genres de souffrances auxquels sa fille bien-aimée allait être exposée. Il n'y avait point, dans cette épreuve, les motifs de consolation que donne une résolution conseillée par la sagesse ou le dévouement; tout était fâcheux en cette circonstance. L'égoïsme de Charles l'avait amenée, et l'événement lui-même était gros de dangers. Le pauvre père s'enfonçait dans ses regrets et ses appréhensions jusqu'à perdre pied; effrayé de son découragement, il s'aperçut qu'il allait à la dérive, et aussitôt s'arrêta sur cette pente glissante, considérant que la Sainte Ecriture déclare que rien n'arrive sans la permission de Dieu. Il se mit aussitôt à lui demander que cet immense sacrifice servît à la régénération du cœur de Charles en lui apprenant à se connaître. Maurice puisa dans cette généreuse intercession en faveur de son coupable

gendre une force et un calme qui lui firent un
bien infini. Sa désolation cessa ; il sentit qu'il
devait employer les dernières heures d'entretien
qu'il allait avoir avec sa chère fille à la préparer
aux devoirs difficiles qu'elle aurait à remplir loin
de ses amis. Lorsque Dorothée vit de sa croisée
son excellent père monter l'avenue qui conduisait
à la maison d'habitation, elle s'effraya des émotions auxquelles cette douloureuse entrevue allait
donner lieu ; mais quel fut son étonnement en remarquant la sérénité empreinte sur les traits de
Maurice et combien elle fut consolée lorsqu'il lui
conseilla d'être pour son mari une tendre et pa-
tiente épouse, l'exhortant à s'abstenir de tout reproche, afin de pouvoir éclairer son jugement jour
à jour selon les circonstances.

« Charles rencontrera des difficultés et des
épreuves qu'il n'a point prévues et dont il recevra
une utile expérience, » lui dit-il ; « et quant à notre
cruelle séparation, il n'y a pas de distance possible
pour nous isoler de toi, ma Dorothée, car un
même esprit nous anime et nous soutient, et tu te
sentiras toujours entourée et portée par notre
amour. La confiance que tu as en Dieu sera comme
une ancre ferme qui te maintiendra dans sa paix
en dépit des orages. »

X

SÉJOUR EN ALGÉRIE

Les nouvelles reçues des voyageurs apportèrent beaucoup de consolation à leurs deux familles. Le voyage s'était effectué sans accident et avait été l'occasion de maintes jouissances inattendues. Dorothée, par une lettre fort détaillée et pleine d'animation, racontait avec toute la fraîcheur de ses vives impressions, ce qu'elle avait vu et senti pendant ce long trajet. Ses récits imagés et ses réflexions sensées rappelaient si bien l'agrément de son entretien, que ses parents croyaient l'avoir ressaisie; mais, la lettre achevée, la séparation s'était fait sentir plus cruellement encore. Arrivés à Bone, nos voyageurs y avaient rencontré l'accueil le plus hospitalier dans la famille du négociant auquel Charles avait à faire. On avait décidé en commun que Dorothée et sa petite fille resteraient à la ville pendant la saison chaude, que Charles se rendrait seul dans les forêts d'exploitation et qu'il y préparerait une demeure convenable pour recevoir sa femme. Du reste, il ne fallait qu'un jour pour franchir la distance et il pourrait revenir fréquemment.

Ce sage parti, ce bon entourage, tranquillisèrent

les parents ; de part et d'autre, on s'engagéa à espérer que ces circonstances nouvelles, tout aven-
tureuses qu'elles fussent, pourraient avoir un bon
résultat pour Charles, en lui faisant acquérir une
expérience propre à former son caractère. La correspondance vint donner essor au trop plein de ces
cœurs tendres et dévoués, et prit une place principale dans leur paisible existence.

Mais tandis qu'ils se reposaient avec confiance
sur le sage parti qui leur avait été annoncé, Charles
en prenait déjà un autre pour satisfaire aux exigences de son esprit capricieux et égoïste. L'ennui
s'était emparé de lui dans son campement solitaire. Ses lettres à Dorothée exprimaient son mé-
contentement sur tous les tons, et déclaraient qu'il
lui était impossible de vivre ainsi loin d'elle. Il s'é-
tait promptement lassé d'une existence qui, d'abord,
lui avait offert un certain charme de nouveauté
et de pittoresque originalité ; mais n'étant nullement disposé à s'intéresser aux ouvriers qu'il dirigeait, ne cherchant ni à observer leurs caractères,
ni à profiter de leur savoir faire pour former sa
propre expérience, tout en eux lui déplaisait. Son
idée fixe était de hâter l'installation de sa femme
auprès de lui. Sous l'empire de ce désir, il pressait la construction de la petite maison d'habitation qui lui était destinée et en surveillait les
travaux avec une fiévreuse agitation. Il ne pou-

vait plus se dissimuler que la position qu'il s'était
faite ne s'accordait point avec ses habitudes ni
avec ses goûts, et qu'il avait échangé une douce
indépendance et un bonheur facile contre une
existence pleine de privations et de difficultés.
Mais malheureusement tout en constatant ces
vérités, il n'en retirait pas l'utile leçon qu'elles
devaient lui donner, car il continuait à ne point
écouter la voix de sa conscience, lorsqu'elle l'accusait d'être lui-même l'auteur de ses peines. Il
s'appliquait à rejeter sur les circonstances extérieures toutes les souffrances et les mécomptes
qui troublaient son repos. Vainement Dorothée
lui racontait, dans ses fréquentes lettres, la douce
et agréable vie qu'elle menait chez ses nouveaux
amis, le priant de la laisser encore près d'eux,
vainement aussi l'associé de Charles lui écrivait,
avec une certaine sévérité, qu'il y aurait la plus
grande imprudence à déplacer sa femme et son
enfant pendant l'été et à les exposer sitôt à un
complet isolement ; Charles n'en persistait pas
moins dans son projet de les venir chercher au
commencement de juillet.

Il n'était pas dans le caractère et les habitudes
de Dorothée de faire de l'opposition ; trop jeune
pour avoir la fermeté et la clairvoyance qui auraient pu résister aux caprices de son mari, elle
finit par s'y soumettre et fit ses préparatifs de

départ. Ses amis ne cachèrent pas à Charles leur désapprobation et les vives inquiétudes que leur causait cette transplantation prématurée. Pour parer, autant que possible, aux conséquences d'un tel isolement, ils donnèrent à Dorothée leur plus fidèle domestique.

Le bonheur de reconquérir sa femme, de la voir se consacrer entièrement à lui, sembla d'abord rendre à Charles tout son contentement. Sa tendresse, quoique exclusive et égoïste, avait un genre de grâce expansive et d'ardent dévouement qui ne manquait pas de séduction. Il témoignait tant d'affection à Dorothée, elle était pour lui l'objet d'une si vive préoccupation, que la douce et tendre épouse, subjuguée par un amour qu'elle partageait, ne discernait pas le danger de cette espèce d'idolâtrie, et se refusait à blâmer celui qui, pourtant, lui causait tant de souffrances et lui imposait de si douloureux sacrifices.

Le voyage commença gaîment, la beauté d'une matinée resplendissante, le bonheur d'être avec Charles, l'ignorance des difficultés qui l'attendaient, rendirent très-agréables pour la jeune femme les premières heures de cette journée. Cependant, la chaleur devint accablante, et Charles ne put se dissimuler que la santé de sa femme et de sa fille pourrait en souffrir; il multiplia ses prévenances et s'efforça de cacher ses inquiétudes sous l'appa-

rence de la gaieté et d'un espèce de calme. Après
une journée extrêmement fatigante, ils atteignirent
enfin le but, mais l'arrivée fut triste, extrêmement triste. C'était le soir; la lune éclairait ce lieu
désert, un profond silence y régnait; les Kabyles
et les Arabes qui travaillaient dans la forêt étaient
le seul entourage de cet établissement nouvelle-
ment créé. Dorothée ne voulant pas affliger Charles
s'efforça de dissimuler la pénible impression produite par ce sombre paysage, elle réprima l'émotion et l'indicible tristesse qui l'avaient saisie;
car, dès le premier coup d'œil jeté sur ce site
sauvage auquel les ombres de la nuit prêtaient
un caractère plus grave encore, elle comprit l'a-
mertume de l'exil auquel sa nouvelle position la
condamnait. Le sourire sur les lèvres, mais le
découragement le plus accablant dans le cœur,
elle parcourait la petite demeure qui lui était
destinée. C'était un pavillon construit en grande
partie de bois et qui n'offrait aucune des dispositions et des conforts qu'elle pouvait désirer. Tout
espèce d'agrément y manquait pour la distribution
et les arrangements intérieurs. Charles n'avait
jamais eu l'esprit pratique; il était dépourvu de
cette prévoyance ingénieuse qui naît du désir de
rendre heureux ceux qui nous entourent; la vie
lui avait été rendue trop facile dès son enfance,
par l'aveugle tendresse de ses parents, en sorte

qu'il n'avait point compris qu'elle ne s'aplanit
pour les uns que par le dévouement ou les sacrifices des autres ; mais, à cette heure, il ne put
échapper à la réalité terrible de la situation ; toute
illusion se dissipa forcément dans son esprit et il
se sentit accablé et comme atterré par la responsabilité qu'il avait assumée. Une généreuse sensibilité depuis longtemps comprimée par un fol
égoïsme se réveilla soudainement dans son cœur,
et, saisissant la main de sa femme avec une émotion qui allait jusqu'au désespoir, il la supplia
avec larmes de prendre courage et de lui pardonner son imprudente obstination, lui promettant,
avec l'ardeur de son caractère, de l'entourer d'une
si vive affection qu'elle ne se serait jamais sentie
aussi aimée ni mieux protégée que dans ce désert
où il devait lui tenir lieu de tout ce qu'elle avait
sacrifié pour le suivre. Dorothée, toujours dispo-
sée à s'oublier elle-même, l'embrassa tendrement
et l'assura qu'elle pourrait être heureuse près de
lui, dans cette solitude absolue, si elle le voyait
accepter avec courage les ennuis qu'il devait subir,
et jouir paisiblement de leur douce intimité. Puis,
avec cette industrieuse adresse d'une femme accou-
tumée à une vie active, elle se mit vivement à
l'œuvre pour donner à sa petite habitation une
apparence moins dénudée, et peu de jours après
cette triste installation, la jeune femme avait repris

sa sérénité hibituelle; l'amour de son devoir la soutenait, et l'aimable enjouement qui lui était naturel
trouvait à s'alimenter par les observations que lui
fournissait son nouveau genre de vie; mais si l'é-
nergie morale luttait victorieusement, la santé ne
résistait pas de même aux conditions défavorables
de ce séjour. Au bout de quelques semaines, la chaleur étouffante de la saison avait consumé ses forces
et celles de la petite Suzanne. Il fallut donc absolument retourner à la ville pour y chercher les
moyens de guérison dont cet endroit si retiré était
totalement dépourvu.

Charles avait lui-même pressé le départ; le souci
que lui donnait l'état alarmant de la santé de sa
femme ne lui laissait aucun repos d'esprit; il avait
pris toutes les précautions en son pouvoir pour
diminuer les difficultés du voyage, dont la première
partie devait nécessairement se faire à mulet. Il
fallait gagner, avant les heures les plus chaudes,
le petit village où se trouveraient de meilleurs
moyens de transport. On était parti dès l'aurore.
Un triste silence laissait à chacun la liberté de ses
réflexions. Dorothée n'avait pas la force de parler,
la petite Suzanne était dans les bras de la servante;
le bruit des pas des montures et le claquement des
fouets de leurs conducteurs se faisaient seuls
entendre. Les mulets fatigués ralentissaient leur
marche; en vain les pressait-on d'avancer, la cha-

leur les accablait eux-mêmes. Charles, désolé, comptait toutes les minutes, car il remarquait avec angoisse la pâleur de sa femme. Tout à coup, un cri déchirant arrêta la petite caravane. Dorothée s'était inclinée et serait tombée, si le conducteur, qui marchait à côté d'elle, ne l'avait reçue dans ses bras.

La situation où se trouvaient nos malheureux voyageurs était désespérante; car, au milieu d'une route sans abri, et n'ayant pour se garantir des rayons brûlants du soleil que l'ombre des parasols attachés aux selles des mulets, il était impossible de venir au secours de la jeune femme. Les murs du petit village se montraient à peu de distance, il s'agissait de l'atteindre; on parvint, à l'aide de couvertures et de burnous, à faire une espèce de couche à Dorothée évanouie, et soutenue des deux côtés, elle put être ainsi maintenue, pendant que les muletiers stimulaient leurs bêtes à marcher plus vite. Charles, en proie au plus violent désespoir dans le secret de son cœur, rassembla, par un effort suprême, ses forces et ses idées pour faire face à la situation. Qui pourrait décrire les angoisses de sa conscience et l'amertume de ses regrets pendant ces affreux moments?

Enfin l'on arriva au village; là, du moins, il y avait de l'ombre et du repos. Mais quelle halte! Dorothée, toujours évanouie, ne donnait aucun

signe de vie ; sa bouche contractée ne pouvait recevoir le cordial qu'on approchait de ses lèvres ; tous
les efforts par lesquels on essaye de ranimer une
mourante vie furent mis en œuvre sans succès ;
et, au bout de quelques heures, on vit la malade
entr'ouvrir des yeux déjà voilés, puis les refermer
en exhalant un léger soupir.

Ainsi fut ravie au pauvre Charles celle qui avait
exercé un si grand ascendant sur ses sentiments et
qu'il aimait plus que toutes choses au monde. Il
ne put se livrer à l'extrême douleur qui déchirait
son cœur, car sa fille malade réclamait les plus
grands ménagements. On disposa un brancard, sur
lequel fut placé le corps de Dorothée. Pendant cette
scène de désolation, la petite Suzanne endormie
avait été déposée dans un coin de la salle et y reposait tranquillement. On put aisément lui cacher son
malheur ; elle croyait que sa mère dormait, et
parlait à voix basse de crainte de l'éveiller.

Charles eut à souffrir, pendant la dernière partie
de ce navrant retour, les tortures d'une insondable
douleur et celles que lui infligeait inexorablement
le sentiment de ses fautes.

Il s'était fait précéder d'un messager chargé de
porter la nouvelle de ce grand désastre ; on l'attendait donc, et lorsque, arrivé chez ses excellents
hôtes, il eut silencieusement déposé entre leurs
bras sa pauvre enfant, il se réfugia dans sa cham-

7

bre pour s'y abandonner librement à la désolation la plus amère.

Ce malheureux jeune homme avait repoussé dès son enfance tout examen de ses propres sentiments, il était resté sourd aux conseils de la Parole de Dieu et à ceux de ses parents, afin de suivre sans contrainte l'impulsion de ses mobiles impressions et de ses capricieuses volontés. Tout à coup, un châtiment terrible l'avait frappé, et le voile qui lui cachait le véritable état de son cœur s'était déchiré, laissant pénétrer jusqu'au fond de sa conscience une clarté *effrayante* qui lui faisait voir les conséquences funestes de son extrême égoïsme et le jetait dans un indescriptible effroi.

Le désespoir de Charles et ses remords l'auraient tué, s'il ne s'était souvenu que Dieu est plein de compassion pour le coupable et qu'il y a pardon auprès de lui. Dorothée s'offrit à son cœur comme un ange qui avait eu la céleste mission de l'attirer au bien, mais dont il n'avait ni écouté les avis, ni suivi l'exemple; le bonheur ne l'avait pas soumis au devoir, et maintenant qu'elle lui avait été ravie, il comprenait ce qu'il n'avait jamais compris, et sentait ce qu'il n'avait jamais senti. Un repentir profond étreignait son cœur de part en part, mais une secrète espérance le soutenait au-dessus de l'abîme du désespoir qui était béant devant lui. Il se jeta à genoux avec le plus ardent besoin de

s'humilier devant Dieu; il lui exposa les souffrances et toutes les fautes qui pesaient d'un si grand
poids sur son cœur. Cette sincère et complète confession donnait essor à ses sentiments; il la prolon-
geait avec une croissante confiance, et sentait qu'à
mesure qu'il avouait sa rebellion et son ingratitude,
un soulagement inconnu lui arrivait. Pour la première fois, il se rendit compte de la nécessité de
l'expiation faite sur la croix par le Sauveur du
monde; pour la première fois, ce grand fait lui
apparaissait dans son auguste grandeur; il ne lui
fallait pas moins, en effet, qu'un pardon gratuit
pour le rassurer, car le sérieux de la vie et la gravité de la révolte contre la loi de Dieu s'étaient fait
sentir à lui dans leur imposante sévérité. Il lui
semblait avoir vécu jusqu'à ce moment solennel
comme un homme qui songe, et n'être entré dans
le monde des réalités vivantes que depuis que la
lumière s'était faite en lui.

Ses bienveillants hôtes, qui l'avaient averti et
ouvertement blâmé lors du départ pour la forêt,
s'abstinrent de toute question, ils ne lui montrèrent
que la plus vive compassion, cherchant, par une
délicate sympathie, à mettre un peu de baume sur
la cuisante blessure de ce pauvre cœur.

La petite Suzanne, entourée de soins et de tendres
prévenances, fut bientôt rendue à la santé; il ne
fallut pas non plus de grands efforts pour la dis-

traire de l'absence de sa mère, car elle crut tout
simplement qu'elle la retrouverait au ciel, comme
on le lui promettait. Dorothée avait entretenu
familièrement sa fille des grandes vérités qui sont
à la portée des plus jeunes esprits, et la confiance
enfantine fit le reste.

Charles était hors d'état de communiquer lui-
même son malheur à ses parents; il pria son associé de vouloir bien se charger de cette lugubre
mission. Inutile de dire que les ménagements employés ne purent amortir un coup si accablant.
Les pauvres parents furent comme foudroyés à la
réception d'une nouvelle à laquelle ils ne s'attendaient nullement, car Dorothée leur avait épargné
le récit de ses difficultés et de ses souffrances.

M. et Mᵐᵉ Mandal envisagèrent la mort de leur
chère belle-fille comme une sorte d'immolation
dont leur fils était l'auteur, et cette conviction leur
rendit plus poignante encore cette immense affliction. Quant à Maurice, il ne pouvait se pardonner
d'avoir encouragé Dorothée à suivre Charles dans
ce lointain pays; il s'accusait d'aveuglement ou de
faiblesse tour à tour, d'imprévoyance et même de
témérité, pour n'avoir pas fait une formelle opposition à ce fatal départ; puis, après avoir laissé errer
son angoisse paternelle et ses amers regrets sur chacune des circonstances qu'il déplorait, il se souvint
pourtant que tout avait été mis en œuvre pour

éclairer, convaincre ou gagner son beau-fils ; qu'il
ne s'était résigné à l'événement que pour ne pas
interposer son autorité entre le mari et la femme.
Par respect pour leur union, il avait fait taire ses
propres sentiments. Lorsqu'il eut constaté, par ce
douloureux et minutieux retour sur le passé, les
motifs de sa conduite en cette circonstance, il aban-
donna toutes vaines récriminations, et remonta doucement au calme et à la résignation par un sincère
acquiescement à cette sévère dispensation. L'expérience, qui est utile en toutes choses, l'est beaucoup aux affligés, car ils ont gardé la mémoire des
sentiers escarpés par lesquels ils ont dû passer et
des secours efficaces qu'ils ont reçus dans leurs
peines précédentes. Certaines paroles de la révélation ont été comme un phare lumineux au milieu
de l'orage, elles les ont ramenés à la confiance et
ils y retournent pour être de nouveau guidés et
rassurés.

Charles ne tarda pas à comprendre qu'il devait,
dans l'intérêt de sa fille et pour la consolation des
deux familles, la leur envoyer. La première lettre
qu'il put écrire à ses parents leur annonçait cette
détermination, et demandait à Georges de se rendre
dans le plus bref délai à Marseille pour y chercher
sa nièce. Il avait confié l'enfant à une respectable
dame qui lui avait promis d'en prendre un soin
maternel jusqu'au moment où l'on viendrait la
réclamer.

Cette lettre du jeune veuf fut un très-grand événement pour les malheureux parents, non-seulement par la nouvelle qu'elle leur apportait, mais encore et surtout à cause des sentiments qu'elle exprimait. On ne pouvait méconnaître qu'une prodigieuse révolution s'était opérée en lui. Il racontait, en termes simples et touchants ce qu'il avait senti et souffert lors de l'arrivée de Dorothée dans la forêt. Il déplorait amèrement l'inconcevable égoïsme qui l'avait aveuglé et le considérait comme la source de toutes les erreurs de son jugement et de toutes les ingratitudes de son cœur. La douleur de la repentance et l'humilité qui en résulte lui inspiraient des expressions profondément senties et qui émurent d'une manière bienfaisante les chers affligés auxquels elles s'adressaient; aussi des larmes de joie et de reconnaissance coulaient de leurs yeux en même temps que celles données à un si grand deuil; le réveil de la conscience de Charles répondait à leurs plus ardentes prières.

Georges ne perdit pas un jour pour se rendre à Marseille, et, mettant de côté toute pensée personnelle, dans un voyage qui aurait été pour lui fort intéressant, il promit de ramener immédiatement sa nièce.

Les grandes infortunes causent un si fort ébranlement qu'on n'ose plus rien espérer; tout semble être devenu incertain et précaire, il faut du temps

pour que l'équilibre se rétablisse et que le courage
reprenne son empire. Ce ne fut donc pas sans
anxiété qu'on attendit, à l'usine et à la Prairie, le
retour de Georges, la lettre qui annonçait l'arrivée
des voyageurs pour le lendemain put seule mettre
un terme à ces craintes involontaires.

Au soir d'une paisible journée d'automne, M. et
Mme Mandal se trouvaient à la Prairie, pour y recevoir leur chère petite fille. Dès que le bruit lointain
des roues de la voiture se fit entendre, chacun se
porta spontanément sur la route, et ce fut là que
Georges, après s'être jeté hors du char, prit sa
nièce et là plaça dans les bras de son grand-
père.

Maurice pressa l'enfant contre son cœur avec
une profonde émotion, puis la donna à Mme Mandal.
Tout le monde était en larmes, et la petite Suzanne,
consternée de la tristesse qu'exprimaient tous les
visages et du grand deuil qui l'entourait, éclata en
sanglots. Le désir de la rassurer et de faire cesser
ses pleurs opéra un changement subit : chacun lui
sourit, le bonheur du revoir l'emporta sur l'amertume des souvenirs, et bientôt la petite reprit son
air joyeux et confiant.

Suzanne avait grandi pendant ces huit mois
d'absence. Elle était jolie de traits et charmante
d'expression. Sa bonne grand'mère eut la généreuse pensée de céder ses droits à Maurice, en

disant qu'elle lui demanderait, à certains jours, sa
petite fille, mais à titre de prêt seulement. Cette
offre fut acceptée avec une vive reconnaissance, et
Marthe, qui avait entendu ce touchant dialogue, se
hâta de préparer la chambre qui était contigue à
celle de son maître, pour y installer le petit lit qui
avait servi à Dorothée enfant ; elle disposa tout
aussi pour reprendre elle-même son ancien rôle
de bonne.

Lorsque Maurice se fut retiré pour le repos de la
nuit, il entra dans la chambre où dormait la petite
Suzanne, et resta longtemps debout à côté de sa
couchette pour la contempler. Les événements
avaient marché si vite, les situations s'étaient si
rapidement transformées, qu'il était sous le coup
d'une espèce de saisissement ; mais plus il considérait les résultats de la catastrophe qui les avait
plongé dans un deuil si profond, plus il comprenait
l'action de la miséricorde divine dans cette ruine
apparente. Quel changement admirable s'était produit dans le cœur de Charles par le moyen de cette
affliction! Lui si fier, si susceptible, si irritable,
devenu véritablement humble! Sachant aimer avec
désintéressement, se priver de son enfant pour son
bien et la consolation de ses parents, lui qui se
laissait dominer par les caprices de son imagination
et qui ne suivait que sa propre volonté, était maintenant capable de renoncement, et jouissait d'une

paix réelle, au milieu des circonstances les plus désastreuses et d'un malheur irréparable.

Évidemment, pour un homme d'expérience comme Maurice, il y avait là un sujet de profonde admiration et de sérieuse méditation, car on voyait dans ce fait une nouvelle preuve de cette divine charité qui prépare et poursuit l'accomplissement de ses desseins de miséricorde envers des âmes qui semblaient devoir rester toujours dans leur égarement.

On ne saurait s'étonner que, sous l'influence de ces vues si chrétiennes, Maurice éprouvât le besoin d'écrire le premier à son gendre, il y était porté par une compassion infinie pour sa douleur repentante, et par le puissant élan de la charité qui se réjouit du réveil d'une âme.

Il était arrivé, en divers temps, à Maurice de consacrer sa vie à Dieu pour faire sa volonté sans réserve ou pour la subir patiemment. Cette espèce d'offrande volontaire avait été acceptée, il le voyait, car la mort de sa fille chérie avait servi de moyen pour briser la dureté du cœur de Charles et le renouveler dans son entendement.

XI

CORRESPONDANCE

—

M. Maurice Frantz à M. Charles Mandal.

« Mon cher gendre,

« C'est avec une bien vive émotion que nous avons reçu la lettre que tu nous as adressée collectivement. Il y a eu beaucoup de larmes répandues et beaucoup de ces soupirs qui ne peuvent s'exprimer; mais avec cela une profonde et tendre sympathie pour tes souffrances, ainsi qu'une inexprimable reconnaissance envers Dieu qui t'a secouru dans ta détresse. Ces sentiments ont dominé tous les autres, et si tu étais près de nous, nous te presserions sur nos cœurs et tu pourrais lire dans nos regards l'infinie compassion que nous inspire ta douleur.

« Oui, mon cher Charles, contemplons dès à présent ce grand événement comme nous l'envisagerons dans l'éternité. Il ne fallait pas moins que cet immense sacrifice pour réveiller ton cœur en l'arrachant à ses illusions; tu as appris, par la perte de ton bonheur, à te connaître et à te juger

toi-même. Ce n'est que lorsque le grain de blé est
comme anéanti sous terre que le germe fécond
qu'il renfermait peut se dégager, puis donner naissance à la nouvelle plante. Telle est l'image de ce
qui s'est fait en toi, il a fallu la destruction de tes
espérances terrestres pour que ta vie spirituelle
pût éclore. Quand les bienfaits dont Dieu nous
comble ne lui ont pas attiré et soumis notre cœur,
sa sollicitude nous cherche par une autre voie,
c'est toujours le même amour qui emploie divers
moyens, et la sévérité en apparence la plus inexorable n'est qu'une forme de sa miséricorde, car il
s'agit avant tout du salut de nos âmes.

« Dorothée, depuis son berceau jusqu'à sa tombe,
a été un être tendre et dévoué ; elle est devenue,
par sa mort, le moyen du relèvement et de l'éternelle consolation de son cher mari. Tu n'as été
séparé d'elle pour un temps que pour la retrouver
à toujours. Comment donc ne pas m'incliner devant cette manifestation de la volonté de mon
Dieu ; comment ne pas adorer ses voies, quelque
douloureuses qu'elles soient pour mon cœur !

« Si tu sens que tes occupations actuelles sont
en désaccord avec tes souffrances, et que le besoin
de retrouver tes parents et ton enfant est trop pressant pour le braver impunément, n'hésite pas à
faire les sacrifices pécuniaires qu'exigerait la rup-
ture de tes engagements. Nous attendons ta réponse

à ce sujet avec une tendre impatience. Compte sur l'affection avec laquelle tu seras accueilli par

« Ton affectionné père,

« MAURICE FRANTZ. »

La réponse de Charles ne se fit pas attendre, et vint confirmer Maurice dans les sentiments qu'il lui avait voués.

M. Charles Mandal à M. Maurice Frantz.

« Mon excellent père,

» Permettez moi de vous donner ce doux nom qui signe votre lettre ! Je ne saurais vous exprimer l'effet que votre écriture a produit sur moi. Sa seule vue semblait m'accabler des plus justes reproches ; je n'osais briser le cachet, car je sentais que je méritais votre malédiction ; j'ai trahi toutes mes promesses et trompé vos espérances les plus légitimes, en abandonnant mon heureuse position, et en quittant nos deux familles pour venir ici. C'est dans le sentiment de mon indignité et prêt à lire l'expression de votre douleur, mêlée d'indignation à mon égard, que je me suis enfin décidé à ouvrir cette lettre. Comment vous peindre mon étonnement à ces premiers mots :

« Cher gendre,

« Ils rappelaient le lien qui existe entre nous et

montraient votre pardon pour le coupable! Puis tout
ce que vous m'exprimez est inspiré par une si
grande charité, par une compassion si pénétrante,
que ma foi s'en augmente, et que je m'écrie : « Il
n'y a qu'un chrétien qui puisse sentir ainsi. » Je
me vois gracié par vous; plus que cela, vous me
plaignez, vous partagez ma douleur, vous cherchez
à la soulager par de vivifiantes consolations! Ah!
les reproches que vous ne me faites pas, ma conscience me les adresse avec d'autant plus de
sévérité!

« Si la mort de ma bien-aimée Dorothée m'a
arraché aux ténèbres dont mon cœur et mon
jugement étaient enveloppés, votre lettre, mon
cher père, m'a révélé la puissance de consolation
que possède la vraie charité, elle m'a prouvé que
le disciple est animé du même esprit que le
maître, car vous avez consenti à ce que Dorothée
s'immolât à ses devoirs, vous l'avez laissé partir
pour qu'elle accomplît envers moi sa tâche de
fidèle épouse, et quand elle a succombé dans son
obéissant dévouement, vous avez accepté sa mort
par amour pour le salut de mon âme!

« Maintenant, je puis et je dois vous le dire,
malgré mes fautes énormes, malgré l'affliction que
j'ai fait venir sur vous tous, je ne me sens ni
crainte ni effroi de vous revoir et de rencontrer
vos regards. Je possède aujourd'hui une paix que

je n'avais jamais connue : j'ai reçu le pardon de mon Dieu et le vôtre aussi, mes chers parents. Je me sens à la fois désolé et consolé, brisé et fortifié dans le secret de mon cœur ; mes larmes coulent, je me vois tel que je suis, je n'espère plus rien de l'avenir en ce monde, mais un autre horizon s'est découvert au-delà et au-dessus de mon sombre présent.

« Quant à mes projets terrestres, ils sont encore confus ; je ne sais quel parti je devrai prendre ; je ne puis en juger maintenant. L'orage a cessé, mais tout est bouleversé par la foudre et les torrents qui ont détruit cette maison fondée sur le sable ; il faut reconstruire, je ne sais si ce sera ici-bas que je recommencerai à vivre, nous verrons ce qui arrivera quand ma santé sera raffermie. Je vous demanderai alors à tous le secours de vos conseils. Aujourd'hui, je vous écris de mon lit où me retient une fièvre persistante.

« Recevez mes tendres embrassements, ainsi que Georges, et l'assurance de ma profonde vénération.

« Votre fils reconnaissant à toujours,

« CHARLES. »

Cette lettre de Charles répondait, non-seulement aux sentiments qui avaient porté son beau-père à lui écrire, mais elle dépassait ses espérances. Il était évident que les funestes illusions auxquelles cet infortuné jeune homme s'était volontairement et obstinément abandonné se trouvaient dissipées pour toujours, et que sa raison, aussi bien que son cœur, avaient été pleinement éclairés. Quand la vérité a réellement pris possession d'une âme, elle y établit son doux et puissant empire, et garde sa conquête elle-même. Autant vaudrait dire qu'un aveugle, guéri de la cataracte, refermera les yeux à la lumière du jour et se privera de la joie de voir ceux qu'il aime; que prétendre qu'un cœur délivré de ses erreurs et qui a goûté la joie immense de sa réconciliation avec Dieu, rentrera dans l'indifférence et les doutes dont il avait été affranchi.

On peut comprendre combien ces rapports intimes avec Charles avaient ramené de tranquillité dans le cœur de ses parents; mais cette espèce d'apaisement à tant de souffrance ne dura pas; les nouvelles qui arrivaient d'Afrique furent si inquiétantes que M. Mandal fit ses préparatifs pour aller voir son fils. Le jour même où il allait partir, la mort du pauvre malade fut annoncée par son associé à Maurice, qui eut ce navrant message à porter à ses malheureux amis.

Tous les détails que transmettait la lettre de Bône étaient en eux-mêmes consolants, car Charles avait quitté la vie en pleine paix, heureux de se confier entièrement en la miséricorde de Dieu, se sentant adopté et reçu avec amour, comme le fils prodigue de la Parabole. (Luc, xv.)

XII

MARIAGE DE GEORGES

La petite Suzanne était pour son grand-père l'objet d'une constante sollicitude. Il veillait sur sa santé et cherchait à remplacer auprès d'elle la mère qu'elle avait perdue ; mais chaque jour il sentait davantage combien il était insuffisant à cette tâche et comprenait que la présence d'une femme manquait sous tous les rapports à leur intérieur. Georges en était encore plus convaincu ; car, depuis quelques mois, il formait le vœu d'avoir bientôt une compagne. Sa préférence s'était portée sur une jolie et modeste jeune personne qui habitait à l'extrémité de la vallée. Il avait trop rarement l'occasion de se rencontrer avec elle pour apprendre à la connaître, et cet état de choses se serait sans doute prolongé longtemps si une circonstance inattendue ne fût venue le servir à souhait.

M. Stein, père de la jeune fille que Georges aimait, vint le trouver pour le prier de s'occuper de

deux de ses fils qu'il désirait garder auprès de lui.
A toute autre personne, cette demande eût été immédiatement refusée, mais la circonstance lui parut si favorable à ses projets, qu'il s'y rendit sans
faire aucune difficulté, heureux de pouvoir connaître intimement une famille qui l'intéressait si
particulièrement. En conséquence, peu de jours
après cette proposition, il avait pour élèves, non-
seulement les deux jeunes gens annoncés, mais
leur sœur aînée, qui désirait profiter de l'occasion
pour se perfectionner dans les compositions françaises.

Notre jeune professeur était fort agréable, il
avait des manières à la fois simples et dignes,
de beaux traits, une expression de franchise et
de générosité qui lui attirait de suite la confiance.
Les personnes en qui la bienveillance et de nobles sentiments sont toujours en action, exercent un puissant ascendant sur les âmes candides.
C'était ce genre d'influence que Georges possédait, bien à son insu. Dès son enfance, il s'était
voué avec enthousiasme au culte du vrai et du
beau moral, et avait acquis, dans la société intime de son père, le sens exquis et la délicatesse
de conscience qui caractérisaient Maurice. Il rencontra dans la famille Stein un esprit solide, bienveillant et enjoué, la nature alsacienne du père se
retrouvait chez ses enfants, et Georges se confirma

8

dans l'idée qu'une alliance avec de telles personnes
lui présentait les meilleures garanties. Il laissa
donc son cœur s'engager toujours plus avant, et
savourait le bonheur de voir et d'entendre chaque
jour la charmante Caroline; cependant, il remarquait avec inquiétude qu'elle était à son égard
d'une froideur excessive, et que l'accueil gracieux
qu'il en avait reçu au commencement avait fait
place à une réserve croissante qui lui causait un
malaise et un trouble dont il n'était pas maître.
Tandis qu'il cherchait à s'expliquer la cause de
ce fâcheux changement, il reçut une lettre de
Mme Stein qui lui demandait de suspendre pendant
quelque temps ses leçons, sans lui indiquer le jour
où il pourrait les recommencer; ce bref message
le jeta dans une vive anxiété et dans les suppo-
sitions les plus diverses, mais son père ne s'a-
larma nullement de la chose, car il était persuadé
que Mme Stein avait agi en mère prudente qui craint
d'exposer le cœur de sa fille; il engagea donc
Georges à se déclarer sans retard et l'événement
justifia ses prévisions. Caroline Stein, en effet, s'é-
tait secrètement attachée au jeune Frantz, et confuse d'éprouver un sentiment qu'elle ne croyait
pas être partagé, elle l'avait dissimulé sous une
apparente froideur. Sa mère, remarquant chez elle
une tristesse et une préoccupation qui ne lui étaient
pas ordinaires, crut devoir prendre de suite ses

précautions, mais ne lui adressa aucune question sur ce sujet.

Ce fut avec une joie profonde et sans mélange que M. et Mme Stein reçurent les premières ouvertures de Georges ; ils avaient compris ce qu'il valait et considéraient le bonheur de leur fille comme assuré, s'il lui était confié. Quant à Caroline, autant elle s'était appliquée à cacher son affection pour lui et à la surmonter, autant elle fut simple et confiante en apprenant qu'il l'aimait. Son émotion se révéla par d'abondantes larmes de joie, de surprise et de gratitude envers Dieu. Un trouble secret la reprit cependant, par la crainte de n'être point digne d'un homme aussi intelligent et aussi instruit que l'était son jeune professeur.

Caroline, l'aînée d'une très-nombreuse famille, avait eu les avantages et les inconvénients de sa position ; elle était tendrement aimée de sa mère, mais elle n'avait pu être l'objet d'une culture particulière et soutenue, sa propre individualité avait dû habituellement s'effacer pour l'intérêt commun. Tout se faisait collectivement dans cette maison remplie comme une ruche et qui en offrait l'image par l'incessante activité de ses habitants. Mme Stein, femme énergique et dévouée, voyait tout, pensait à tout, menait son monde un peu militairement et se tirait de sa lourde tâche à force d'exactitude, d'ordre et de prévoyance. L'obéissance de ses en-

fants et de ses domestiques était prompte et
parfaite, en sorte que sa grande maisonnée ne lui
causait pas plus de peine, moins peut-être, qu'un
seul enfant volontaire et égoïste n'en donne à de
faibles parents. Caroline secondait sa mère dans
les soins qu'exigeait son ménage, et s'occupait
beaucoup de ses frères et sœurs. Depuis que son
éducation était considérée comme achevée, elle
n'avait plus eu le temps de vivre pour elle-
même. Dès le matin, la journée se trouvait en-
vahie par des occupations déterminées et régulières, auxquelles venait s'ajouter l'imprévu qui
surabonde dans les familles nombreuses. Quand
elle essayait de prendre un livre pour délasser son
esprit, elle ne tardait pas à devoir le quitter par
suite de quelque interruption impérieuse, et l'obligation de renoncer si souvent à sa volonté, avait
fini par lui ôter l'énergie nécessaire pour braver
les obstacles les moins sérieux. S'occuper d'elle-
même, avoir des intérêts particuliers, ne lui venait
plus à l'esprit, elle se voyait si réclamée par tous,
qu'elle s'identifiait aux désirs et aux besoins de
chacun, pour s'y prêter autant que possible. Si ce
genre d'éducation avait eu l'inconvénient d'ôter à
son esprit de l'indépendance, il avait eu l'avantage
de détruire en elle tout égoïsme et de la détourner d'une disposition romanesque inhérente à sa
nature. La gaieté et les caresses de ses jeunes frè-

res et sœurs lui avaient communiqué un enjouement et une aimable douceur qui se réflétaient
sur ses traits.

Dans une vie remplie de devoirs positifs de tout
genre qui tenaient toujours son cœur en éveil, la
poésie était plutôt dans les sentiments que dans
les idées, et l'on peut comprendre que, lorsqu'elle
eut distingué Georges, et qu'il eut pris une grande
place dans ses pensées, elle se fit un reproche et
presque un remords de nourrir une préoccupation
si nouvelle et si personnelle.

Quant à Georges, après avoir saisi avec transport
le bonheur qui lui était accordé, il eut à passer par
une amère souffrance, car il se reprochait toutes
ses joies comme si elles offensaient la mémoire de
Dorothée et de Charles. Il n'y avait en lui ni
égoïsme ni légèreté, rien ne le distrayait réellement de la récente expérience qu'il avait faite de
l'instabilité et de la fragilité des choses terrestres.
Maurice, qui connaissait les sentiments sérieux et
délicats de son fils, vint à son aide ; lui aussi considérait les événements qui se succédaient de si
près dans sa famille avec saisissement, mais il avait
une entière confiance dans la souveraine direction
de Dieu sur nos destinées, aussi put-il ramener la
tranquillité dans le cœur de Georges :

« — Ne te fais aucun scrupule d'être heureux,
mon cher fils, tu avais besoin de consolations, ac-

cepte les en toute sécurité. Si la souffrance a une
grande mission à accomplir en nous, le bonheur de
famille en a une non moins importante. La nature
nous enseigne par ses lois que la diversité est une
bienfaisante nécessité, il faut aux champs la suc-
cession des saisons, il leur faut le soleil et la pluie.
D'ailleurs, tu sais bien que ta sœur eût été la
première à approuver ton choix et à se réjouir de
la protection et des soins que ta bien-aimée Caroline donnera à sa chère enfant ; si nous croyions
plus fermement au bonheur de ceux qui sont entrés
au ciel, nous envisagerions toujours leur mort à
ce point de vue. »

Ces paroles apportèrent le calme dans les idées
et les sentiments de Georges, il savait dans quel
esprit son père lui donnait ces conseils, aussi les
accepta-t-il avec confiance, persuadé qu'une âme
qui domine les choses du temps présent est admirablement placée pour supporter patiemment les
maux et pour jouir pleinement des biens.

Il n'est pas une situation plus transformée et
plus charmante que celle créée par d'heureuses
fiançailles. Les liens qui viennent de se former en
si peu de temps, le droit et le devoir de s'aimer
et de dévouer l'un à l'autre, la grande place donnée dans la vie au nouveau couple, enfin cette
existence qui s'offre comme devant être consacrée
à de saints devoirs autant qu'à une tendre affec-

tion, tout cela compose un ensemble si harmonieux, que ceux auxquels ces priviléges sont ac-
cordés doivent être pénétrés d'une gratitude mêlée
d'étonnement et de confusion, car ils ont une bien
large part de bonheur dans un monde où il y en a
si peu.

Mais pour remplir les conditions d'une union
sympathique et complète, il faut être sous l'influence de sentiments purs, tendres et élevés. Il
faut aspirer au vrai en tout, fuir instinctivement le
mensonge et tendre à réaliser l'idéal du bien, en
dépit des obstacles et des obscurités que lui oppose
intérieurement notre propre faiblesse, et au dehors les erreurs, les préjugés et les discordes de
la société.

L'amour, tel que le monde et la littérature le représentent est un sentiment essentiellement dé-
pendant de certaines conditions : il exige la beauté,
ou la grâce qui est un genre de beauté, la jeunesse
ou l'apparence de la jeunesse, et il semble condamné à disparaître avec ces avantages. On le représente exclusif, même jaloux de sa nature, ne
pouvant supporter le partage, et nul ne prétend
qu'il puisse conserver sa première ferveur, lorsque
les lourdes réalités de l'existence lui ont ravi les
illusions et le prestige dont il était revêtu à son
début. Ce portrait n'est pas menteur, il faut en con-
venir, et la plupart des gens le signeraient de leur

nom; mais ce n'est pas à dire qu'il n'y ait une
meilleure et plus fidèle image de l'amour pris dans
son sens supérieur et considéré dans son type
normal. Celui-là existe aussi, quoiqu'il soit moins
connu; combien il est à souhaiter qu'il le soit davantage, c'est lui qui réalise le vrai et durable
bonheur et rend permanents les sentiments tendres du foyer domestique. Pour ceux qui en sont
pénétrés, le soir de la vie a encore l'éclat et les
teintes chaudes du soleil couchant, la vie éternelle
a déjà commencé pour cette fidèle affection qui,
loin d'avoir perdu son charme ou sa vivacité, s'est
enrichie par l'espérance et les souvenirs communs
d'une sympathie plus profonde. Les affections du
cœur comme les sentiments de l'âme se transforment par l'action intérieure d'une influence qui appartient déjà à la vie spirituelle.

Ce fut un jour bien solennel, un jour de grande
émotion pour Maurice Frantz, celui où il se rendit
chez M. Stein, pour recevoir comme sa future belle-
fille la jeune personne que, depuis longtemps déjà,
il désirait voir entrer dans sa famille. Cet homme
excellent que tant de coups avaient frappé, et qu'un
deuil récent revêtait d'une si touchante gravité,
n'avait rien de triste ni de sombre dans son aspect.
Le sérieux mélancolique de son regard était plein
d'aménité; l'expression de sa physionomie annonçait la bienveillance dont il était toujours animé. Il

sut trouver des paroles d'espérance et de bonheur
pour la gracieuse fiancée et lui fit déjà sentir l'affection qu'il lui avait vouée.

Suzanne fut présentée par son grand-père à Caroline qui la pressa contre son cœur ému, se promettant bien de tenir lieu de mère à l'intéressante
orpheline.

XIII

LES JEUNES ÉPOUX

Quelques semaines plus tard, tout était disposé à
la Prairie pour recevoir la nouvelle mariée. La
maison moderne si longtemps inhabitée avait été
confortablement arrangée; au dedans comme au
dehors, elle avait revêtu une apparence de gaieté
et de bien-être qui semblait annoncer les nouvelles
circonstances dans lesquelles se trouvaient ses habitants.

Après la célébration de leur mariage, Georges et
Caroline partirent pour faire une excursion de
quelques jours dans les montagnes; ils les connaissaient bien, mais elles leur sembleraient plus
belles que jamais, puisqu'elles serviraient de cadre
à leur nouveau bonheur. Ce tranquille tête-à-tête
avait pour Georges un prix tout particulier; car, dès

son retour, des devoirs nombreux et quotidiens
devaient occuper presque entièrement son temps.

Pendant ce petit voyage, Maurice présidait aux
derniers préparatifs, et sous l'influence de l'événement qui reconstituait sous son toit une vie de
famille complète, il se sentait ému par les souvenirs
qui se pressaient dans son cœur, autant que par la
joyeuse attente de l'arrivée de ses enfants. Le jour
où le nouveau couple devait rentrer au logis, tous
les parents et les amis avaient été conviés à la
Prairie pour les recevoir. Le temps était splendide,
les fleurs étalaient partout leur beauté et rien ne
rappelait dans cette agréable et champêtre demeure
les tristes événements qui l'avaient si souvent
enveloppée de deuil et de tristesse.

Les douces joies de famille revenaient avec
Caroline habiter cette maison. La mort de Charles
était trop récente pour permettre aucune joyeuse
démonstration; mais les frères et les sœurs de la
mariée étaient si gais et si nombreux qu'ils faisaient
la fête presque à eux seuls. On avait permis aux
élèves de Georges de lui faire une surprise : cachés
derrières les arbres d'un bosquet, ils chantèrent
en chœur un beau cantique, après lequel l'un d'eux,
doué d'une voix remarquablement douce et sonore,
fit entendre les paroles d'un petit poëme, composé
pour la circonstance par un ami de la famille. Les
divers souvenirs qui se présentaient d'eux-mêmes

en ce jour d'émotions profondes étaient délicate-
ment rappelés dans ces vers.

Le lendemain matin, tandis que Georges se promenait avec un ami venu de loin pour le féliciter,
Maurice engagea Caroline à l'accompagner, afin de
lui faire connaître toutes les parties de sa nouvelle
demeure ; elle demanda d'abord à voir la fameuse
pièce sous le toit, dont son mari lui avait parlé, en
l'initiant à ses souvenirs d'enfance ; puis, descendant du faîte de cette antique maison, ils arrivèrent
au rez-de-chaussée et enfilèrent un long corridor.
Tout en cet endroit avait un air de vétuste. Les
portes cintrées, en bois noirci par le temps, étaient
dans de sombres embrasures. La lumière pénétrait
difficilement dans cette espèce de sous-sol ; cependant, Caroline remarqua une inscription placée
au-dessus de la porte devant laquelle son beau-
père s'était arrêté ; elle put y lire ces paroles :

« Toutes choses de la terre, tant des grains de la
« terre que du fruit des arbres, appartient à l'Éter-
« nel. » (LÉVITIQUE, XXVIII, 30.)

Plus bas il était encore écrit :

« Je te donnerai entièrement la dîme de tout ce
« que tu m'auras donné. » (GENÈSE, XXVIII, 22.)

« — C'est là, ma chère Caroline, lui dit-il, le tré-
sor des pauvres ; ils en connaissent bien le chemin.
C'est vous désormais qui en serez la dispensatrice.
Les garçons de ferme apportent ici une part de tout

ce qui se recueille dans notre propriété, et vous
aurez toujours de quoi satisfaire aux demandes des
nécessiteux; s'il venait à vous manquer quelque
chose, j'y aviserais, car le pauvre est notre hôte de
prédilection; en le recevant avec affection, nous
doublons la valeur de nos dons, et nous sommes
souvent instruits par son exemple. Les indigents
ont plus de soumission que nous dans les souffrances, plus de confiance aussi dans les cas de
détresses. Rien n'égale, à mes yeux, celui qui sait
endurer les privations avec patience, supporter la
vue de l'abondance du riche sans la convoiter, qui
est capable de reconnaissance, et peut, en recevant un bienfait, regarder plus haut que la main
qui le lui présente. Je me suis souvent émerveillé
de ce long support des pauvres; mais, en causant
avec eux familièrement, j'ai appris et compris qu'ils
ont un noble genre d'indépendance morale et des
joies qui leur arrivent en droite ligne de la Provi-
dence; leurs rapports avec Dieu sont plus habituels
et plus intimes qu'on ne s'en doute, lorsqu'on ne
voit que le dehors de leur existence; d'ailleurs, la
pauvreté pour les gens honnêtes et laborieux ne
persiste pas, à moins qu'ils n'habitent une de ces
contrées incultes et inhospitalières dont le sol
refuse à ses habitants le pain nécessaire à leur
subsistance; dans ce cas, il faut la quitter et en
chercher une meilleure, comme le font les émi-

grants allemands qui se rendent en Amérique. On
a donné bien à tort le nom de *déshérités de la terre*,
à ceux qui, dépourvus des biens de ce monde,
sont cependant riches de foi et de bons principes,
car ils ne manquent alors que des honneurs et des
jouissances éphémères si appréciés par le monde.
J'estime, au contraire, qu'ils se trouvent dans une
situation très-favorable pour avoir part à *l'héritage
céleste*. Leur chemin est déblayé, les distractions
de la vanité n'existent pas pour eux, l'idolâtrie des
richesses leur est rendue impossible, l'orgueil des
titres ne les aborde pas, la *seule chose nécessaire*
conserve pour eux toute son importance, parce que
rien ne les en distrait. Vous comprenez, cependant,
ma chère fille, que je n'exhalte pas une position
gênée et difficile, je suis d'accord avec le sage, disant : « Ne me donne ni pauvreté ni richesse. »

Chaque jour Caroline allait au-devant de son
mari, à l'heure où il quittait l'école; ces courses
quotidiennes à travers les jardins et les prairies
étaient un plaisir très-vif pour elle. Que de choses
à se dire, quoiqu'on ne se soit pas quitté longtemps! quel charme dans ces causeries de deux
cœurs qui se donnent entièrement l'un à l'autre !
Si le bonheur est quelque part ici-bas, c'est bien
dans les relations où la confiance et l'intimité sont
complètes. Les devoirs, loin d'y faire obstacle, rendent plus vives les jouissances qui leur succèdent.

La soif de l'extraordinaire indique la souffrance, la nullité ou la dépravation chez celui qui l'éprouve, car ce besoin de s'entourer de distractions extérieures ou de lectures frivoles, correspond généralement à un état anormal du cœur ou de l'esprit. C'est parce que le nombre des âmes sans paix est si grand que celui des amateurs de plaisirs factices est si considérable. On évite la solitude pour se fuir soi-même, on veut absolument s'ignorer, et bientôt, en effet, on ne se connaît plus, et par cela même on ne se possède plus; car on est à la merci de toutes ces émotions et de toutes ces excitations qu'on est allé chercher au dehors.

Habitué dès l'enfance à la vie retirée qu'on mène à la campagne, Georges savait ne rien demander aux distractions extérieures pour délasser son esprit; il n'en accueillait pas moins avec beaucoup d'entrain et d'empressement ce qui offrait un aliment à l'activité de son intelligence ou à la bienveillance de son cœur. Rien ne lui était indifférent, parce qu'il savait combien les plus grands intérêts de ce monde sont dans la dépendance de causes peu importantes en apparence, de même que les principes en morale et les agents physiques dans la nature ont une puissance qui dépasse nos prévisions.

XIV

SUZANNE ENFANT ET JEUNE FILLE

Suzanne était beaucoup avec son grand-père.
Tandis que les jeunes époux se livraient à leurs
occupations, le vieillard et l'enfant se trouvaient
naturellement rapprochés : gens de loisir, ils
avaient du temps pour s'aimer et jaser ensemble.
Maurice mettait à profit l'enfantine curiosité de sa
petite-fille pour faire revivre dans son cœur le souvenir de sa mère. Il lui racontait maints traits des
premières années de Dorothée, puis attirait ensuite sa pensée vers la demeure éternelle où elle
était recueillie. La naïve confiance du jeune âge
permet d'aller du visible à l'invisible, sans étonnement et sans trouble. Suzanne croyait si fermement au bonheur du ciel, qu'elle se réjouissait d'y
aller à son tour.

Tantôt ils parcouraient le vaste domaine dont
Maurice dirigeait tous les travaux, tantôt ils rentraient pour se reposer; mais si le grand-père oubliait de se défaire à temps de sa chère petite, en
lui donnant adroitement un message pour sa tante
Caroline ou pour sa bonne Marthe, il se voyait
obligé de faire succéder à l'exercice de ses jambes
celui de sa mémoire.

« — Bon grand-père, » disait la petite espiègle,
tout en sautant légèrement sur ses genoux, « vous
allez me raconter une de vos belles histoires, et
bien, bien longue cette fois ! »

S'il faisait mine de vouloir lire, elle lui ôtait tout
doucement ses lunettes, l'embrassait bien fort,
poussait le livre sur la table, puis le regardant sous
le nez avec son plus joyeux sourire, lui disait d'un
air très-décidé :

« — J'écoute, bon grand-père ! » Et puis alors ?
Il aurait fallu avoir un autre cœur que celui de
Maurice Frantz pour suivre à sa propre volonté ; en
face de ce gracieux visage, il cédait presque toujours à cette demande, quelque peu tyrannique,
passait la main sur son front, fouillait son ancien
répertoire, puis commençait courageusement son
récit.

Suzanne ne fut bientôt plus seule à recevoir les
caresses et à occuper l'attention de Maurice : en
peu d'années, quatre beaux enfants aux cheveux
dorés et à la face vermeille vinrent prendre place
au foyer de la famille ; tout s'épanouissait dans cet
heureux intérieur, et les jours de deuil semblaient
déjà bien éloignés. Aussi jolie et aussi gracieuse
qu'à l'époque de son mariage, Caroline suffisait à
la grande tâche dont elle s'acquittait avec un cœur
joyeux, toujours prête à répandre autour d'elle
l'entrain et la gaieté.

Notre orpheline se ressentit très-favorablement de ce nombreux entourage; elle eut l'avantage d'apprendre à s'oublier et à vivre dans l'échange des plus tendres affections : tantôt elle aidait à consoler le désespoir passager des enfants, tantôt elle remplaçait Caroline auprès du dernier venu qu'il fallait endormir par un chant doux et monotone; elle était chargée de mille petits soins pour son grand-père, et lorsque sa vue vint à baisser, elle fut sa fidèle lectrice; de bonne heure elle commença à se dépenser pour les autres, elle apprit ainsi le dévouement, cette vertu si nécessaire à la femme et sans laquelle elle ne peut accomplir sa mission. L'éducation dans la famille est la véritable éducation, celle qui fait connaître la vie sous ses divers aspects et donne une juste appréciation de ses véritables joies et des peines qui sont inhérentes à la condition humaine. Qu'il est fâcheux l'usage adopté par tant de mères de faire élever hors de la maison leurs filles dès le bas-âge et de ne les reprendre que lorsqu'elles doivent entrer dans le monde ou dans la vie active!

Qui remplacera l'influence journalière de cette touchante hiérarchie patriarcale qui était jadis un si puissant moyen éducateur; elle suffisait pour inspirer aux enfants le respect, les égards, le renoncement et une tendre soumission à la volonté paternelle. Elle entretenait la chaîne des souvenirs

et créait un patrimoine d'affections inaltérables
auxquelles venaient s'adjoindre les nouveaux liens.
Dans la société qu'a enfanté ce siècle agité, toutes
les bonnes traditions semblent mises en oubli, et,
sous le prétexte du progrès, on se précipite vers les
nouveautés de toute sorte ; le dévouement filial
est devenu rare et le goût de l'indépendance a
produit l'isolement, aussi l'égoïsme a pris des proportions effrayantes, et ce fâcheux état de choses
semble être l'effet de l'incrédulité et du positi-
visme.

Rien de pareil ne se rencontrait chez les Frantz ;
Georges n'avait pas rompu avec le passé, bien
qu'il s'associât au mouvement d'esprit de son
temps ; il examinait toutes choses pour retenir ce
qui est bon, et saisissait avec empressement les diverses occasions de perfectionnement soit pour les
autres, soit pour lui-même. L'éducation de sa nièce
attirait sa plus sérieuse attention. Il désirait qu'elle
reçût une instruction propre à développer les belles
facultés dont elle était douée, et proposa aux grands
parents de la placer pour deux années dans une
excellente institution qu'il connaissait à Nancy.
Son avis ayant été accepté, ce projet fut mis à exécution.

Il est fort important, en effet, qu'une jeune fille
qui a l'âme noble et tendre reçoive une culture
solide. Elle lui donnera de plus grandes facilités.

pour exercer son dévouement d'une manière va-
riée et fructueuse. Les sujets d'intérêt offerts à son
esprit étant plus nombreux, elle ne dépendra pas
exclusivement de ses affections immédiates et
pourra utiliser les ressources qu'elle possède plus
facilement. On a fait bien des victimes en n'assi-
gnant à la femme d'autre vocation que celle du
sentiment, on l'a placée ainsi dans une dépendance
qui lui est souvent devenue fatale.

En homme de cœur et de jugement, Georges envisageait les choses dans cet esprit-là, et désirait
à sa nièce une culture supérieure. Il aurait agi
différemment avec un esprit moins heureusement
doué, car il étudiait les aptitudes naturelles de
chaque enfant, et agissait en cela comme un habile
jardinier qui a soin de placer ses plantes dans le
sol qui leur convient le mieux, et de leur ménager
soit l'ombre, soit la lumière.

Suzanne eut beaucoup de chagrin de quitter pour
longtemps sa famille, mais elle ne tarda pas à
comprendre le profit qu'elle pourrait tirer de sa
nouvelle position et se livra joyeusement à l'étude,
exploitant avec une ardeur passionnée les ressources dont elle se voyait entourée.

Quelques semaines après le départ de Suzanne,
Caroline donna le jour à une jolie petite fille :
c'était son cinquième enfant. La mort qui avait fait
tant de ravages dans la famille de Maurice semblait

maintenant s'en tenir bien éloignée. Lui-même
voyait les années se succéder sans perdre sa vigueur et son énergie. Sa vivante lui donnait une
grande paix, et cette paix favorisait sa santé.

XV

L'ÉCOLE DU DIMANCHE

Les occupations de Georges devenaient d'années
en années plus nombreuses et plus importantes.
Un devoir charitable accompli en amenait un autre ; une amélioration suscitait de nouveaux progrès, en sorte que le champ de son activité s'éten-
dait de tous côtés. Cependant, l'état général du
village était encore fort triste ; et les efforts des
Frantz pour réagir favorablement dans le pays,
n'avaient obtenu que de faibles résultats, du moins
en apparence. On pouvait, semble-t-il, attribuer
l'infériorité morale de cette population à l'indifférence et à la paresse du vieux pasteur qui occupait
le presbytère de Lagny depuis une quarantaine d'années. La philosophie sceptique du xviiie siècle, fort
en vogue à l'époque de sa jeunesse, avait exercé
une certaine influence sur lui ; il s'était familiarisé
avec elle par le milieu dans lequel il avait vécu, et

sans accepter ses doutes et son dédain à l'égard
du Christianisme, il avait cependant contracté des
habitudes peu d'accord avec sa profession. Esprit
naturellement paresseux et superficiel, rendu plus
léger encore par le manque de spiritualité de son
temps, il ne chercha point à réagir contre cet ordre
d'idées par l'étude approfondie des Saintes Ecritures, et trouva plus commode d'adopter un système
de libre interprétation sous lequel s'abritait son
insouciance en fait de dogmes. Inoffensif, de mœurs
douces et honnêtes, il menait une vie régulière et
paisible, mais rien dans ses actes ni dans sa conversation ne dépassait le cercle étroit des intérêts
terrestres; il se bornait à remplir les fonctions
extérieures de son ministère sans prendre souci
des âmes de ses paroissiens; la sienne, du reste, ne
l'occupait pas davantage, et l'on aurait pu lui appliquer le reproche fait par un prophète aux conducteurs du peuple d'Israël:

« Tes sentinelles sont aveugles, ce sont des
chiens muets qui ne peuvent aboyer, qui ronflent,
qui se tiennent couchés et qui aiment à dormir ! »
(ESAIE, liv. x.)

Il prêchait assez bien, son style était bon, les
fleurs de rhétorique y abondaient ; comme les co-
quelicots et les bluets dans les blés, mais cette brillante apparence ne profitait à personne; il puisait
les images de ces sortes d'idylles dans le monde

visible et n'empruntait guère que le texte de son
sermon à la Bible. Les grandes doctrines de la Révélation n'apparaissaient qu'aux anniversaires des
principales fêtes, et n'occupaient de place ni dans
son cœur ni dans ses exhortations le reste de
l'année. Cette absence de foi, de vie spirituelle et
de sollicitude chez le pasteur avait eu pour conséquence la négligence de la lecture de la Bible,
l'oubli de ses enseignements et le relâchement des
mœurs chez ses paroissiens. L'indifférence et l'incrédulité s'étaient généralisées, et avec elles des
habitudes de fainéantise, d'avarice et d'ivrognerie.
Il n'y avait qu'un petit nombre de familles qui per-
sévérassent dans une vie sérieuse.

Profondément peinés de cette situation, Maurice
et son fils cherchaient depuis longtemps comment
ils pourraient y remédier. Un jour enfin, Georges
eut la pensée d'entreprendre lui-même cette réforme si désirable, en donnant, d'une manière
suivie, à toute la jeunesse du village, une instruction religieuse. Le vieux pasteur ne mit point
d'obstacles à la réalisation de ce projet, ce fut même
de fort bonne grâce qu'il consentit à prêter le
temple tous les dimanches matin pour y faire cette
réunion nouvelle. Georges se hâta de mettre à
exécution le projet qu'il avait conçu. Il n'eût pas
de peine à fixer l'attention de son auditoire qui
s'accrut rapidement, et ce fut un vrai bonheur pour

lui de se voir entouré de cette jeunesse qui, jusqu'alors, avait été négligée sous le rapport essentiel.
Il mettait le plus grand soin à l'intéresser par des
instructions familières, amicales et bien nourries ;
aussi l'heure consacrée à cet entretien s'écoulait-
elle rapidement, le maître avait tant à raconter
et le faisait si bien, sa bonté et sa cordialité prêtaient un si grand charme à ses paroles, que c'était
toujours à regret qu'on se séparait.

Georges se vit bientôt chargé du plus important
des ministères : celui de donner aux enfants et aux
jeunes gens la connaissance des Saintes Écritures,
de leur apprendre à les aimer, à y puiser la règle
de leur conduite, et de leur démontrer que les différentes parties de la Révélation s'éclairent et
s'expliquent les unes par les autres, sans avoir
besoin d'un autre interprète que le Saint-Esprit
que Dieu donne à l'enfant aussi bien qu'à l'homme
fait qui le lui demande avec confiance. Il mit donc
de suite le Nouveau-Testament entre les mains de
tous ses auditeurs, afin de les accoutumer à savoir
y trouver eux-mêmes les textes qu'il indiquait.

Sous le titre modeste d'*Ecole du Dimanche*, il
avait institué un culte religieux, qui offrait autant d'intérêt que d'émulation, car s'il enseignait,
il mettait aussi en activité le cœur et la pensée
de ses élèves, en les questionnant et en les ap-
pelant à donner eux-mêmes leurs idées. Le chant,

que Georges savait si bien conduire, devint une
source de vives jouissances pour son auditoire;
il y a dans des cantiques bien choisis, et chantés
non de la voix seulement, mais du cœur, un puissant élément de vie et d'expansion qui répond
aux besoins de l'âme et donne essor à ces élans
qui ne peuvent s'exprimer. Le succès de cette
réunion devint si grand que les adultes deman-
dèrent à y être admis et y vinrent avec empressement. On vit bientôt les parents de tout âge
la fréquenter. Deux générations s'étaient élevées
sans recevoir une réelle instruction religieuse,
car on ne pouvait accorder ce nom à la sèche
nomenclature de faits et de préceptes qui servait de manuel au pasteur de Lagny depuis tant
d'années, lorsqu'il donnait ses leçons réglemen-
taires aux Catéchumènes. Ces pères et ces mères,
restés ignorants jusqu'alors, recevaient avec avidité
ces enseignements qui leur étaient communiqués
avec tant de foi et de chaleur d'âme. Une douce et
vivifiante lumière pénétrait par ce moyen dans un
grand nombre de familles. Les influences spirituelles sont invisibles, et, en quelque façon, insai-
sissables, mais on en constate aisément la nature
par les effets qu'elles produisent. Après un certain
temps, l'aspect du village changea; les cabaretiers
se plaignirent de faire de mauvaises affaires, le
jeu de boules n'allait plus les dimanches, on n'y

voyait que quelques fainéants incorrigibles ; car
l'usage s'était établi parmi ceux qui fréquentaient
l'Ecole de se promener en famille l'après-midi ou
de rester chez soi. La vie domestique se réorgani-
sait, la prospérité revenait avec elle, les pères travaillaient toute la semaine, et les femmes, encou-
ragées par la bonne conduite de leurs maris, étaient
plus zélées pour leur ménage, bavardaient moins
et veillaient à ce que les vêtements fussent prêts et
convenables pour le dimanche matin. Le chant des
cantiques et la lecture quotidienne de la parole de
Dieu s'étaient introduits dans beaucoup de maisons. Souvent, après la journée faite, on voyait les
cultivateurs se réunir avec leurs gens pour se reposer, en prenant le frais du soir dans leurs cours ou
leurs herbages, chantant ou causant ensemble, et
ne pensant plus à aller boire à l'auberge.

Georges était devenu, cela va sans dire, l'ami de
tous ceux qui suivaient ses réunions ; on venait
droit à lui pour chercher un conseil dans les cas
difficiles ou des consolations dans les afflictions ;
les parents l'appelaient à leur aide, quand ils ne
pouvaient persuader ou soumettre un fils rebelle,
et quelque fût le cas qui se présentât, l'instituteur
cherchait toujours à gagner les cœurs par la charité,
ayant sans cesse présent à sa pensée la grande
manifestation de la compassion divine, exprimée
en ces mots par l'apôtre Jean :

« C'est en ceci que consiste cet amour que ce
« n'est pas nous qui avons aimé Dieu les premiers,
« mais que c'est lui qui nous a aimés et qui nous a
« envoyé son Fils pour faire la propitiation de nos
« péchés. Mes bien-aimés, si Dieu nous a ainsi
« aimés, nous devons nous aimer les uns les
« autres. » (I, JEAN, IV, 10-11.)

Georges se trouva bientôt être devenu le véritable pasteur du village, quoiqu'il n'en eût ni le nom
ni la charge. Il est facile de comprendre que les
progrès de tous genres dont ses instructions du
dimanche était le moyen, ne pouvaient pas échapper à l'observation du pasteur. Etonné de ce qu'il
remarquait et de ce qu'il apprenait de tous côtés, il
ne put pas longtemps se soustraire à la conviction
que l'instituteur possédait la foi et le zèle qui lui
avaient toujours manqué. Ce ne fut pas un sentiment de jalousie qui s'empara de lui, mais une
secrète et douloureuse angoisse qui lui ôtait tout
repos et le jetait par moment dans un complet
accablement. Chacun pouvait remarquer l'altération de ses traits, l'air sérieux de son visage, la
tristesse de son regard. On ne savait pas quelle
affliction lui était survenue, et personne n'osait
l'interroger à ce sujet, mais on était surpris du
changement qui s'était opéré dans sa manière de
vivre; il visitait les malades sans attendre qu'on
l'en priât, et leur montrait beaucoup de sollicitude;

dans la célébration du culte public, il avait un recueillement et une onction toute pénétrée d'humilité ; il ne répétait plus ses anciens sermons, et ses nouveaux discours étaient simples et sentis ; ce n'était pas un docteur qui enseignait, mais un pécheur convaincu qui exhortait d'autres pécheurs. Tout trahissait en lui le peu de cas qu'il faisait de lui-même.

Maurice et son fils observaient avec le plus profond intérêt la transformation qui s'opérait chez M. Linard et s'y associaient du fond du cœur. Un soir qu'ils étaient à s'entretenir de lui, assis sous le péristyle, ils le virent entrer dans la cour. Son air grave et ému faisait pressentir l'importance de cette visite inaccoutumée. Maurice alla au devant de lui et le reçut avec respect ; le pasteur prit sa main et la serra chaleureusement ; il en fit de même pour Georges, puis leur dit qu'il venait auprès d'eux pour leur exprimer sa profonde gratitude.

« — Ayant eu souvent l'occasion d'entendre faire l'éloge de votre culte, j'ai voulu en juger par moi-même ; il m'était facile d'y assister dans la petite tribune contigue à mon presbytère ; je m'y suis donc rendu secrètement plusieurs fois ; j'ai vu, j'ai entendu, j'ai enfin senti ce que peut la Parole de Dieu annoncée dans sa simplicité et avec sa propre énergie ; mes yeux se sont ouverts à cette grande vérité, et depuis le jour où elle a pénétré au fond de mon cœur, j'ai été accablé de cuisants remords; j'ai passé des jours et des nuits d'angoisse, en proie à la plus amère douleur, jugeant mon cœur et ma vie, et comprenant enfin à quel point j'ai abusé de la longue patience de Dieu. Je ne l'ai ni aimé ni servi; sa Parole a été devant moi comme un témoin auquel on impose silence; je la négligeais, je repoussais ses appels, j'ai compromis le saint ministère dont j'étais revêtu, j'ai laissé croître des chardons et des épines dans le champ que je devais cultiver. Aveugle, j'ai fait égarer d'autres aveugles dans le désert. Ma responsabilité est incalculable; dès que la lumière s'est faite en ma conscience, mon désespoir a été affreux. Vous ne pouvez, chers amis, comprendre ce que j'ai souffert et ce que je souffre encore, car je suis dans ma soixante-treizième année; mon temps est fini, il ne me reste que quelques mois, quelques jours peut-être pour rendre témoignage à l'Évangile. Mais — Dieu soit mille fois béni! — j'ai *compris* que le sang de Christ purifie de tout péché; ma tardive conversion tournera à la louange de la grâce de Dieu, elle prouvera une fois de plus que le Seigneur daigne louer à la onzième heure les ouvriers qui étaient demeurés sans rien faire pour son service; mon seul recours dans ma grande détresse a été ma Bible, je lui ai tout demandé; d'abord ses menaces jetaient la terreur dans mon

cœur; je n'y voyais que la colère de Dieu contre le
coupable, mais ensuite j'y ai trouvé les promesses
magnifiques dont elle abonde, je les ai saisies avec
ardeur; j'ai lu et relu comme m'étant personnellement adressées ces paroles : « Quand vos péchés
« seraient rouges comme le cramoisi, ils seront
« blanchis comme la neige. » J'ai vu la puissance
de l'appel du Seigneur dans la conversion de saint
Paul, et sa miséricorde sans bornes dans la promesse de Jésus au brigand repentant de le recevoir en Paradis. — Partout j'ai retrouvé cette
vérité que Jésus sauve à plein ceux qui viennent
à lui, et que c'est par son Saint-Esprit que se produit le renouvellement de notre cœur. C'est lui seul
qui sauve et qui sanctifie.

« Hélas ! il ne me reste que peu de temps, mais
je le mettrai à profit, et mon long aveuglement
manifestera d'une manière éclatante la miséricorde
et la puissance de Dieu envers les plus endurcis. »

Il est des circonstances dans la vie où le chrétien se sent tout près des joies du ciel, tant il en
goûte la saveur. Tel fut l'effet que produisit sur
Maurice et sur Georges les touchants aveux du
pasteur; ils se sentirent aussitôt unis à lui par le
puissant lien de la fraternité spirituelle, et leur
entretien avec cette âme si tardivement, mais si
complétement réveillée de son long sommeil, fut
rempli de joie pour tous.

XVI

LA VIE EN FAMILLE.

La salle du premier étage où Maurice avait coutume de se tenir était une vaste pièce boisée en
chêne aux solives apparentes, éclairée par deux
très-larges croisées. Celle qui regardait la cour et
la grande route servait d'établissement au maître
de la maison. On y voyait un fauteuil de bois
sculpté garni d'un coussin de serge verte. Le
haut dossier et les larges accoudoirs annonçaient
assez combien ce meuble était ancien. Des livres
très-usés et d'autres de diverses époques étaient
rangés sur une tablette qui occupait toute la profondeur de l'embrasure. Ils étaient là pour l'usage
particulier de Maurice et lui offraient une précieuse
et silencieuse société. Ce lieu était à la fois un
cabinet d'étude et une paisible retraite pour ses
méditations. Il y avait quelque chose d'éloquem-
ment austère dans ce mélange de choses vieillies
et de choses nouvelles ; on y trouvait accentuées
la fuite du temps avec la permanence des croyances et des affections ; en un mot, les sentiments qui
persistent dans les cœurs sérieux, en dépit des
ravages qu'exercent la mort et la mutation incessante des choses humaines. Cet air patriarcal con-

servé à la demeure et aux habitudes des Frantz
témoignait combien était vivant chez eux le respect
du foyer domestique.

Qu'êtes-vous devenus, souvenirs précieux des
ancêtres, dans nos habitations et nos usages mo-
dernes, tout consacrés aux intérêts et au bien-être
du moment ? Nous ne conservons plus de vestiges
du temps jadis, parce qu'il n'y a point d'affection
pour ce qui lui a appartenu... Nos mœurs actuelles
semblent avoir rompu avec les traditions de familles.

L'autre croisée regardait le jardin, elle avait
aussi sa chronique... Un fauteuil semblable à celui
de Maurice s'y trouvait placé ; c'était un endroit
plein de souvenirs pour lui ; il y avait vu, enfant,
sa grand'mère, puis son excellente et tendre mère ;
c'était là qu'il allait écouter ses récits et qu'elle lui
avait appris à chanter les psaumes. Que de belles
et touchantes histoires de persécutés n'avait-il pas
entendu à cette place ! Et pendant les années de
sa prospérité, où tout était vie et bonheur à la
Prairie, ce fauteuil de la grand'maman était devenu
le centre des joies et des caresses de l'heureuse
famille. Tous ces événements et tous ces incidents
domestiques étaient enveloppés dans les ombres
du passé, mais Maurice ne se sentait séparé de ses
affections du ciel que par le voile qui dérobe aux
survivants la mystérieuse existence des habitants
du monde invisible.

La jolie et gracieuse femme de Georges avait à son tour, pris possession de cet ancien établissement. Chaque jour elle venait y passer quelques heures pour faire société à son beau-père. Tout en causant avec lui, elle tirait diligemment son aiguille et surveillait les jeux de ses jeunes enfants, tandis que le petit Wilhem écrivait ou chiffrait sur son ardoise. Le caractère de Caroline la portait à cumuler toutes sortes d'occupations ; bien portante et naturellement active, il lui semblait qu'elle devait et pouvait faire face à tout, elle profitait peu des aides qui étaient à sa disposition, et attachait une certaine gloire à mener de front les devoirs les plus opposés. Grande admiratrice de son mari, elle voulait l'égaler dans un autre genre, mais ce zèle exubérant amenait des encombrements et la jetait dans des embarras qui, parfois, compromettait sa douceur naturelle. Du reste, il faut ajouter que, tout en faisant des prodiges d'activité et de savoir faire, Caroline ne remarquait que les omissions ou les négligences auxquelles son esprit entreprenant l'entraînait et conservait toute sa modestie en voyant fuir devant elle cet idéal « de ménagère douce et paisible, » qu'elle ambitionnait de réaliser. Elle aurait beaucoup désiré ne jamais s'impatienter, mais le moyen, quand, par l'entraînement d'une énergique et inépuisable bonne volonté, on veut tout surveiller ou tout faire soi-même ? Caro=

'lline amassait autour d'elle des ouvrages à l'aiguille de toutes sortes et ne s'effrayait point de voir sa corbeille comble. Elle s'entourait des gravures et des alphabets qui devaient occuper l'attention de ses enfants, et ce qui compliquait cette activité extérieure, c'était le constant désir qu'elle nourrissait secrètement de continuer sa propre instruction pour être la digne compagne de Georges, désir qui trouvait bien rarement à se satisfaire, car elle faisait toujours la part des autres avant de penser à la sienne.

L'amabilité de cette jeune femme venait autant de la chaleur de son cœur que de la vivacité de son esprit. Son entretien était souvent relevé par des idées originales et des saillies bouffonnes tout à fait soudaines. Ce don charmant se rencontre surtout chez les personnes réfléchies, candides et sensibles, dont l'imagination, aisément ébranlée et synthétique, saisit rapidement les rapports et les contrastes. On dirait une étincelle électrique qui jaillit inattendue par l'effet d'une impression morale ou d'une circonstance extérieure. N'a pas qui veut cette sorte de grâce si parfaitement simple et naturelle, qui s'alimente de tout et s'acclimate partout, mais qui aussi s'épuise et disparaît dans un milieu privé de vérité et où le faux et le convenu dominent; car elle est comme une lumière qui s'éteint là où l'air vital manque totalement.

10

Caroline avait coutume de récompenser l'obéissance de Wilhem par la lecture ou le récit d'une belle histoire; il n'était pas seul à l'écouter : le bon grand-père se mettait au nombre des auditeurs pour s'associer à leurs vives impressions et observer leurs différentes manières de sentir. Dès que la petite maman avait achevé sa tâche, la sienne commençait, car il fallait répéter scrupuleusement tout ce qu'elle avait dit, et l'attention était encore plus grande à la seconde représentation qu'à la première.

Puis venaient les questions de Wilhem sur les aventures de la jeunesse de son aïeul; les anecdotes guerrières de l'ancien soldat électrisaient le petit garçon qui, passant de la théorie à la pratique, enrôlait son frère et sa sœur, encore bébé, pour faire sous ses ordres l'exercice militaire.

Les mois d'hiver se succédaient paisiblement, et, quoique le froid fût souvent rigoureux, et que le voisinage des montagnes, en partie couvertes de neige, donnât au paysage une apparence grave et quelque peu sévère, il n'y avait cependant aucune ombre de tristesse ni d'ennui chez les habitants de la Grande Ferme. Chaque saison avait des travaux particuliers qui suffisaient amplement à occuper tout le monde. Maurice mettait la plus grande importance à ce que le travail fût considéré dans sa maison comme un devoir impérieux, il est vrai

mais aussi comme un vrai bienfait pour celui qui
l'accomplit. C'était une affaire de principe, il ne
permettait jamais qu'il dégénérât en tâche accablante, et veillait, au contraire, à ce que ses serviteurs eussent pour eux, non-seulement le repos du
Dimanche, mais aussi, pendant la semaine, les
heures de la soirée. Après le repas de midi, il
réunissait ses gens pour les instruire par la lecture
de la Parole de Dieu qu'il leur expliquait familièrement.

« — Ne vivons pas à la hâte, » disait-il souvent,
« prenons le temps de faire notre travail en paix,
c'est le devoir et le droit de tout homme, et en
particulier de l'agriculteur, qui doit savoir diriger et
maîtriser sa besogne pour se ménager de salutaires
loisirs. »

Maurice avait appris de son père à ne jamais
spéculer sur le temps et les forces de ses subor-
donnés, et à donner toujours la préséance à l'intérêt moral sur l'intérêt matériel. De cette manière,
il considérait l'argent comme n'étant qu'un moyen
et jamais un but. Cette règle de justice et de
bonté, observée de tout temps dans leur maison,
avait exercé une immense influence sur la manière
de voir, de sentir et d'agir des Frantz; les calculs
égoïstes, les suggestions intéressées, les travaux
excessifs, les différents qui naissent du désir de
gagner de l'argent en dehors des occasions natu-

relles et légitimes ; toutes ces causes de péché et
de tourment n'existaient pas à la Prairie. Maurice
prenait des journaliers supplémentaires toutes les
fois que les travaux de la campagne le demandaient, car il s'était fait une loi de ne pas prolonger le travail de ses gens au-delà de la journée
ordinaire pendant l'été.

Les longues veillées de la mauvaise saison étaient
fort aimées à la Prairie. La famille se trouvait plus
longtemps réunie et moins interrompue ; rien ne
gênait les joyeux ébats des enfants, on pouvait
s'occuper d'eux à l'aise, de chacun selon son âge,
jusqu'à l'heure du sommeil, et, après leur départ,
la soirée de lecture commençait, et avec elle les
plus agréables délassements. C'était une grande
jouissance pour le cœur de notre instituteur ; il
employait son énergie à mettre de côté tout souci
pendant ce temps de rafraîchissement intellectuel.
Le repos des gens d'esprit n'est pas dans l'oisiveté, mais dans un changement d'occupations,
qui amène un autre ordre d'idées.

XVII

LES ENSEIGNEMENTS DE GEORGES

Georges était heureux dans l'exercice de sa vocation, il y recueillait le prix de ses efforts intelligents. Un joyeux entrain pour le travail, l'ordre en toutes choses, un bon esprit entre les écoliers, donnèrent à cette école un caractère tout particulier. Le maître aimait ses élèves, et ceux-ci chérissaient leur excellent instituteur qu'ils savaient être leur meilleur ami; les récréations, toujours surveillées par le bon sous-maître, donnaient lieu aux plus joyeux ébats, et des exercices gymnastiques bien appropriés favorisaient la force, l'adresse et la santé. Les punitions n'étaient plus d'usage, tout se faisait avec bonne volonté. Quant à la grande classe où entraient les élèves qui voulaient acquérir une instruction plus étendue, elle était l'objet des soins assidus de Georges; il espérait que ces jeunes gens deviendraient plus tard un élément régénérateur pour leur pays, aussi s'appliquait-il spécialement à leur inspirer une noble émulation et à porter leur ambition vers ce grand but.

« — Il est assez de gens, » leur disait-il, « qui briguent des emplois lucratifs, ou qui visent à obtenir la gloire qui vient des hommes, mais il est for⁴ peu d'esprits cultivés qui se consacrent à la tâche réputée ingrate et *secondaire* de maître d'école; l'on n'envisage pas à son vrai point de vue l'éducation du peuple, et cependant c'est une question capitale, elle devrait être la grande, la principale préoccupation des hommes d'État. Tout part de là, le cœur est le foyer des sentiments qui deviennent des actions. Le meilleur moyen de vider les prisons, c'est de faire d'excellentes écoles. Il faudrait donc que beaucoup de gens dévoués au bien de la patrie embrassassent cet état comme une sorte d'apostolat. Commencez, dès à présent, à protéger et à aimer les enfants, ne négligez aucune occasion de leur être utile. Donner un bon exemple, arrêter l'essor du mal, c'est le plus grand service qu'un citoyen puisse rendre à son pays. Ne fussiez-vous que quelques-uns animés de cet excellent esprit pour accomplir la grande œuvre de l'éducation du peuple, n'en soyez pas moins encouragés à la soutenir par vos propres efforts. Souvenez-vous avec quelle apparente faiblesse le christianisme a débuté dans le monde païen, et voyez quels résultats il a obtenus. Vous savez que lorsqu'un arbre dépérit, on enlève la terre aride qui couvre ses racines, on le fume et on replace de la bonne terre autour de lui. L'arbre reprend et ses branches se chargent de nouveau de feuilles et de fruits. Eh bien! c'est aussi aux racines de notre peuple, à l'enfant des campagnes et à celui des villes qu'il faut donner des soins assidus. Là est le nombre, là est la vraie force du pays, il importe donc de faire revivre en eux les belles qualités du caractère français en leur donnant une saine et intelligente culture. »

Les relations de cet homme de bien étaient nombreuses et de toutes sortes, parce qu'il ne laissait échapper aucune occasion d'être utile. De sa retraite villageoise, il réagissait au loin, et par un don remarquable, il pouvait poursuivre les travaux les plus divers sans agitation.

En le voyant les soirs tranquillement établi au milieu de sa famille, jouissant de chacun d'eux et se donnant gaiement à tous, vous n'auriez pas deviné que tant d'obligations et de responsabilités diverses reposassent sur lui. Il demandait aux heures matinales la solitude et le silence qui lui permettaient d'expédier ses affaires particulières. Un esprit de méthode et de suite lui prêtait un grand secours et laissait à son esprit toute sa liberté.

On ne tient pas assez compte du temps que l'imprévoyance, l'hésitation ou l'indifférence à s'acquitter de ses devoirs, font perdre chaque jour. Beaucoup de gens semblent vivre au hasard et comme machinalement; ils se lèvent sans savoir ce qu'ils feront de leur journée, et leur vie, non dirigée, se gaspille et ne profite ni à eux ni à d'autres ; cela se remarque aussi bien chez les personnes très-pauvres, qui n'ont point reçu d'éducation, que chez celles qui ont des ressources et des capacités de tous genres, mais qui n'ont ni l'amour de leur prochain ni celui de leur devoir.

Georges, comme tous ceux dont la vie est bien remplie et qui ont un vrai mérite, ne cherchait point à se produire au dehors ; il n'ambitionnait aucune espèce de gloire ; mais les progrès qui se manifestaient dans ses écoles avaient attiré l'attention ; ses jeunes gens, en quittant la grande classe, prenaient rang parmi les meilleurs élèves des gymnases.

Plusieurs propositions lui furent adressées pour se charger de la direction d'établissements importants, mais aucune ne put ébranler sa détermination de rester à Lagny et de vivre dans sa propriété de la Prairie. Le théâtre de son activité lui suffisait pleinement, il portait toute son énergie vers le but d'une réforme morale qui lui semblait de plus en plus exigée par l'état de défaillance qui se remarque généralement dans les convictions et dans les mœurs en France. Quand une idée importante s'empare d'un noble cœur et d'un esprit supérieur, elle acquiert l'ascendant d'une profession de foi ; on vit pour elle ; on lui appartient. Georges avait horreur des moyens empiriques en

éducation; il appelait ainsi tout ce qui ne donne
pas de forces réelles à l'élève, tout ce qui tend à
exalter son amour-propre et sa vanité ou à les
mortifier. Ce qu'il voulait, c'était de former des
caractères sincères, énergiques; il visait donc à
inspirer la haine de tout ce qui est inique, depuis
le plus imperceptible détour jusqu'aux dernières
conséquences du mensonge. Il apportait beaucoup
de soins à faire naître et à favoriser le courage des
convictions personnelles, démontrant en même
temps l'importance de donner une base solide à une
opinion avant de l'adopter formellement et de la
soutenir.

Au nombre des jeunes gens qui avaient toutes
ses sympathies et avec lesquels il était particulièrement lié, il s'en trouvait deux doués d'aptitudes spéciales pour les études sérieuses, et qui
s'étaient rendus à l'Université pour y faire ensemble des études théologiques.

Une correspondance intime entretenait de fréquents rapports entre eux et leur maître bien-aimé,
car ils avaient contracté, dès l'enfance, l'habitude
de lui faire part de leurs idées et de le consulter,
comme s'il eût été leur père.

Les meilleures choses ont leurs écueils, et
Georges, en homme pratique, avait observé que
l'étude théorique du christianisme porte aisément
l'esprit vers les spéculations métaphysiques et

refroidit le cœur en le distrayant de la contemplation immédiate de Jésus-Christ. Il leur signalait
une trop grande estime de la science humaine en
matière religieuse comme un piége dans lequel
tombent facilement les étudiants, ce qui les expose
à perdre de vue la sublime simplicité de l'Evangile.

« Il faut, » leur écrivait-il, « *discerner les esprits,*
« *afin de reconnaître s'ils sont de Dieu,* » avant de
leur donner votre confiance. L'enseignement est
fidèle chez un professeur, infidèle chez un autre.
Les savants docteurs croient quelquefois pouvoir
dépasser la révélation et faire faire des progrès au
Christianisme par leurs propres interprétations, ou
bien ils ne l'acceptent que dans la mesure de leur
propre raison, comme si le fini pouvait comprendre
l'infini, ou la partie renfermer le tout ! Comparez
hardiment ce que l'homme vous enseigne avec ce
que la Parole de Dieu vous révèle, « *Eprouvez tou-*
« *tes choses.* »

« Ne vous épargnez aucune étude et aucune
recherche dans l'histoire du Christianisme et dans
celle du dogme; entourez-vous de toutes les informations authentiques et de toutes les lumières qui
éclairent leurs origines, mais une fois bien appuyés
sur ces premières assises, ne laissez ni une influence
ni une autorité humaine s'interposer entre vous et
la Parole de Dieu. Considérez que cette parole de

notre Père céleste ne peut être bien expliquée que par l'Esprit qui l'a dictée, ou par les hommes qui en sont animés. Cherchez donc son secours, tout en examinant les meilleurs commentaires ; car pour répandre l'eau vive dont parle Jésus, il faut la puiser directement à la source d'où elle jaillit. Il est écrit :

« Que celui qui a soif vienne et que celui qui
« voudra de l'eau vive en prenne gratuitement. »

« Gardez-vous d'affaiblir par vos explications les déclarations du Seigneur ; l'Evangile n'exerce sa toute-puissance sur les âmes que lorsqu'il est présenté dans sa simplicité et sans faire aucune concession à l'esprit du monde. Voyez dans la Sainte Écriture combien notre divin maître se montrait franc et explicite dans ses enseignements, il évitait toute subtilité et se refusait à satisfaire une oiseuse curiosité. Il ne s'agit pas de pénétrer dans la région de l'inconnu, *les choses cachées appartiennent à l'Éternel;* ce dont nous avons besoin, c'est de nous réjouir à la lumière qui éclaire, qui illumine miséricordieusement le chemin du retour, d'y marcher et d'y attirer nos frères encore égarés dans les obscurs sentiers du doute.

« Notre vocation est d'aimer, d'aimer jusqu'au sacrifice de nous-mêmes ; si le dévouement n'est pas sincère et complet, nous ne sommes pas de vrais disciples de celui qui a donné sa vie pour nous racheter.

« Soyez vigilant dans la prière, car la jeunesse est une époque de la vie où le péché est tout particulièrement agressif; mais souvenez-vous sans cesse que cette vigueur de votre âge devient une force vive pour résister au mal quand la foi s'exerce par la charité, c'est pourquoi saint Jean écrivait : « Jeunes gens, vous êtes forts, parce que vous avez « vaincu le malin. »

« La cause de bien des chutes est d'avoir laissé la foi oisive; elle demande l'action pour croître et s'affermir; soyez donc des hommes de prière et de dévouement, ne laissant point de place à l'égoïsme dans votre cœur. »

Georges Frantz ne cessait de travailler d'une manière où d'une autre à l'œuvre à laquelle il avait consacré sa vie, et il était si convaincu que, pour surmonter le mal par le bien, il faut lutter jusqu'à la fin, qu'il veillait sur son propre cœur avec vigilance. Le pèlerinage d'ici-bas lui apparaissait comme une montagne escarpée qu'il faut gravir sans se lasser, attendant pour se reposer d'être parvenu à son sommet.

XVIII

RÉTOUR DE SUZANNE A LA PRAIRIE

Après plus de deux années d'absence bien employées, Suzanne vint reprendre sa place au milieu des siens. L'impatiente attente du revoir s'était si fortement emparée d'elle, qu'en arrivant à la Prairie, elle se trouva mal d'émotion et dut se soulager par d'abondantes larmes... On pleure de joie et de gratitude quand la sensibilité est profonde; mais ces pleurs-là sont comme les ondées que colore l'arc-en-ciel sous les gais rayons du soleil. Sourires, caresses, joyeux étonnements, intimes communications, rien ne manqua à ces doux moments du revoir. Les questions et les réponses s'entrecroisaient si vivement, qu'il fallut tout recommencer quand le calme se fit; avec quel entrain et quel plaisir chacun revenait sur les sujets entamés! Les bons parents avaient tous été faire visite à leur petite-fille à Nancy, mais elle n'avait pas revu les enfants et ne pouvait se lasser de les regarder, de recevoir leurs caresses et de leurs exprimer sa tendresse. La petite Souky surtout ne la quittait pas un instant et lui baisait la main en silence.

Marthe observait de loin, dans une muette admi-

ration la jeune pensionnaire, elle essuyait du revers
de sa main les larmes qui s'échappaient une à une
de ses yeux et trahissaient son attendrissement.
Tout le passé était là devant elle; il lui semblait
revoir Dorothée en regardant sa fille, mille souvenirs s'éveillaient à la fois dans son cœur ému, et
les beaux traits, la brillante fraîcheur de Suzanne,
sa taille élégante et svelte lui causaient une sorte
d'enchantement. Elle restait donc immobile et
absorbée dans ses sentiments, se croyant à l'abri
de toute attention; lorsque sa jeune maîtresse
l'aperçut tout à coup dans le coin retiré où elle
s'était placée et s'élançant vers elle, la serra dans
ses bras avec une vive tendresse. Suzanne portait
à son ancienne bonne une affection toute filiale,
car elle lui avait servi de mère sous bien des rapports. Dès le premier regard, elle avait été douloureusement frappée du changement qui s'était produit sur le visage de Marthe; la vieillesse y avait
posé son inexorable empreinte et, soit que les
préparatifs de ce jour de fête eussent amené un
excès de fatigue pour l'active servante, soit que son
émotion, en revoyant la chère orpheline, eût trop
agi sur tout son être, Suzanne s'alarma de l'altération de ses traits et prit aussitôt en elle-même la
résolution d'alléger la tâche journalière de la bonne
Marthe, afin de lui procurer du repos et des délassements.

Le caractère de cette ancienne et fidèle amie de la famille Frantz, mérite d'attirer un moment notre attention ; c'est un type qui est devenu trop rare de nos jours. Elle était du nombre de ces humbles qui ne comptent jamais les services qu'ils rendent et trouvent leur satisfaction à s'employer au bien d'autrui, comme s'ils étaient nés pour cela. Le dévouement et l'affection sont en eux des leviers puissants qui les rendent capables de soulever les plus lourds fardeaux. Marthe avait exercé toutes les vertus, sans avoir jamais eu la pensée d'en posséder aucune ; elle aimait Dieu et ses maîtres, et trouvait naturel de s'acquitter jour par jour consciencieusement des devoirs qui lui étaient prescrits, soit dans le secret de son cœur par la Parole de Dieu, soit dans son service journalier par les occupations que les circonstances lui imposaient.

Oh ! belle simplicité d'une âme débonnaire et aimante, qui a passé une longue suite d'années sur la terre, sans avoir connu ses vanités puériles, ses ambitions égoïstes, ses convoitises coupables, ni « l'orgueil de la vie ! » On n'est guère porté à envier ces existences ignorées et consacrées aux plus humbles travaux, et cependant, elles sont une meilleure préparation à la vie du ciel que les préoccupations des esprits superbes qui se croient appelés à remplir une place distinguée dans les annales de l'hu-

manité. Qu'a voulu enseigner Jésus-Christ, lorsque, présentant un enfant à ses disciples comme
un modèle à imiter, il leur dit :

« Si vous n'êtes changés et si vous ne devenez
comme des enfants, vous n'entrerez pas dans le
royaume des Cieux ; aussi quiconque s'abaisse
comme ce petit enfant, celui-là est le plus grand
dans le royaume des Cieux. » (MATTH., XVIII, 24.)

Puisqu'il est certain que, dans l'ordre moral
comme dans l'ordre physique, la loi de la gravita-
tion n'admet qu'un seul centre, l'état normal de
l'âme humaine est de se conformer à ce principe
fondamental. Les humbles, les débonnaires, tous
les sincères adorateurs de Dieu, en se soumettant
à lui avec une parfaite obéissance, sont dans l'ordre et la paix, en dépit de tout ce qui cherche à
les troubler.

Selon la coutume suivie chez ses parents, Caroline ne laissait jamais échapper l'occasion de célé-
brer une fête et de donner à son entourage le
plaisir du moment. Elle avait donc fait de grands
préparatifs et convié les amis de la famille, en
vue du jour anniversaire de Suzanne, qui se trouvait être précisément celui de son retour à la
Prairie.

Nous sommes entièrement de l'avis de Caroline :
il faut se donner de la joie quand on le peut, il y a
un temps pour tout, et si celui de jouir des biens

de cette vie est venu, ce serait une méprise et même une ingratitude que de le dédaigner.

L'instinct du bonheur est général, c'est un profond et légitime besoin de notre nature ; la mort, l'affliction, toutes les souffrances dont ce monde abonde, sont des anomalies amenées par la révolte de l'homme envers son créateur. Plus donc nous rentrons volontairement sous son obéissance et vivons dans sa paternelle dépendance, plus aussi les douces et bonnes joies du cœur, les plaisirs simples et faciles reviennent prendre place à notre foyer.

Les enfants ne peuvent impunément se passer de recréations et de gaieté ; ils en ont besoin, même pour le développement normal de leur corps. Donnons-leur donc autant de jouissances que nous le pourrons, mais évitons scrupuleusement de leur faire connaître les plaisirs factices. Il y a une si grande capacité de bonheur, une telle fertilité dans l'imagination des enfants, que plus ils seront libres d'inventer eux-mêmes leurs jeux et de les puiser dans la nature, plus ils en jouiront, cela s'explique par le fait même de la disposition de leur esprit. Un beau joujou acheté les lasse, les éteint, au lieu de les charmer longtemps. En échange, celui qu'ils ont imaginé ou fabriqué eux-mêmes devient l'occasion d'une immense joie. Les enfants de parents opulents sont, à cet égard, digne de pitié, car on méconnait en eux ce besoin instinctif d'activité inventive, qui leur est aussi naturel qu'aux autres enfants. On les accable de joujous tout faits. Ils sont superbes, on les félicite d'avoir tant et de si jolies choses; mais, s'ils n'ont pas été transformés en automates par une éducation d'étiquette comprimant la vie qui leur est propre, vous les verrez, aussitôt qu'ils en auront la liberté, démonter les roues de leur élégante petite voiture, pour voir comment elles sont faites, et essayer de les reconstruire eux-mêmes; ils ne se contenteront pas de regarder dans leur beau caléidoscope, par le trou réservé pour l'œil, ils le briseront, afin de voir et de toucher ce qu'il renferme; le superbe fouet de postillon, au manche d'ivoire, que vous leur avez donné, sera volontiers remplacé par celui de leur invention, fait avec une baguette et un bout de ficelle; si la mèche qu'ils ont mise claque bien, le plaisir sera à son comble. En un mot, une véritable nature d'enfant a besoin de matériaux sur lesquels elle puisse exercer son esprit créateur. Il faut donc seconder cette industrie naturelle. J'ai connu un petit garçon de cinq ans qui, voulant se rendre compte comment tenait la queue d'un lapin vivant, la tourna jusqu'à ce qu'elle lui resta à la main. Ce même enfant allait chercher les œufs que couvait une poule, lorsque celle-ci s'absentait un instant du nid, afin de voir à quoi en étaient les petits

poulets. Tout cela était très-fâcheux pour Jean
Lapin et pour la mère Couveuse, mais n'avait rien
de coupable en soi. Il aurait seulement fallu lui
donner des éléments d'observation mieux choisis.

Il y a des contrastes considérables sur les degrés
de l'échelle sociale. Ici vous voyez des gens qui se
croient autorisés à ne rien faire d'utile, à vivre aux
dépens d'autrui et à s'accorder constamment des
plaisirs de toute sorte. La vie est pour eux un loisir
continu dont ils usent sans scrupule, oubliant
volontiers que leur oisiveté est un crime social,
puisque chacun a un genre de devoir à accomplir ici-bas, et qu'y manquer c'est s'annuler soi-
même. A l'autre bout de l'échelle, qu'on pourrait
nommer le *haut bout*, se trouvent ceux qui sont
chargés d'un travail excessif et auxquels les délassements légitimes et nécessaires manquent
absolument. Ici, tout n'est pas bien non plus, car
ce travail oppresseur n'est pas la conséquence
rigoureuse d'une position difficile, mais plutôt
l'effet de la suppression du repos du Dimanche. En
voulant mettre leur prudence à la place de la prévoyance et du commandement ancien qui institua
le repos du septième jour, l'ouvrier et le laboureur
jettent une funeste perturbation dans leur existence
et dans leur cœur. La fatigue du corps et celle de
l'esprit ont étendu leur langueur et leur tristesse
sur les travaux de la semaine, et l'on en vient

ainsi à ne plus savoir où placer le repos, les affections, les délassements, la promenade en famille
et les douces causeries de l'intimité auxquelles il
faut du loisir et de la tranquillité.

Replacez les choses et les sentiments où Dieu les
veut et vous verrez reparaître dans la chaumière du
journalier à la campagne, et dans la chambre de
l'ouvrier des villes, les délassements, les bienfaisantes joies, les petites fêtes, le bonheur intérieur
et la paix du cœur.

Que chacun de nous s'emploie à amener ce
grand progrès dans nos mœurs par son propre
exemple et par une douce persuasion qui s'applique
à gagner les cœurs. Si nous possédons quelque
aisance, employons-là au soulagement de ceux qui
souffrent et qui languissent. La charité consiste
autant à donner ou à faciliter les bonnes et saines
joies de la famille qu'à procurer du pain à celui
qui a faim. Ne soyons pas si prompts à blâmer de
grossiers plaisirs chez les nécessiteux, puisqu'ils
n'en connaissent pas d'autres, et comprenons que
nous devons les amener à en désirer de plus vrais
et de plus nobles ; car c'est le moyen de leur faire
abandonner tout naturellement les autres

Suzanne se remit avec empressement à tous les
devoirs qui l'attendaient auprès de son grand-père
et de ses jeunes cousines. Les soirées se termi-
naient par d'intéressantes lectures que faisaient

Georges, ou sa nièce, car Caroline était rarement libre de prendre part à ce délassement.

L'hiver allait commencer lorsqu'une lettre, reçue par Suzanne, vint jeter toute sa famille dans une grande perplexité. Elle s'était intimement liée, pendant son séjour à Nancy, avec une jeune personne qui devait être le soutien de sa mère, veuve et d'une jeune sœur. Marguerite, c'était son nom, ne pouvant faire les frais nécessaires pour les études qu'exige le diplôme secondaire, les acquittait en s'employant dans l'institution comme sous-maîtresse. Une place très-lucrative venait de se présenter pour elle, mais n'ayant pu obtenir d'être libérée de la tâche dont elle était chargée, cette bonne occasion allait lui échapper, à moins que Suzanne ne pût lui rendre l'éminent service de la remplacer auprès de la comtesse d'Orville, pendant les quelques mois dont elle ne pouvait disposer. Troublée par cette étrange proposition, touchée de l'embarras et des soucis dans lesquels se trouvait son amie, Suzanne se hâta de faire part de cette circonstance à son grand-père et à son oncle. Cette communication fut suivie d'un silence prolongé après lequel Maurice dit à ses enfants :

« Cette demande est considérable, elle exige un mûr examen, nous en parlerons plus tard. »

Il avait l'habitude de ne prendre aucun parti de suite et de ne point émettre un avis important sans

s'être donné le temps de consulter Dieu par la
prière et la méditation, espèce de tête à tête, où
l'âme attend le conseil et la direction en silence et
en repos. Quelques jours s'écoulèrent sans qu'on
abordât le sujet qui les préoccupait tous secrètement. Au bout d'une semaine, Maurice prit son fils
à part et lui dit :

« — Je crois que cette affaire procède du Seigneur, et que nous ne devons point ici consulter
notre goût et notre intérêt particuliers. Le sort de la
jeune Marguerite paraît dépendre en ce moment du
parti que nous prendrons, et certainement, tandis
que nous ferons, par dévouement pour cette famille
de veuve et d'orphelins, un sacrifice qui nous coûterait tant, notre enfant sera gardée. Suzanne est
véritablement chrétienne, elle vit sous l'influence
vivifiante de l'Evangile, et déjà savoure la paix et
la joie qu'il communique à l'âme croyante. Je crois
donc qu'elle ne courra aucun danger en se trouvant
placée, pour un temps, au milieu du monde, et que
l'expérience qu'elle acquerra par ce nouveau genre
d'existence, tournera à son profit. D'ailleurs, n'ayant
d'autre but que de nous rendre aux appels de la
charité, dans un cas si intéressant, nous devons
avoir confiance. Il faut donc exposer la chose à
M. et à Mme Mandal, et s'ils partagent nos vues,
nous laisserons à Suzanne toute liberté d'adopter
le parti que lui dictera son cœur. Le jour où elle

commencera à remplir cet emploi, Marguerite se trouvera rétribuée, et les appointements étant assez élevés, ce sera un précieux soulagement pour sa mère. »

Suzanne n'eut pas un instant d'hésitation, le bonheur d'aider son amie l'électrisait, aussi plaidat-elle sa cause auprès de ses bons parents, avec une éloquence qui la lui fit gagner. Elle écrivit de suite à son amie pour avoir les renseignements et les détails qui étaient nécessaires avant de mettre ce plan à exécution.

Quelques jours après, une lettre de Marguerite exprimant la plus tendre reconnaissance apporta des informations entièrement satisfaisantes, et le départ de Suzanne fut arrêté.

XIX

DÉPART DE SUZANNE POUR PARIS

Lorsque un parti a été pris sous l'influence d'un sentiment généreux, avec la conviction que l'impulsion à laquelle on obéit est bonne, on éprouve un sentiment de repos et de contentement; mais au moment où, quittant le domaine de la spéculation et du sentiment, on entre dans la réalité du

sacrifice, commence la souffrance, qui trop souvent
amène le découragement. Nos amis de la Prairie
passèrent par toutes ces expériences, ils se répé-
taient bien que l'absence serait courte, et que le
but proposé devait ôter toute arrière-pensée, mais
l'effort n'était pas moins grand, et chacun s'éton-
nait d'avoir si vite et si facilement consenti à cette
pénible séparation.

Maurice voulut accompagner sa chère enfant
jusqu'à l'endroit où elle prendrait la voiture cor-
respondant au chemin de fer. Appuyé sur le bras
de Suzanne, il marchait plus lentement que de
coutume, on le sentait triste, quoiqu'il ne dît rien
de son angoisse secrète ; les boucles argentées de
son abondante chevelure dépassaient les bords de
son chapeau de feutre noir, la propreté irréprochable de son habillement de drap bleu garni de bou-
tons de cuivre, la blancheur de son linge et une
expression de paix et de bienveillance répandue
sur ses traits, formaient un ensemble harmonieux
et vénérable. Suzanne avait, malgré la simplicité
de ses vêtements, un air de distinction et de bonne
grâce fort remarquable, un ruban bleu clair noué
autour de son cou était le seul ornement de sa
modeste toilette. Le cœur lui manqua lorsqu'il
fallut prendre congé de sa famille bien-aimée. Et,
pour la première fois de sa vie, elle se sentit surmontée par une grande tristesse, il lui parut impos-

sible d'accomplir la tâche qu'elle avait acceptée;
aussi, à peine installée dans le wagon des dames,
en compagnie de la personne à laquelle on l'avait
confiée, notre jeune orpheline tourna son visage
du côté de la portière et laissa couler en silence les
larmes qui la suffoquaient ; sa discrète compagne
garda le silence, comprenant bien que toute conversation serait maladroite et importune en un
tel moment. Suzanne put donc se recueillir tranquillement et repasser dans son souvenir les tendres
adieux qu'elle venait de recevoir ; elle se rappela
le don que lui avait fait, au dernier moment, son
bon grand-père : c'était un Nouveau-Testament de
poche fort petit, élégamment relié en peau de chagrin, sur lequel était son chiffre, elle l'ouvrit avec
empressement et y trouva ces paroles écrites de la
main du bon vieillard :

« Je ne vous laisserai pas orphelins, je viendrai
« à vous. » (Ev. Jean.)

Cette promesse qu'elle connaissait bien, lui sembla en ce moment s'adresser tout directement à sa
situation ; elle sentit qu'en effet partout elle trouverait l'amour et la protection de Dieu, et aussitôt
le courage lui revint ; mais l'âge avancé de son
grand-père lui apparut tout à coup comme un danger imminent, elle n'avait jamais compris jusqu'a-
lors combien était grande et prochaine la chance
de la séparation ; cette crainte ébranla son imagi-

nation, toutes sortes d'appréhensions l'assaillirent
et la jetèrent dans une vive angoisse. Après s'y être
abandonnée un moment, la pensée lui vint qu'elle
avait laissé son cher grand-père en parfaite santé
et que c'était fort mal à elle de devancer les temps
et de douter de la bonté de Dieu qui dirige tous
les événements, elle le supplia de lui conserver
tous ceux qu'elle avait laissés à la Prairie ; puis,
rassurée par ces réflexions, la gaieté et la vivacité
de son esprit reprirent leurs droits, elle put causer avec sa compagne, et jouir de toutes les choses
nouvelles qui s'offraient à son observation.

A dix-huit ans, la pensée de la mort a peu de
prise, surtout lorsqu'on n'a jamais assisté au suprême départ. Il était dans la nature de Suzanne
d'être confiante, rien ne lui inspirait de l'effroi
pour l'avenir, on lui avait appris à envisager la
vie terrestre comme une préparation à celle qui
ne doit point finir, et tout s'enchaînait dans sa
pensée comme le plan de Dieu pour réparer les désordres causés par la révolte du premier homme
envers son créateur.

Tandis que notre jeune voyageuse poursuit sa
route, reprenons le chemin de la Prairie avec ses
parents attristés. Ils marchèrent d'abord en silence ;
Maurice donnait le bras à son fils ; Caroline tenait
la main de sa fille aînée, gracieuse adolescente au
frais visage qui, contrairement à son habitude, ne

disait mot. Une seule pensée les absorbait tous, et ce ne fut que par des phrases courtes et espacées que nos amis exprimèrent quelque peu ce qu'ils sentaient. Arrivés à la maison, on y trouva ce désordre inséparable du trouble et des embarras que cause un départ matinal ; mais ils étaient tous moins pressés de rentrer dans leurs habitudes que de présenter ensemble à Dieu une instante prière, pour que le voyage et l'arrivée de leur chère enfant fussent protégés par lui. A peine Georges avait cessé ses chaleureuses supplications, que la petite Charlotte courut se jeter dans les bras de son grand-père, en disant :

« — C'est moi qui remplacerai Suzanne ; je vous rendrai, mon bon grand papa, toute sorte de services ; comme elle, je vous ferai la lecture bien distinctement, et je vous aimerai autant qu'elle vous aimait, » ajouta-t-elle en l'embrassant tendrement.

Le pansement était bon, on ne pouvait en appliquer un meilleur sur le cœur de Maurice. Comme la prière était pour lui une action accomplie avec une pleine confiance, il se trouva grandement soulagé de sa tristesse, et le soudain témoignage de sa petite fille lui causa une si douce émotion, qu'il fut aussitôt replacé sous la bienfaisante influence de la reconnaissance, sentiment qui, depuis longtemps, était sa disposition habituelle.

Quant à Caroline, remettre de l'ordre partout, donner à sa maison cet air de propreté, d'agrément et de bien-être, qui est le talent des bonnes ménagères, fut sa première pensée après avoir pourvu à tout ce que réclamait l'intérêt de ses chers enfants.

XX

ARRIVÉE DE SUZANNE CHEZ MADAME D'ORVILLE

La journée s'était assez bien passée pour Suzanne, sa compagne avait été très-maternelle pour elle, et la nuit venue, le sommeil s'était chargé de lui faire oublier la longueur du voyage. Tout à coup, tandis qu'elle rêvait à la Prairie, et se croyait entourée de tous les siens, elle fut réveillée en sursaut par la voix des hommes de la gare, qui, en ouvrant les portières, criaient bien haut : *Paris! Paris!*

Il était minuit, chacun se pressait hors des voitures pour entrer dans la salle d'attente des bagages. Au milieu de ce brouhaha et de cette foule affairée, Suzanne fut saisie d'un cruel sentiment d'isolement, elle trouvait bien heureuses les jeunes filles qui étaient là avec leur famille, il lui semblait qu'elle aurait volontiers repris le train pour

aller se réfugier chez elle au milieu de ses chers
parents. Elle regagna cependant sa présence d'esprit et son énergie, en se souvenant que la comtesse
d'Orville avait annoncé dans sa lettre, qu'elle en-
verrait sa femme de charge pour la chercher, in-
diquant pour rendez-vous la porte de sortie du
vestibule. En effet, nos deux voyageuses trouvèrent
en cet endroit une personne de fort bonne façon,
qui guettait l'arrivée de quelqu'un et qui, voyant
Suzanne, s'avança gracieusement au devant d'elle
en se faisant connaître. Notre jeune fille prit affectueusement congé de sa protectrice, et fut bientôt
installée au fond d'un moëlleux coupé qui, après
avoir rapidement longé plusieurs rues, s'arrêta
devant un hôtel dont le cocher se fit ouvrir la haute
porte. La voiture roula sur les dalles et s'arrêta
devant le vitrage d'un escalier spacieux dont les
marches de marbre blanc étaient en partie couvertes de moquette ponceau retenue aux contre-
marches par de brillantes baguettes de cuivre. Une
belle statue soutenait un grand lustre garni de
plusieurs becs de gaz dont quelques-uns étaient
encore allumés à cette heure tardive, et répandaient
une vive clarté. La sonnette du concierge avait
averti le valet de chambre. Il se trouva à la porte du
premier étage pour recevoir Suzanne. La femme
de charge prit alors un bougeoir d'argent, et mar-
chant la première, traversa deux salons obscurs et

une salle de billard, puis enfila un long corridor, et
s'arrêtant devant une porte sous tenture, elle l'ouvrit très-doucement, en disant à voix basse :

« — Entrez, mademoiselle, c'est ici votre chambre. Veuillez ne faire aucun bruit. Madame la comtesse vous entendrait, et il faut éviter avec le plus
grand soin de l'éveiller, car elle a eu sa crise nerveuse ce soir. Demain, lorsqu'il fera jour chez madame, je vous annoncerai. On déjeune ici à huit
heures, je vous apporterai du café, du thé ou du
chocolat, à votre choix. Bonsoir, mademoiselle,
dormez bien. »

Tout cela fut dit sans point ni virgule, avec un
accent très-parisien, très-net, d'une voix agréable,
mais arrêtée et sèche comme un son métallique. Du
sentiment, il n'y en avait point; de l'obligeance,
pas davantage ; et si Suzanne n'avait pas eu encore
dans son sac quelques fragments d'un bon gâteau
que sa tante Caroline avait fait pour son voyage,
elle se serait couchée ayant faim.

Quel accueil différent on recevait à la Prairie,
même de la part des domestiques ! Tout le monde
y était hospitalier, prévenant, affectueux.

Etourdie par tant d'impressions nouvelles, Suzanne pouvait à peine se rendre compte de sa situation, la transition avait été si prompte et si
complète ! Laissée seule dans cette chambre où tout
lui était étranger, elle eut le sentiment d'un com-

plet abandon et allait soulager sa tristesse par des
larmes, lorsqu'elle se souvint de la recommandation qui lui avait été faite. Elle réprima donc son
émotion, et malgré l'heure avancée, désirant selon
sa coutume clore la journée par la lecture de quelques versets de l'Evangile, elle ouvrit son livre et
s'arrêta à ces paroles :

« Ne crains rien, crois seulement. »

Elle s'en tint là, il y en avait assez pour calmer
et réjouir son âme : elles répondaient parfaitement au besoin du moment, lui faisant sentir le
bonheur d'avoir un Dieu qui est toujours près de
celui qui le cherche. Elle se trouva soudain rassurée et entièrement confiante, se mit bientôt après
au lit puis s'endormit profondément.

La fatigue du voyage et celle des émotions diverses qui l'avaient agitée, prolongèrent son sommeil ; cependant, elle avait eu le temps de s'habiller
et de commencer une lettre pour ses parents, lorsqu'on frappa à sa porte. C'était la femme de charge
qui lui apportait son déjeuner. Elle pouvait difficilement se persuader que ce plateau si élégamment servi fût pour elle, et souriait à la pensée de
tout ce qu'elle aurait à raconter dans sa lettre.

Tandis qu'elle déjeunait, une sonnette placée au
dessus de son lit se fit bruyamment entendre, la
jeune fille tressaillit de surprise ne sachant ce que
cet appel signifiait. Au même instant la femme de

charge vint l'avertir que Mme la comtesse était réveillée et désirait la voir. Suzanne se leva promptement et pria la domestique de lui expliquer dans
quel but cette sonnette avait été placée dans sa
chambre.

« — Vous devrez, mademoiselle, » lui répondit-
elle, « vous rendre auprès de madame, quand elle
sonnera, parce que vous êtes seule près d'elle, mais
il faut détendre ce ressort le jour, car il ne sert
que la nuit. » En disant ces derniers mots, madame
Joseph ouvrit une porte de la chambre de Suzanne,
qui donnait dans celle de Mme d'Orville, et dit à
haute voix :

« — Voici la jeune personne attendue par madame la comtesse. »

« — Approchez, je vous prie, mademoiselle, » dit
une femme encore jeune et très-pâle, qui paraissait malade ; elle avait un costume de nuit fort riche, et tout dans sa chambre était de la plus grande
élégance.

« J'espère que nous ferons ensemble bonne et
prompte connaissance, et que vous ne vous en-
nuyerez pas trop avec moi, quoique je sois presque
toujours dans ma chambre. Heureusement que ma
prison est jolie, dit-elle en souriant ; puis dirigeant
les regards de Suzanne sur un grand tableau représentant un des plus beaux sites des Vosges, elle
ajouta :

« — Voilà un peu de nature de votre pays, il
faut se contenter de celle-là en hiver ; connaissez-
vous cette montagne-là, l'avez-vous gravie ? »

Puis, sans attendre la réponse, elle reprit :

« — Comment vous nommez-vous, mademoiselle ?

« — Suzanne, madame, » répondit-elle timide-
ment, tandis que son regard, plus éloquent que
ses paroles, semblait ajouter : « Je désire vous être
utile et agréable. »

La comtesse, pour couper court à la gêne de
cette première conversation, s'informa si sa jeune
lectrice savait faire la tapisserie, et, sur sa réponse
affirmative, elle fit remettre un canevas sur lequel
était brodé un admirable bouquet de roses aux
teintes nuancées.

« — Prenez cela, ma chère demoiselle, « dit-elle, »
et veuillez m'aider à faire le fond au petit point
avec cette laine gris-perle, vous pouvez emporter
la corbeille dans votre chambre, car je vais maintenant faire ma toilette.

Cette courte entrevue avait entièrement rassuré
Suzanne. L'expression de bonté répandue sur le
charmant visage de Mme d'Orville, et son air ma-
ladif et mélancolique avaient éveillé sa tendre
sympathie.

La bonté est la qualité la moins apparente et la
plus efficace, elle se mêle à toutes les circonstances

de la vie, sans effort et comme d'elle-même. Suzanne en ressentit les doux effets auprès de la
comtesse, et ses débuts, qui auraient pu être difficiles , vu son inexpérience du monde et de ses
usages, ne le furent point ; aussi, cette souffrance
de cœur qu'elle avait éprouvée en se trouvant au
milieu d'étrangers et d'indifférents, cessa bientôt,
par l'affectueuse indulgence que lui montrait en
toutes occasions Mme d'Orville. Nous pourrons
mieux nous associer à ses sentiments, en lisant la
seconde lettre qu'elle écrivit à son oncle Georges.

XXI

LETTRE DE SUZANNE A SON ONCLE.

20 décembre 1860.

« Je ne puis assez vous remercier, mon bon
oncle, d'avoir répondu si vite à ma première lettre ;
la vôtre m'a comblée de joie, tout en me faisant
verser bien des larmes ; il me semblait après l'avoir
lue que j'avais assisté réellement à tous les petits
événements que vous me racontez si bien. Vous
ne sauriez me donner trop de détails sur chacun
de vous pendant que je suis éloignée de notre *home*.
J'attends avec impatience la lettre que mon cher
et vénéré grand-père m'a promise ; ce sera un bon

jour celui où elle arrivera. Cher grand-père, que je
l'aime ! et combien il m'en coûte de ne plus l'entourer de mes soins et de mes caresses ! Dites, je
vous prie, à Charlotte que je la trouve très-heu-
reuse de m'avoir remplacée auprès de lui, et re-
commandez-lui de m'écrire bientôt. C'est d'elle
que j'attends tout ce qui concerne les enfants,
qu'elle n'oublie pas de me faire part des gentilles-
ses de Souky, de ses jolis mots, de ses petites bouf-
fonneries. Tout ce qui concerne cette délicieuse
petite m'intéresse; ne lui laissez pas oublier sa
marraine, je prends déjà mes précautions à cet
égard, ayant fait l'emplette d'une poupée que j'ha-
bille pour elle. Que fait mon vieux Minet? Votre
silence sur lui l'accuse, car vous ne me dites point
qu'il m'ait cherchée après mon départ. Son caractère de chat lui a-t-il ôté la mémoire du cœur? Si
je ne m'étais attachée à un chien, vous auriez eu
toute sorte de beaux traits de sentiments à me
citer; réellement les chats sont des ingrats et des
hypocrites avec leurs airs câlins; on eût dit que
Minet ne pouvait vivre sans moi, il faisait le gros
dos en frôlant ma robe, montait sur mes épaules,
mangeait dans ma main, et maintenant tout cela
ne lui laisse ni souvenir ni regrets. Oh ! le vilain
chat! Il me donne, mon cher oncle, une grande
leçon qui sera mon premier fonds d'expérience;
désormais, je prendrai garde de ne m'attacher

qu'aux gens qui savent aimer, et, à ce sujet, je vous dirai que la comtesse est de ce nombre : elle m'aime déjà et me le montre en toute occasion.

« J'ai commencé à lui faire la lecture, et il a été bien difficile d'en trouver qui lui convinssent, elle me donna d'abord un gros volume intitulé *Les Mystères*, mais à peine avais-je compris de qui et de quoi il parlait, qu'elle le reprit et m'en fit commencer un autre dont le nom ne m'est pas resté. Lorsque je fus arrivée à la trentième page de celui-là, elle me pria de cesser de lire ; j'aurais bien aimé continuer, car je commençais à m'intéresser beaucoup à une personne très-malheureuse et très-bizarre ; il était aussi question d'un secret que je désirais connaître, mais le lendemain ce livre n'était plus dans la chambre de madame, et nous en ouvrîmes un troisième, puis un quatrième ; ah ! pour ce dernier, je compris qu'il valait mieux le rendre tout de suite au libraire, car il me causait un malaise extrême : l'auteur traitait tous les sujets sérieux avec la même ironie, il paraissait ne croire à rien et n'aimer personne, il racontait ses fautes sans les regretter, exaltait la richesse à propos de tout comme le bien suprême, et parlait de la vieillesse comme d'un irréparable malheur ; cette opinion me fit mal, je pensais à mon bien-aimé grand-père dont la vieillesse est si belle, si paisible, si remplie de foi et d'attente du Ciel qu'elle n'a rien de triste, si ce n'est pour nous qui voudrions qu'il vécut toujours pour ne jamais nous quitter !

« Lorsque la comtesse m'a dit que ce livre la fatiguait, j'étais du même avis qu'elle et j'ai été vraiment contente de ne plus me retrouver dans la société de ces gens-là ; je dis avec raison la *Société de ces gens*, mon cher oncle, car je m'identifie très-vite avec les personnages d'un livre.

« J'aimerais beaucoup savoir si la dame qui remplissait le rôle de lectrice auprès de Mme D'Orville, ne faisait que commencer des ouvrages de différents auteurs sans jamais en poursuivre la lecture jusqu'au bout ? Comme j'ai vu que la comtesse était embarrassée pour trouver quelques livres intéressants à son gré, je me suis hasardée de lui demander si elle avait lu ceux que je connais, ils lui étaient à peu près tous étrangers. Il ne lui faut pas des sujets d'études, elle est trop nerveuse et trop faible pour fixer son attention d'une manière suivie ; aidez-moi, mon cher oncle, en nous conseillant quelque chose qui puisse la récréer, elle a bien besoin d'agréables distractions, étant habituellement triste ; on la dirait profondément découragée, car son sourire est très-mélancolique. M. le comte ne la voit qu'un moment après le déjeûner, puis au dîner, encore souvent il est prié en ville. Ses occupations diplomatiques, ses nom-

breuses relations et son cercle absorbent tout son
temps, ce qui crée autour de sa femme un constant isolement.

« Cet hôtel est un désert quand il n'y a pas foule.
Le jour des visites, les équipages se succèdent sans
interruption ; mais, le reste de la semaine le silence
est complet, ces grands salons vides, ce spacieux
escalier des maîtres, où presque personne ne passe,
tout cela fait froid au cœur. Mme d'Orville n'a plus
de parents à Paris, et je ne lui vois pas d'amis intimes, de ceux qui viennent quand on souffre et
qui consolent et raniment affectueusement. Quand
je compare notre existence de la Prairie avec la
sienne, je comprends que le bonheur est de notre
côté. Elle m'a fait beaucoup de questions se plaisant
à se faire raconter avec détail notre manière de vivre. Hier, je dus lui dire l'emploi de vos journées
à chacun, soit à l'école, soit à la ferme. La simplicité de nos habitudes et de nos goûts forme un si
complet contraste avec ce qu'elle connaît, qu'il ne
semble pas possible de lui faire comprendre combien nous sommes heureux. Le grand luxe, la
complète oisiveté dans lesquels elle vit, l'empêchent de se représenter le moins du monde nos
occupations et nos jouissances. Comment, par
exemple, pourrait-elle s'associer de cœur à nos
champêtres plaisirs, alors que de ce qui serait devenu une fatigue, nous en faisons une fête à la

ferme et une occasion de réunir nos amis. Et ces
charmantes matinées d'avril et de mai où, levées
avec le jour, nous allions, Charlotte et moi, vous
aider à cultiver vos fleurs et savourer la beauté du
printemps ! Il me semble y être encore, mais ce
que j'aime surtout à me rappeler, ce sont les chaudes et longues journées d'été dans lesquelles nous
faisions de si ravissantes courses sur les montagnes,
emportant avec nous notre frugal repas ! Qu'elles
étaient pittoresques et amusantes nos haltes dans
les châlets de vachers ou de bergers, et qu'il était
agréable de se reposer sur le foin qui s'y trouve
amassé. Il me souvient aussi de notre émulation à
chercher des fleurs pour votre grand herbier et
pour le mien. Quelle douce joie épanouissait nos
cœurs au soir de ces journées passées toutes en-
tières au sein d'une sublime nature ; lorsqu'en
descendant la montagne, nous avions sous les yeux
la splendeur du soleil couchant qui empourprait
tout le ciel de ses derniers rayons ! Vous souvient-il
de cette soirée de juillet, où le petit Fritz, assis
sur votre épaule, disait avec une si comique em-
phase : « Que c'est beau, petit papa ! » en fixant
ses grands yeux sur les nuages roses qui s'éten-
daient à l'horizon. Nous avions tous le cœur si con-
tent et si plein d'admiration que nous entonnâmes
en chœur un cantique de louange de votre ancien
recueil, accordant la cadence de nos pas à son

rythme harmonieux. De tels moments, mon cher
oncle, ne s'effaceront jamais de ma mémoire, car
il s'y trouvait une plénitude de vie et de bonheur que je ressaisis encore par le souvenir. Notre
retour chez nous couronnait le tout. Je vois d'ici
mon cher grand-père assis sur un des bancs de la
cour, nous attendant avec une tendre impatience
et son plus doux sourire; un bon feu éclairait notre
grande cuisine, la table était mise dans la salle et
Marthe, qui avait compté sur notre appétit, tenait
un excellent souper prêt pour l'arrivée de la petite
bande. A peine y avions-nous fait honneur, que le
sommeil nous gagnait, la longue marche, l'air si
pur respiré à pleins poumons depuis l'aube, nous
faisaient aspirer au repos de la nuit, et le sommeil
achevait la fête.

« J'aime la comtesse, il est impossible de rester
indifférent à une personne si bonne, si belle et si
triste ! On peut, je crois, la comparer à une charmante fleur artificielle.... Ce qui lui manque, c'est
la vie ! Mais, hélas ! je ne suis point capable de la
ranimer, je ne puis même rien pour la soulager ni
pour égayer une existence si isolée et si languis-
sante. Les premiers temps de mon séjour ici,
j'étais sous le charme du grand bien-être qui règne
dans cette maison ; la beauté, l'élégance de tous
les objets qui m'entourent, l'empressement et
l'exactitude des domestiques pour les divers ser-

vices dont ils sont chargés, les facilités de tous
genres que donne l'opulence, me faisaient supposer que tous les désirs pouvaient être ici satisfaits,
mais un peu d'expérience et d'observation ont
singulièrement modifié mes premières impressions. J'ai compris que ces brillantes apparences
cachent de bien tristes misères, et maintenant, je
me sens plutôt de la compassion que tout autre
sentiment pour la position de ma chère comtesse,
car il m'est évident qu'elle n'est point heureuse.

« Vous m'avez toujours donné de bons conseils,
mon cher oncle, vous souvenez-vous, quand vous
me recommandâtes de parler peu avec les gens
dont je ne connaîtrais pas le caractère; eh bien!
j'ai eu lieu hier de me féliciter d'avoir agi ainsi.
Mᵐᵉ Joseph, la femme de charge, après avoir
apporté dans ma chambre mon chocolat, s'est
assise sans façon à côté de moi, et m'a adressé d'un
ton amical, mais d'un air qui l'était fort peu, une
foule de questions que j'ai trouvées curieuses et
indiscrètes; je lui ai répondu aussi poliment que
possible, mais très-courtement, ce qui ne paraissait
pas faire son compte; elle avait débuté par me faire
de très-beaux compliments et a terminé sa visite en
me disant que quand une jeune fille élevée à la
campagne passe son temps dans la société d'une
grande dame, elle court le risque de prendre mal
à propos des airs importants; comme elle achevait

sa phrase en fermant la porte, je n'eus rien à lui répondre. Je m'en félicite, car j'étais sur le moment piquée au vif et j'aurais pu le laisser voir.

« Depuis que cette lettre est commencée, chers parents, j'ai appris que tous les ouvrages que la comtesse m'a prié de lui lire sont des fictions ; je croyais que les personnages de ces livres avaient réellement existé, et je leur portais, en conséquence, un fort grand intérêt, m'affligeant d'en rencontrer de si pervers ou de si malheureux, mais la comtesse m'a dit hier que tous ces livres étaient des livres d'imagination, des romans, précisément ce genre de lectures que vous m'avez toujours recommandé d'éviter. J'ai fait part tout franchement à cette chère dame de mon désir de vous obéir ; elle ne s'est point scandalisée de cet avis, et m'a dit qu'elle entrait dans vos vues à cet égard. Moi-même, je me rends très-bien compte maintenant de votre répugnance à me laisser lire de pareils livres. Ils contiennent tant de discours et d'exemples contraires à la vérité et aux bons principes, qu'ils peuvent aisément gâter le cœur. Il m'arrivait bien souvent, depuis que je faisais ces lectures, de ressentir une tristesse sans cause apparente, et un trouble intérieur très-pénible. Rentrée dans ma chambre, j'étais inquiète, mécontente, agitée, tout m'ennuyait je ne savais à quoi m'en prendre ; mais maintenant, je m'explique cet état de découragement, j'avais été trop amusée ou trop émue par ces scènes fantastiques, mes propres sentiments s'y mêlaient, je ne sais pourquoi ni comment; toutes ces aventures, toutes ces définitions et ces déclamations passionnées me trottaient dans la tête, et je ne sentais plus ce calme qui m'est si nécessaire.

« Je vois bien que les livres où se trouvent de mauvaises pensées et de mauvais exemples, sont aussi dangereux pour l'âme que la société de gens mal élevés, et qu'il est d'une égale importance de faire un bon choix des uns et des autres.

« Je pourrais vous écrire encore bien des pages, il m'est si doux de laisser aller mon cœur au courant de la plume! Mais ma lettre est arrivée à un volume qui m'interdit de continuer. Je vous embrasse tous, mes bien-aimés parents, avec la tendresse que vous connaissez.

« Cette lettre s'adresse aussi à bon papa et à bonne maman.

« Votre SUZANNE. »

XXII

MADAME GEORGES FRANTZ A SA NIÈCE

« La Prairie, 24 janvier 1861.

« Ma bien-aimée Suzanne,

« Ton oncle me cède la plume aujourd'hui, il n'a
pas un instant à lui ; la grande classe exige beaucoup de soins à l'approche des examens, et absorbe
tout le temps dont il peut disposer. Mais aussi
quelle vive satisfaction pour lui d'avoir pu amener
ces jeunes gens à ce point, et en les conservant à
leurs familles, d'être demeuré leur ami jusqu'à un
âge où son affection et ses conseils peuvent leur
être si profitables ! Avec toi, ma Suzanne, je puis
parler librement sur un sujet que je n'oserais traiter avec des étrangers ; oui, j'admire mon mari ! Le
dévouement, le zèle et la persévérance qu'il met à
la poursuite de ses bons projets m'étonnent encore
chaque jour ; son courage, loin de diminuer, paraît
s'accroître avec les années ; il est ingénieux à trouver de nouvelles occasions d'exercer une influence
salutaire ; il soutient de nombreuses correspon-
dances avec ses confrères, leur faisant part de
ses expériences et de ses plans de réforme scolaire ;
tu sais qu'il a le don de sympathiser avec ceux qui

sont dans la peine, et de compâtir à leurs diverses difficultés, il sait toujours trouver le moyen de les aider d'une manière ou d'une autre.

« Aucun affligé ne vient à lui sans recevoir plus ou moins de soulagement. Que de fois il est surchargé par le poids des soucis et des chagrins qui lui sont confiés ! Souvent je crains que le fardeau excède ses forces, mais il me rassure en se montrant de nouveau enjoué et confiant. Sa charité est si vivante que, sans avoir d'affliction directe et personnelle, on peut dire en toute vérité qu'il connaît l'angoisse et l'amertume de la vie. Ne ressemble-t-il pas en cela à son divin maître. Nous venons de recevoir chez nous le fils de l'instituteur de Bois-le-Grand. Ce pauvre homme a succombé à une longue et cruelle maladie, et ton oncle lui a promis de servir de père à son enfant. Il sera désormais membre de notre famille.

« En voilà bien long sur un seul sujet, tandis que nous en avons tant d'autres à traiter ensemble, nièce chérie ; mais tu ne seras pas fâchée que j'ai commencé par te parler de ton oncle qui t'est si cher. J'ai de bonnes nouvelles à te donner de notre excellent père et de chaque enfant, tout va ici à l'ordinaire. Tes lettres sont les principaux événements de notre paisible vie, nous en relisons une partie le soir pour que Marthe et Charlotte en aient leur part, ce qui les intéresse vivement toutes deux ; Pierre demande aussi de tes nouvelles.

« Tandis que je t'écris, assise à mon secrétaire
près de la croisée, je vois dans la cour notre père,
occupé à pailler le grand espalier, et mon petit
Wilhem qui travaille sous ses ordres, et transporte
sur sa grande brouette, la véritable brouette comme
il la nomme, le bois mort. Fritz et Souky jouent à
faire semblant d'aider grand-père, tout ce cher petit
monde est satisfait de son activité réelle ou imagi-
naire, et moi, je sens la plus joyeuse reconnaissance déborder de mon cœur. Heureuse fille, heureuse épouse, heureuse mère, comment pourrai-je
assez louer et bénir le dispensateur de tant de biens!
Représente-toi ton petit Wilhem avec sa belle chevelure bouclée, revêtu à l'instar de notre vieux
valet Pierre, d'un tablier de jardinier de toile bleue;
le vois-tu avec son air intelligent, chargeant sa
brouette, puis prenant le pas délibéré et régulier
d'un homme de peine, pour aller au bûcher déposer son fardeau? Il se croit très-nécessaire, et je ne
voudrais pas lui ôter cette douce illusion, car c'est
le commencement de l'amour du travail. Est-ce
assez te traiter comme une bonne tante que de
babiller ainsi en mère folle?...Maintenant, venons-
en à toi, cher enfant, tes récits nous intéressent on
ne peut davantage, il nous semble en te lisant que
tu es près de nous, nous partageons tes impressions en nous associant à tous tes sentiments, La
comtesse nous paraît être bien aimable et bien

bonne; il faut qu'elle ait une grande délicatesse de
cœur, pour avoir renoncé au genre de lecture dont
elle avait l'habitude, et cela uniquement par égard
pour ton désir de suivre les conseils de ton oncle.
Je ne mets pas en doute qu'elle n'apprécie des
ouvrages qui sont plus dignes de son intérêt; je
joins ici une petite liste des livres que ton oncle
serait bien aise que tu pusses te procurer; peut-être
s'en trouvera-t-il dans le nombre qui plairont à
Mme d'Orville. Tu le sais, ma Suzanne, nul n'est
trop faible ni trop petit pour se rendre utile à
autrui : la jolie fable du *Rat et du Lion*, de Lafontaine, l'a démontré et l'histoire le prouve chaque
jour.

« J'oubliais de te dire que Mme Bertaud est venue
le lendemain de ton départ, faire, à notre père,
une espèce de visite de condoléance, elle avait un
air de circonstance qui me donne encore envie de
rire, toutes les fois que le souvenir m'en revient.
Tu la connais cette brave dame, elle n'est point
médisante par nature, ni de propos délibéré; mais
elle a contracté, par oisiveté, la fàcheuse habitude
de colporter ce qu'elle entend dans ses perpétuelles
tournées de visites, et cela sans avoir conscience
du tort qu'elle peut faire par ces bavardages. C'est
une chronique ambulante de tout ce qui se dit, se
suppose ou se passe dans notre grand village et ses
alentours; elle n'a donc pas manqué l'occasion de

nous informer que ton départ pour Paris avait produit un très-mauvais effet et encourait la désapprobation générale. « On s'étonne d'une si grave
imprudence, » disait-elle avec solennité. Je te fais
grâce, du reste ; il suffit, en cette circonstance
d'avoir bien examiné ce qui semblait être le devoir.
Notre cher père ne se détermine à rien d'important
sans y avoir mûrement réfléchi, en demandant à
Dieu de lui manifester sa volonté, puis il attend
ensuite tranquillement le résultat de ses réflexions
ou des événements. Il sait bien que l'on rencontre
partout des difficultés, des tentations et des épreuves ; c'est le sort des choses de ce monde, même
des meilleures, car en toute affaire le mal se mêle
au bien. Aussi ne s'est-il point ému ni scandalisé
des jugements portés sur la décision qu'il a prise,
et a simplement répondu à Mme Bertaud :

« Comme le monde ne connaît pas les motifs qui
« déterminent les actions qu'il juge, il a grand tort
« de s'en occuper. Au reste, que votre amitié pour
« ma petite-fille se rassure, elle est sous la garde
« d'un berger qui ne perd aucune des brebis qui
« connaissent sa voix et qui le suivent. »

« Hier, il y eut grand émoi parmi la troupe des
petits écoliers, ils vinrent à la Prairie pour assister
à la capture d'un essaim d'abeilles qui avait émigré
le soir précédent et s'était posé sur un pommier
du verger. L'opération a parfaitement réussi, au-

cune piqûre n'a troublé la fête, et tout le monde
s'est retiré satisfait, à commencer par les déserteu-
ses qui, après s'être confortablement installées dans
leur nouveau domicile, une ruche toute neuve, se
sont de suite remises à l'ouvrage.

« Adieu, chère Suzanne, tu sais que nous attendons une longue lettre de toi cette semaine, n'y
manque pas.

« Ton affectionnée tante,

« CAROLINE. »

XXIII

PREMIÈRE LETTRE
DE LA COMTESSE D'ORVILLE A SA COUSINE

Paris, 28 décembre 1860

« Ma chère cousine,

« Votre lettre m'a vivement émue, elle m'a rappelé un temps déjà bien éloigné : celui de mon enfance et de ma jeunesse, ainsi que les bontés si
prévenantes dont vous me combliez pendant vos
séjours chez mes parents. Vous m'avez généreusement pardonné mon ingrate négligence, mon long
silence, et vous n'avez voulu vous souvenir que du
besoin où je suis de retrouver votre amitié pour

13

consoler la vie isolée et inutile que je mène, ou
plutôt que je traîne depuis longtemps.

« Merci donc, mille fois, ma bonne cousine,
croyez que j'apprécie à sa valeur une amitié telle
que la vôtre. Il me semble voir d'ici ce regard vif
et bienveillant qui attirait à vous mon cœur de
jeune fille. J'ai trop bien goûté jadis le charme de
votre société pour en avoir perdu le souvenir. La
constante activité de votre esprit, votre gracieux
dévouement, cet aimable entrain qui vous faisait
dire ou faire tant de choses intéressantes et agréables pour autrui, tout cela m'est présent, il me
semble encore entendre les lectures amusantes ou
instructives par lesquelles vous animiez nos soirées.

« La manière et le ton de votre lettre m'ont rappelé tout cela; en dépit des années, il y a plus de
jeunesse encore chez vous que chez moi; nos existences sont, il est vrai, en parfaite dissemblance;
aucune contrainte ne vous a été imposée, aucune
langueur morale ou physique n'a anéanti votre
énergie, vous êtes restée vous même, conservant
l'activité, la gaieté, la chaleur de cœur qui vous
sont naturelles; toujours prête à vous consacrer
généreusement au bien ou à l'agrément de vos
amis.

« De grâce, par amour pour ma bonne mère,
venez me voir à Saint-Pol, cet été, vous y retrou-

verez votre appartement, vous y ramènerez un peu
de ce bonheur qui m'a fui depuis tant d'années.
Vous réveillerez peut-être par votre affection mon
cœur et mon esprit engourdis, réagissant ainsi sur
ma langueur générale, sur cette impuissance nerveuse qui m'a ôté toute force et toute influence
autour de moi.

« J'ai été maîtrisée par de singulières circonstances. En jetant un regard sur ma vie passée, je
crois reconnaître en moi une victime des préjugés
et des idées qui s'imposent à notre société française. Ma première éducation hors de la maison
paternelle, celle que je reçus ensuite auprès de ma
mère, ma courte apparition dans le monde avant
mon mariage, le choix que mes parents firent pour
moi, le genre d'existence qui en fut la conséquence, tout cela me semble avoir été bien peu
en rapport avec ma nature primitive, et en tout cas
fort opposé à ce que le simple bon sens aurait con-
seillé, s'il eût été appelé à délibérer sur mon sort.

« Vous m'avez connue, chère cousine, à mon
retour du couvent, vous paraissiez comprendre
mon jeune cœur mieux que moi-même, car vous
veniez à son aide, chaque fois que j'étais en désaccord avec ma bonne mère, et vous faisiez la part
de ses sentiments et des miens, avec un merveilleux discernement, nous ramenant l'une et l'autre
par votre ingénieuse indulgence aux points de re-

père, et voyant plus que vous ne vouliez le dire
où gisait le mal.

« La situation d'esprit dans laquelle je me trouve
est étrange et la circonstance qui m'y a amené ne
l'est pas moins, elle semble insignifiante et sans
aucune conséquence, et pourrait cependant exercer
une grande influence sur mon être tout entier.
Vous allez en juger vous-même.

« Ma santé toujours chétive ne me permettant pas
de chercher des distractions au dehors, j'eus recours à mille petits expédients pour remplir le
vide de mes journées. Au nombre de mes passe-
temps se trouvait une entreprise pénélopienne, je
voulais ambitieusement couvrir de mes petits points
le meuble entier de mon salon, et la couleur ponceau que j'avais imprudemment choisie fatigua si
fort mes yeux, qu'ils furent condamnés à un repos
absolu. Il fallut donc tourner la difficulté, et prendre
une personne qui put tour à tour me distraire par
des lectures et continuer mon travail. Le premier
choix que je fis ne fut point heureux, sous certains
rapports. C'était une dame veuve d'assez belle apparence. Elle lisait admirablement les vers, et donnait une expression juste et animée à tout, surtout
aux drames et aux romans, ce qui me charma
beaucoup. Elle se chargeait volontiers de choisir
nos lectures ; mais après lui avoir abandonné ce
soin pendant quelque temps, je trouvai son goût si

excentrique et parfois si mauvais que je ne m'y
fiais plus. Il est malheureusement de mode, vous
le savez, de vouloir lire tout ce dont on parle, le
talent fait autorité, la phrase consacrée l'indique :
« C'est bien écrit, » dit-on plus souvent que : « C'est
bien pensé. » On admet ainsi des ouvrages qui, par
les idées qu'ils renferment et les tableaux qu'ils exposent, sont des agents démoralisateurs de la
société.

« Je ne veux point me faire passer auprès de vous
pour meilleure que je ne suis, ma chère cousine,
je vous avoûerai donc que choquée d'abord par les
doctrines de certains romanciers célèbres, je m'y
accoutumai, et entraînée par le charme du style,
par les peintures si admirablement imagées de
la nature, intéressée par le drame lui-même,
dont l'intrigue habilement conduite excite la
curiosité, je me livrai à cette distraction perfide.
Ma fameuse lectrice me fit ainsi passer un été qui
me parut fort accidenté sous le rapport des idées :
notre solitude se trouvait hantée par des héros et
des héroïnes de toute sorte ; les tableaux parlants
de ces divers personnages, historiques ou imagi-
naires, tragiques ou plaisants, passaient successivement devant mon esprit, et je puis dire que les
absences que mon mari fut obligé de faire pendant
cette saison-là, ne me causèrent point le vide
qu'elles me faisaient éprouver en d'autres circons-

tances, car je vivais dans un monde de chimères,
qui prenait plus de place dans mes pensées que
mes propres affaires, et qui me distrayaient de mes
affections les plus intimes.

« L'automne tirait à sa fin et nous faisions nos
préparatifs pour rentrer à Paris, lorsque un matin
je fus informée que ma demoiselle de compagnie
était partie sans faire d'adieux. On disait qu'elle
s'était engagée dans une troupe d'artistes dramati-
ques qui avaient donné quelques représentations
dans la ville voisine du château. Cette nouvelle fut
pour moi comme un trait de lumière; je compris à
l'instant que ma soi-disant veuve ne faisait que
reprendre sa vocation, et que son séjour chez moi
avait occupé les vacances d'une reine de théâtre.
Elle m'avait demandé de régler le compte de ses
appointements le jour auparavant. Tout était en
ordre pour elle comme pour moi.

« Le jour de ma déconfiture, je reçus précisément la visite d'une de nos voisines de campagne
qui revenait de voyage ; elle me dit qu'elle pourrait me procurer pour lectrice une douce et modeste
jeune fille dont elle avait fait la connaissance dans
les Vosges. J'accueillis avec plaisir la pensée d'avoir
auprès de moi une personne naïve, toute ignorante
encore du monde et de ses ruses, car je désirais
fort de ne pas être trompée une seconde fois, et,
dans mon ennui d'avoir été dupe de ma comé-

dienne, j'aurais préféré une véritable Agnès à une
habile artiste.

« Mais quand la personne qu'on avait arrêtée
pour moi arriva, je crus qu'une mauvaise chance
me poursuivait, car le but que j'avais voulu atteindre se trouvait dépassé au point de me rendre esclave de l'ingénuité de ma nouvelle lectrice. La
jeune fille qu'on m'a envoyée est Lorraine. Un
peintre pourrait la prendre comme un type de la
beauté virginale, au regard limpide et profond ; au
lieu du visage travaillé et enluminé de mon actrice,
elle a cette fraîcheur de la fleur cueillie après la ro-
sée du matin, son regard intelligent est à la fois
sérieux et souriant, un air de candeur, mêlé de
dignité, une douceur qui réagit silencieusement
sur mon cœur, un contentement d'esprit qui ne se
dément pas, un tact infini dans tout ce qu'elle dit,
enfin un ensemble étonnant de qualités qu'on ne
rencontre plus dans notre société actuelle. Si
vous la voyiez, elle vous captiverait, j'en suis
certaine.

« Jugez de mon embarras.... que devais-je faire
d'une si parfaite ingénue ? Elle ne semblait point
trouver place chez moi. Ainsi, pendant plus d'une
semaine, nos lectures ne pouvaient absolument pas
s'organiser. En présence de cette figure sereine et
pure, je me sentais prise de dégoût pour cette littérature suspecte. J'essayai le nouvel envoi de mon

libraire, mais quand cette bouche qui semblait ne
devoir jamais prononcer que des paroles dignes
des anges, me lisait à haute voix certaines pages
de nos meilleurs recueils périodiques qui, pour
représenter l'état réel de l'esprit de notre époque,
reçoivent toutes les tendances, et donnent ainsi
une tribune à l'athéisme et au plus grossier maté-
rialisme, je me hâtais d'arrêter la lecture et de lui
en trouver une meilleure. Je ne veux pas accuser ici
ces revues littéraires, semblables à un miroir, elles
reproduisent l'image des mœurs du pays, et n'en
sont pas plus responsables que la glace qui reflé-
chit un ignoble visage. Quand le niveau moral s'é-
lèvera, celui des revues fera de même. J'éprouve
une sorte de confusion d'avoir pu supporter jusqu'ici des distractions de ce genre, et je suis arrivée
à la conviction que je ne pourrais initier cette charmante jeune fille aux œuvres qui se lisent dans
nos salons qu'en blessant ma conscience, car je
me sens responsable des impressions qu'elle est
dans le cas de recevoir en remplissant sa tâche
auprès de moi.

« Vous voyez, ma chère cousine, que ce que
j'avais à vous dire est vraiment nouveau ; je suis
plus au service de Suzanne qu'elle ne l'est au mien,
car il est impossible par le temps qui court de se
faire faire la lecture par une créature idéale. Bien
que je ne sois point au clair pour mes propres

idées, l'esprit d'incrédulité et de dénigrement me répugne instinctivement.

« Quant à ma jeune compagne, il faut, pour soutenir notre espèce de tête-à-tête, que je découvre un terrain neutre sur lequel nous puissions nous rencontrer en toute sécurité. Quelle est votre idée à cet égard ? Peut-être me direz-vous : « Renvoyez-« la dans sa famille et gardez votre liberté ; car « elle ne peut que perdre son aimable simplicité « de cœur dans votre milieu parisien. »

« Eh bien ! je vous l'avoue, malgré tous mes scrupules, je ne puis me résoudre à ce parti-là ; il me semble que l'air que je respire est plus léger et plus pur depuis qu'elle est près de moi, sa présence suffit à elle seule pour modifier mes idées. Après avoir eu la passion des lectures d'imagination, je ne suis pas éloignée de les prendre en haine ; si j'étais auteur, je voudrais placer Suzanne dans mon livre, et y peindre en couleur vives des qualités si rares, tant de modestie et d'intelligence, de complaisance et de dignité, de beauté et d'ignorance de cette beauté même. Je me suis aperçue qu'elle juge avec autant de perspicacité que d'indépendance. Je n'aurais jamais supposé que chez une personne de sa condition et dans une vie où tant de détails insignifiants occupent une grande place, on put rencontrer un développement intellectuel aussi aimable. Elle a des connaissances générales sur

toutes choses; son oncle, qui n'est qu'un instituteur de campagne, paraît avoir un esprit distingué;
il a l'habitude de faire le soir, chez lui, à haute
voix, des lectures instructives. C'est ainsi que Suzanne s'est familiarisée avec nos meilleurs auteurs
classiques. J'aime à me faire décrire par elle ces tableaux d'intérieur, dans lesquels les travaux les
plus actifs sont suivis des délassements de l'esprit.
Elle doit trouver mon existence bien oiseuse et
bien futile, et, au fait, elle n'aurait pas tort de le
juger ainsi.

« Je le vois, je le sens, chère cousine, mon mariage m'a fait faire fausse route. Je n'ai point eu
de jeunesse. Albert, déjà d'âge mûr lorsqu'il m'a
épousée, était arrivé à cette époque de la vie où les
rêves du cœur ont fait place aux graves préoccupations de l'homme d'Etat : il m'aimait, il m'aime
toujours, il n'a pas cessé d'être plein de bonté et
d'indulgente prédilection pour moi, je m'honore
de son caractère, sa présence me réjouit, le son
même de sa voix flatte mon cœur; en un mot, il
m'est très-cher; mais il a manqué entre nous cette
intimité qui fusionne tous les sentiments, et qui
porte toujours et partout la poésie de la sympathie
sur les froides réalités de la vie positive.

« Je pense maintenant que l'éducation que j'ai
reçue a été fautive, et que celle d'Albert ne l'a pas
été moins dans son genre. Si j'avais été élevée

dans le vrai comme Suzanne l'a été, j'aurais eu tout naturellement d'autres idées et par suite d'autres goûts. On ne m'a point appris à penser, ou plutôt on s'est opposé à ce que mon esprit et mon cœur se rendissent compte de leurs besoins réels. J'ai été jetée dans le courant de la vie sans aucune préparation, j'ai dû à mes dépens et bien tardivement apprendre à connaître le monde, et je ne suis parvenue que depuis peu de jours à me reconnaître et à me comprendre moi-même.

« Cette lettre ressemble à la première partie d'une confession, je reprendrai la plume pour vous en envoyer la suite, car il est vraiment nécessaire, pour que vous puissiez me comprendre, que vous soyez parfaitement au fait de la situation. Vous m'avez connue enfant, mais peut-être n'avez-vous jamais considéré sérieusement ce que préparaient pour mon avenir les circonstances dans lesquelles je me trouvais alors.

« Adieu, ma bonne cousine, je suis heureuse de pouvoir vous ouvrir mon cœur avec une si entière confiance.

« Votre affectionnée,

« PULCHÉRIE. »

XXIV

DEUXIÈME LETTRE
DE LA COMTESSE D'ORVILLE A SA COUSINE

Paris, 15 janvier 1801.

« Ma chère cousine,

« Me fais-je illusion en supposant que vous serez bien aise de ne pas attendre longtemps la lettre que je vous ai promise ?

« Je vous avoue qu'il m'est infiniment doux et encourageant d'examiner, sous votre regard bienveillant et protecteur, ce passé dans lequel je commence à discerner de grandes erreurs et de sérieuses méprises.

« Vous n'étiez pas à Paris à l'époque où mes parents se décidèrent à me placer au couvent, autrement vous les auriez probablement détournés d'un pareil parti. Il était, en effet, bien bizarre et bien inexplicable qu'étant tous les deux libres penseurs, ils aient eu l'idée de confier leur unique enfant, dès sa huitième année, à des personnes dont ils ne partageaient ni les opinions ni les sentiments, et qu'ils jugeaient être abusées par de superstitieuses croyances et de vaines pratiques.

« Un souvenir que la persistante mémoire de l'enfance m'a conservé et qui revit à cette heure

dans ma pensée peut jeter quelque lumière sur
la cause de cette étrange résolution.

« Je jouais avec ma poupée dans la profonde
embrasure d'une croisée du salon, et ma mère
avait sans doute oublié ma présence en ce lieu,
lorsqu'elle dit à mon père :

« — Mon cher Hippolyte, il faut que je vous fasse
« part de mon embarras : Pulchérie devient une en-
« fant très-difficile à diriger, c'est un esprit ques-
« tionneur et une petite tête qui travaille tou-
« jours, elle a l'étrange fantaisie de connaître le
« pourquoi et le parce que de toutes choses.

« — Il est évident, ma chère amie, répliqua mon
« père, que vous n'êtes point la personne qui peut
« faire cette éducation, la vôtre ne vous y a nul-
« lement préparée ; d'ailleurs, il faut qu'une jeune
« fille ait de la religion, et comme nous ne lui
« pouvons rien à cet égard, nous la placerons au
« couvent pendant quelques années. »

« Ma mère répondit d'une voix émue. Je ne
me souviens pas de ce qu'elle dit, mais je vis dès
lors qu'elle paraissait bien souvent triste et qu'elle
pleurait seule dans sa chambre. Une autre circonstance qui date de ce même temps m'est aussi restée.
Nous étions, maman et moi, sur la terrasse du
château pendant une matinée splendide ; tout res-
pirait autour de nous la vie et la gaieté ; l'air était
embaumé par le chèvrefeuille, la clématite et le

jasmin qui garnissaient les balustres ; mon cœur
débordait d'une allégresse enfantine, au milieu de
tant de jouissances diverses, et se trouvait d'accord
avec cette nature en fête, lorsque notre vieux
jardinier m'apporta un gros bouquet de roses de
toutes les nuances, qui exhalaient un parfum suave.
Ces fleurs éclatantes mirent le comble à mon ravissement, et après avoir remercié Jacques, je m'é-
criais en les montrant à maman :

« Il faut que le bon Dieu nous aime beaucoup
« pour nous avoir donné tant de belles choses ;
« quel dommage qu'on ne puisse pas le voir aussi,
« c'est ennuyeux qu'il soit toujours caché. Ne
« pourriez-vous pas, petite mère, me parler un peu
« de lui, ça me ferait tant de plaisir ?»

« Ma mère voulut me satisfaire, elle essaya, mais
ne réussit pas ; je trouvais que ce qu'elle disait était
froid, obscur, et mon petit cœur était en ce moment tout élan et tout sentiment.

« Le premier octobre suivant, j'entrais au couvent, à Paris, comme pensionnaire.

« Le bon accueil que j'y trouvai, le plaisir de
rencontrer des compagnes de jeu et d'étude, les
soins et les attentions que les religieuses nous
prodiguaient, rendirent mon installation des plus
agréables. Comme il arrive ordinairement aux enfants, après avoir beaucoup pleuré en me séparant
de ma mère et de ma nourrice, je m'accoutumai à

en être séparée, et la vie méthodique et régimen-
taire de cette nombreuse pension me créa un milieu
entièrement nouveau où l'individu disparaissait
dans le nombre. C'était un régime favorable pour
combattre et même pour détruire cette curiosité
de l'esprit et du cœur qui me rendait difficile à
élever pour ma mère; j'en eus encore plusieurs
accès dont l'obéissance passive qui m'était imposée
finit par triompher.

« J'avais été fort contente d'apprendre à dire des
prières, mais quand je me vis obligée de répéter
toujours les mêmes, je m'y refusai obstinément, et
un jour qu'on m'avait donné pour pénitence plusieurs *Pater* et plusieurs *Ave Maria* à répéter à la
suite les uns des autres, je m'écriai en pleurant :

« — Non, mère Rosalie, je ne veux pas ennuyer le
« bon Dieu et la sainte Vierge en marmottant tou-
« jours les mêmes paroles ; laissez-moi leur parler
« moi-même, je saurai bien leur dire ce que je
« pense. »

« Je ne sais comment la douce mère Rosalie ar-
rangea l'affaire, ce qui est certain, c'est que je dus
me soumettre et que je fis très-peu de progrès
dans mes petites études, si ce n'est dans l'exercice
de la mémoire, car tout se faisait par son moyen.
Les facultés intellectuelles étaient fort négligées,
je crois même qu'on évitait de les stimuler, et l'on
employait comme encouragements et récompenses
les chapelets, des médailles, des crucifix. L'abus

des médailles était vraiment prodigieux, on nous enseignait à leur donner une grande confiance comme moyen de bénédiction ou de protection. Je me souviens que ma vénération n'allait pas jusqu'à m'empêcher d'en tirer parti, j'en portais trois de différentes sortes et j'avais trouvé le moyen de jouer avec elles pour abréger la longueur des offices à l'église, la sœur gardienne n'a jamais découvert mon petit manége, malgré tout le soin qu'elle mettait à bien remplir sa tâche.

« Chaque année, au mois d'août, je venais à Saint-Pol passer les vacances. Aussitôt que je me trouvais délivrée de la règle qui m'avait maintenue dans une soumission forcée, le ressort de la volonté naturelle se détendait de nouveau, et je reprenais mes anciennes allures. L'air de la maison réveillait mon caractère indépendant et capricieux, en sorte que ma bonne mère s'apercevait bientôt qu'elle n'avait rien gagné à m'éloigner d'elle. C'était des désolations de sa part, des promesses de la mienne et des menaces de mon père, le tout finissait quelques fois fort mal, et d'autant que ma curiosité trouvait à s'alimenter dans ce milieu où chacun avait coutume d'émettre librement ses opinions personnelles, sans excepter la question religieuse, malgré ma présence. J'étais, en outre, chargée de commissions fort délicates et m'en acquittais assez maladroitement.

« Dites-moi, Maman, comment pensez-vous pou-

« voir entrer une fois au ciel, vous n'allez à la
« messe que le dimanche, vous n'avez ni crucifix
« ni bénitier dans votre chambre, vous ne dites
« jamais de chapelet, et vous ne portez pas une
« seule petite médaille? Ma sœur Elisabeth m'a
« recommandé de m'informer du nom de votre
« confesseur à Paris, elle désire que vous deveniez
« une bonne catholique, apostolique et romaine,
« et m'a dit de prier tous les jours pour cela la
« sainte Vierge; mais j'ai pensé que c'était plus
« facile de vous en prier vous-même, car vous
« pourrez me donner la réponse bien plus aisé-
« ment. »

« — Pulchérie, » me répondit ma mère, avec sa
douceur habituelle, « vous parlez de choses qui
« ne vous regardent point; à votre âge, on écoute
« les grandes personnes, on ne raisonne jamais, et
« surtout on ne fait pas de questions indiscrètes.»

« Malgré les tourments que je causais souvent à
mes parents, ils m'aimaient, et chaque été ils déci-
daient que je ne retournerais plus en pension, mais
à mesure que les vacances approchaient de leur
terme, et que les difficultés que présentait mon
caractère se montraient davantage, leur résolution
s'affaiblissait, et ils en revenaient à se décharger
du soin de mon éducation sur les religieuses.

« Ainsi se passèrent misérablement pour moi
ces belles années de l'enfance qui semblent desti-

nées à former le cœur aux tendres affections de la famille, et à préparer un trésor d'heureux souvenirs liés aux enseignements ineffaçables de l'amour maternel, trésor où le cœur, fatigué des luttes de la vie, peut revenir puiser de précieux conseils plus tard par la mémoire du cœur.

« Quelque temps avant que je rentrasse pour la dernière fois en pension, j'avais entendu ces paroles dites à ma mère par mon père :

« — Quand nous serons débarrassés de sa pre-
« mière communion, nous en aurons fini avec cette
« religion de formes, et toutes ces pratiques bigotes
« qu'elle a apprises au couvent seront bien vite
« abandonnées ; il en restera tout juste ce qu'il
« faut à une jeune personne pour se maintenir
« dans la société selon ses devoirs et les usages
« reçus. »

« Sans comprendre ce que signifiaient réellement ces paroles, j'en conclus naturellement que je serais plus libre de faire ma volonté à la maison qu'au couvent, et cette pensée m'aida beaucoup à prendre patience.

« Vous, ma chère cousine, qui avez si bien connu mes parents, êtes à même de rendre justice au bon et loyal esprit dont ils étaient animés, vous avez pu remarquer que leur antipathie pour le culte catholique ne provenait point de sécheresse de cœur, ni de manque d'élévation d'âme, car ils adoraient à leur manière le créateur, et pratiquaient les principes de la charité chrétienne envers tous; seulement, ils avaient horreur de l'autorité humaine en matière religieuse. C'était un thème qui revenait souvent, bien trop souvent! dans la conversation de mon père, car il avait beaucoup lu, et l'histoire des papes lui avait laissé des souvenirs si fâcheux qu'il avait perdu tout son héritage de piété traditionnelle. Du reste, la vie active et les préoccupations de la politique avaient alors le pas sur les questions philosophiques et théologiques.

« Ma mère, qui voulait faire plaisir à tout le monde et ne scandaliser personne, allait régulièrement à la grand'messe quand elle était à la campagne, mais à Paris, elle ne s'y rendait jamais. Le bon curé de notre village dînait déjà au château du temps de mes parents, chaque semaine, et comme je l'estime et l'aime filialement, cet usage se continue chez nous chaque été. Sa longanimité était alors mise souvent à une rude épreuve par le langage militaire et énergique de mon père, qui n'avait pas coutume de parler à mots couverts; il traitait tout à fait sans façons ce que cet excellent ecclésiastique révère ou doit révérer. Dans ces moments-là, ma bonne mère, avec son esprit toujours porté aux concessions, s'efforçait de donner un autre cours à la conversation. Elle parvint enfin à faire positivement bannir des dîners du dimanche cer-

tains sujets de discussion. Vous souvenez-vous de
notre cher curé, cet homme si doux, si paisible ? Il
est peu changé, la débonnaireté est un excellent
moyen de conservation ; il a encore le front sans
rides et son œil est toujours aussi bienveillant. A
propos de lui, je me rappelle que ma mère, qui lui
envoyait souvent des paniers de fruits et des volail-
les, ayant appris qu'il donnait tout cela, se trans-
porta un jour chez lui à l'heure de son principal
repas, elle le trouva mangeant une bonne soupe et
ayant devant lui un plat couvert ; mais vainement
ma mère le pressait de continuer son repas ; ses
instances restant sans succès, elle enleva le couvert du plat pour qu'il s'en servît... il était absolument vide, et sa ruse charitable fut ainsi dévoi-
lée ; tout ce qu'elle lui envoyait pour diminuer
ses privations allait chez les pauvres malades du
village. Comment s'étonner qu'il soit si aimé,
et que, lorsque à deux reprises différentes, on a
voulu, par autorité supérieure, lui faire échanger
cette cure contre une plus avantageuse, les habitants aient été unanimes à demander qu'il leur fût
conservé ? Il agit sous l'influence de la charité, et
donne dans ses prônes d'excellentes instructions,
mais son zèle est maîtrisé, il est donc obligé de s'en
tenir aux prescriptions qui lui sont imposées, et
son esprit est bien moins éclairé que son cœur.

« Le jour où je devais quitter le couvent arriva

après un séjour de quatre années. Ma première
communion s'était faite à la Pentecôte. On avait
grandement loué ma dévotion. On m'en avait fé-
licitée ouvertement, sans doute parce que ma bonne
mémoire avait fidèlement retenu toutes les questions et les réponses du catéchisme, et que j'étais
devenue très-exacte à accomplir les diverses pratiques qu'on m'avait apprises. Je ne manquais pas
non plus d'une certaine exaltation pour ce qui,
dans les cérémonies du culte, ébranlait et surexci-
tait mon imagination et ma sensibilité. En outre,
je ne discutais plus, ayant accepté l'idée qu'il fallait croire d'autorité, et que, pour être bonne catholique, je devais me laisser entièrement diriger
par mon confesseur, renonçant ainsi à ma volonté
propre.

« Au moment du départ, je reçus force recom-
mandations de la part des religieuses. Elles se
lamentaient devant moi des périls qui m'attendaient dans la maison paternelle. Ce fut donc avec
cette impression que j'arrivai au Château ; mon
cœur était troublé, je ne savais si je devais m'effrayer de ne plus être sous la pieuse garde des
bonnes sœurs, ou si je pouvais me livrer à la joie
que me causait ma réinstallation définitive dans
notre riante campagne, et à celle de me retrouver
avec mes chers parents ; mais le peu de profondeur
et de solidité des idées et des impressions dépo-

sées dans mon jeune cœur firent que ces diverses émotions furent bientôt neutralisées par mon nouveau genre de vie.

« En arrivant à Saint-Pol, j'y trouvai déjà établie l'institutrice que ma mère avait choisie pour moi. Son agréable figure, son air de bonté et l'obligeant acccueil que j'en reçus me gagnèrent de suite ; je crus avoir trouvé une amie et l'embrassai avec une confiance enfantine, toute prête à me donner à elle. Mais elle ne sut point répondre à cet empressement, resta calme, réservée, et ne m'adressa que d'insignifiantes paroles. J'eus là un cruel mécompte ; il me fit regretter amèrement sœur Rosalie qui avait toujours été pour moi si caressante et si prête à me consoler de mes peines. Je me souvenais de son tendre regard, quand elle posait sur ma tête sa petite main blanche et potelée, et jouait avec mes boucles. Elle savait si bien se faire aimer et nous éviter des punitions ! Elle avait gardé toute la grâce de son aimable naturel, en dépit de la règle du couvent et de la vie monotone qu'elle y menait. Maintenant, je comprends fort bien pourquoi je l'aimais tant, et comment il se fait que son souvenir me soit resté si vivant. Elle était, je crois, du nombre de ces êtres exceptionnels qui sont gardés, par l'humilité et la simplicité d'intention, de toutes sortes de piéges. Je pense que les superstitions auxquelles on l'avait assujettie, ne la tenaient réellement pas sous l'empire de l'erreur et que, quoique peu éclairée et dominée par un joug humain, elle était sous l'influence directe de la Charité divine qui communique la vie à l'âme et l'entretient dans la joie et la confiance de Dieu.

XXV

TROISIÈME LETTRE
DE MADAME LA COMTESSE D'ORVILLE A SA COUSINE

Paris, 1er février 1861.

« Me voici, ma chère cousine, la plume en main pour vous livrer mon troisième volume, j'ai hâte qu'il soit achevé, pour avoir toute liberté de vous entretenir du temps présent. Puisqu'il faut retourner au passé, pour compléter mon récit, je remonte où j'en étais restée dans ma dernière lettre, c'est-à-dire au tête-à-tête dans lequel je vécus avec mon institutrice pendant les quatre années qui ont précédé mon entrée dans le monde.

« Aucun événement important ne vint interrompre le cours de notre vie. Nous passions, vous le savez, les hivers à Paris, et les étés à Saint-Pol. Le séjour que vous veniez y faire chaque automne

auprès de ma mère me semblait toujours trop
court. Votre présence éveillait en moi toutes sortes
de bonnes idées, et m'inspirait le désir d'être une
fois aimable comme vous; je vous dois les meilleurs moments de mon adolescence et de ma première jeunesse; aussi êtes-vous restée enchassée
dans mes souvenirs; mais tous ces bons et jolis
projets de vous ressembler s'évanouirent au contact des froides réalités que je rencontrai plus tard.
La fleur de mes belles années s'est fanée sans avoir
pu s'épanouir et je ne suis que l'ombre de moi-
même, inutile à tous, et sans espoir pour l'avenir.

« Ma gouvernante me rendait la vie douce par son
caractère égal et bienveillant, son étonnante régu-
larité et sa complète absence d'exigence. Elle était
toujours prête à l'heure, ne se plaignant ni des gens
ni des choses; la pluie, le beau temps, la ville où
la campagne, tout lui était indifférent, pourvu
que nos leçons ne fussent pas interrompues; on
aurait pu la comparer à une horloge bien réglée.
J'ai découvert ensuite que cette passivité d'esprit
tenait surtout à une absence d'imagination presque
totale. Ses idées semblaient venir en droite ligne
de ses livres d'études. Toujours nettes et précises,
elles se présentaient comme les articles d'un dic-
tionnaire. Rien n'était à l'état nébuleux dans son
cerveau, tout ce qu'elle avait de capacité se con-
centrait sur des devoirs positifs du moment; jamais

d'importunes rêveries ne la jetaient dans une autre
cercle d'idées. Le seul reproche que je puisse lui
faire, il est peut-être grave, c'est de n'avoir rien
tenté pour former mon cœur et mon jugement.
Elle enseignait, définissait, mais ne commentait
jamais, et après avoir fidèlement reproduit les idées
d'autrui, se tenait pour satisfaite. Grâce à ses soins,
ma mémoire bien cultivée emmagasina beaucoup
de choses qui m'ont été utiles, et comme mademoiselle Laure avait aussi un goût masculin pour l'é-
tude des sciences, et se plaisait à m'en donner les
premiers éléments, ce dont elle s'acquittait avec
un vrai talent d'exposition, elle intéressait mon
esprit, son ambition allait jusqu'à m'enseigner le
latin qu'elle avait appris en même temps que ses
frères, mais ma mère ne le lui permit pas, ne voulant point faire de moi une savante.

« Ce fut sous ce régime paisible et inflexible,
bienveillant, mais sans chaleur, que je passai de l'enfance à la jeunesse. Il y avait une force d'inertie
dans ce genre d'éducation qui me dominait, je me
rends compte de tout cela maintenant. Les aspirations de mon cœur aimant se perdaient comme les
gouttes de la pluie dans le sable du désert, sans
pouvoir rien fertiliser, les élans de mon imagination s'éteignaient ainsi que les étincelles d'un feu
d'épines. Chaque manifestation de cette mélancolie
instinctive qui fait le fonds de ma nature était im-

médiatement maîtrisée par une étude, une occupation active, ou une distraction positive, qui venaient
à point nommé rétablir forcément l'équilibre apparent. Enfin, je puis dire que ma gouvernante avait
réussi à faire de moi, à l'âge de seize ans, un au-
tomate accompli, et, au dire de beaucoup de gens,
une jeune personne dont l'éducation ne laissait
rien à désirer pour figurer dans la société.

J'ai été pour mademoiselle Laure, alors au début de sa carrière pédagogique, ce qu'est pour un
peintre la toile sur laquelle il va exécuter son premier chef-d'œuvre, non qu'elle ambitionnât de
réaliser une conception originale, mais bien plutôt comme moyen de fournir une démonstration
vivante de ce que le savoir méthodiquement in-
culqué peut faire d'une jeune fille qui était encore
très-ignorante à l'âge de douze ans.

« Lorsque ma mère commença à me conduire
dans le monde, le rôle de mademoiselle Laure se
modifia, elle devint ma compagne plutôt que ma
gouvernante, et je consacrai à la musique tout le
temps que me laissaient les exigences du monde
dans lequel nous vivions.

« Ma santé délicate me rendait les veilles fati-
gantes et nécessitait le sommeil du matin pour
réparer mes forces vite épuisées. A la campagne,
vous le savez, de nombreuses relations de voisinage
et le séjour de nos amis de Paris, absorbaient le

temps de ma bonne mère ; ce genre de vie ne me
plaisait pas, je me tenais à l'écart autant que cela
m'était permis, et sauf quelques entretiens intéressants de temps à autre, et quelques excursions de
campagne, je ne profitai ni de ma position ni de
mon âge. Je n'ai pas connu dans ma jeunesse le
bonheur d'avoir une amie intime, ni celui d'être
traitée comme une fille chérie par ma mère ; elle
n'avait ni habitude, ni pouvoir d'expansion. Vous
avez dû le remarquer, elle était, à cet égard, victime elle-même du milieu dans lequel elle avait
grandi ; rien donc ne développa mon pauvre cœur.
Il passait d'une phase à une autre sans pouvoir
s'épanouir.

« Il va bien sans dire que la religion n'occupait
d'autre place dans notre existence que celle d'un
vain cérémonial observé selon les circonstances,
pour le respect dû aux apparences. Je sens maintenant qu'il est aussi insensé que compromettant
de traverser la vie sans rien approfondir, d'accepter
ce que le temps et l'usage ont imposé, sans examiner si l'héritage est bon à prendre, et de recevoir
aveuglément, de seconde main, des croyances et
des pratiques auxquelles le cœur reste étranger ou
indifférent. Cette soumission craintive, timorée, machinale, détruit l'indépendance et la dignité morale
du caractère ; elle empêche l'exercice sérieux de la
conscience, elle l'opprime et finit par la paralyser.

« Depuis quelques années, on parlait devant moi tout ouvertement de mon mariage comme d'un événement qui devait immanquablement arriver. Nul doute à ce sujet n'indiquait qu'il pût dépendre d'une préférence, d'une sympathie pour lesquelles je dusse avoir voix délibérante.

« Je ne connaissais point le monde, quoique j'eusse fréquenté avec ma mère beaucoup de salons. L'usage qui assignait aux jeunes filles parisiennes d'une certaine classe de la société un rôle entièrement passif, ne m'avait pas permis d'échanger des idées ; je devais me résigner aux insignifiantes banalités qui sont admises dans ces sortes de conversations, et je revenais d'un bal, d'un concert ou d'un grand dîner, sans avoir en aucune manière fait connaissance avec mon partner ou mes voisins de table. J'avais vu, admiré ou critiqué l'extérieur des gens et des choses, mais j'étais demeurée étrangère à leur individualité intellectuelle et morale, c'était un rôle de comparse qui devait durer jusqu'au moment de mon mariage, selon l'usage.

A peine parvenue à ma dix-huitième année, plusieurs partis se présentèrent pour moi. Ma mère me fit part de ces diverses propositions et consulta mes goûts ; mais elle ne me fournit point l'occasion de pouvoir me former personnellement une opinion, tout passait par l'intermédiaire de ses impressions personnelles et de son seul jugement, ce qui me désintéressait de mon propre sort.

« Nous étions à Saint-Pol lorsque le comte vint y faire une partie de chasse. J'ignorais qu'un autre but l'y amenait aussi ; une promenade à cheval dans la forêt fut organisée, j'en faisais partie, et le comte profita de cette occasion pour causer avec moi. Il m'adressa plusieurs questions qui me firent supposer qu'il me portait de l'intérêt ; dans une vie si privée de témoignages d'affection, il était aisé de se faire bien valoir, je fus sensible à sa bonté, à sa courtoisie, à la franchise et à l'affabilité de ses manières et de son langage, en sorte que, bien que je le connusse peu, j'appris avec plaisir qu'il pensait à moi et demandait ma main, je répondis donc à ma mère dans ce sentiment-là. Je n'étais nullement romanesque : comment eussé-je pu l'être! Tout dans mon éducation avait servi à rendre mon imagination captive ; d'ailleurs, je n'avais pas été gâtée par une affection expansive, et loin d'avoir rêvé un bonheur exalté et sentimental, je ne m'étais jamais représenté mon avenir sous d'autres couleurs que celles de la vie positive que j'avais sous les yeux dans ma famille ; j'étais donc, à cette époque, tout à fait enfermée dans le cercle du visible et du convenu, l'idée d'en sortir ne m'était jamais venue.

« Mon mariage une fois arrêté, je ne tardai pas

à m'attacher beaucoup au comte. Un nouvel horizon sembla s'ouvrir devant moi ; il me témoignait une vive affection et se montrait de jour en jour plus heureux et plus tendre. Cependant son âge (il a deux fois le mien) donnait à ses manières et à ses sentiments quelque chose de protecteur qui m'inspirait plus de confiance et de sécurité que d'abandon et de sympathie intime. Je trouvais en lui un guide, un ami, un appui, plutôt qu'un compagnon auquel j'aurais osé donner toutes mes impressions et mes idées, souvent encore irréfléchies et très-inexpérimentées. Du reste, je me sentais plus heureuse que je ne l'avais jamais été.

« Mon mariage me sépara de mes parents et m'introduisit dans un monde tout nouveau pour moi, la plus grande partie des journées de mon mari était consacrée aux devoirs de sa position, je jouissais peu de sa société, bien moins que je ne l'aurais désiré. Le soir, il me conduisait dans les salons officiels ; mais aussitôt qu'il m'avait introduite et placée auprès de quelques femmes de ma connaissance, il se rapprochait de ses amis, et les intérêts politiques, la discussion des questions du moment reprenaient leurs droits et le tenaient éloigné de moi, jusqu'au moment où il venait m'offrir son bras pour me reconduire à notre hôtel. Je n'osais lui dire ce qu'il m'en coûtait de le voir si peu. Sa conversation toujours nourrie de faits, son langage éloquent me charmaient; j'aurais voulu m'associer à ses préoccupations, car j'avais beaucoup aimé l'histoire et je la retrouvais dans la politique, mais je n'osais pénétrer dans sa sphère, j'étais fort timide, et je ne savais point l'attirer à l'intimité dont j'éprouvais le plus vif besoin, mon esprit était comme lié par le secret malaise d'un cœur aimant qui s'ignorait lui-même.

« Mon mari aimait la musique, j'en faisais pour lui plaire, et je le retenais ainsi auprès de mon piano ou de ma harpe, il aimait ma voix et m'écoutait volontiers, mais il aurait fallu plus et mieux que de semblables attraits pour prêter à nos tête-à-tête la puissance de faire oublier au comte ses habitudes de célibataire. Celle d'aller au cercle reprit bientôt sur lui son empire; il y retrouvait des intérêts de conversation en rapport avec ses préoccupations, puis les nouvelles du jour et cet échange facile des idées qui aiguise et stimule l'esprit de l'homme politique. Ah! chère cousine, quelle funeste influence exercent les cercles sur l'union et le bonheur de la famille! Le centre de la vie se trouve insensiblement déplacé. C'est au cercle que beaucoup d'hommes de notre société vont passer leurs loisirs et prendre leurs délassements. C'est au cercle qu'ils cherchent des entretiens selon leurs goûts, par là ils ne font plus de leur maison le rendez-vous de leurs relations et de leurs amis.

Le foyer domestique se trouve privé de ce mouvement de vie intellectuelle que son chef devait y
amener; la femme, les enfants restent isolés, et se
créent à leur tour d'autres ressources, selon leurs
penchants; pauvres, pitoyables ressources en général! Pour moi, je n'eus à souffrir que de l'isolement. Mon mari a constamment été un loyal et
fidèle ami; mais combien de jeunes femmes moins
favorisées que je l'ai été, gagnées par le désœuvrement et l'ennui auxquels les livraient l'insouciante
indifférence de leur mari et l'abandon où il les
laissait, ont contracté des goûts et des habitudes
qui les rendaient de plus en plus incapables d'exercer une salutaire influence. J'ai trop souvent eu
l'occasion de remarquer le rapide progrès que fait
un premier dissentiment, lorsque les circonstances extérieures de l'existence sont contraires à l'intimité du foyer domestique. A cet égard, les jeunes
ménages qui se trouvent dans une position opu-
lente sont les plus mal partagés pour le bonheur
intérieur; tout est préparé autour d'eux pour leur
faciliter une cruelle indépendance.

« Après avoir essayé pendant quelque temps de
m'amuser au bal, je renonçai à ce genre de diver-
tissement qui ne me convenait point. Autant la
conversation est nulle pour les jeunes filles que
leurs mères conduisent dans le monde, autant elle
est rendue facile aux femmes mariées à Paris; avec

elles on se croit le droit d'aborder et de traiter tous
les sujets. Ces entretiens, souvent pleins d'idées et
de saillies spirituelles, deviennent un véritable délassement pour l'esprit et, selon le genre des part-
ners, sont utilement agréables ou subtilement dangereux. Je n'avais pas tardé, la seconde année de
mon mariage, à être entourée d'hommes aimables
qui recherchaient ma société, et se groupaient chaque soir autour de moi. Je compris vite qu'une
semblable position me mettait trop en évidence et,
pour m'y soustraire je pris le parti de m'abstenir
des cercles nombreux et des fêtes brillantes, ma
santé délicate me fournissant un prétexte plausible pour cette sorte de retraite.

« Quant au théâtre, j'y avais pris un plaisir extrême
et je croyais ne pouvoir m'en lasser, mais tout au
contraire, je le pris en dégoût ; car, à côté des ouvrages classiques et des pièces nouvelles de bon goût,
on en représentait de si mauvaises, que souvent
j'ai dû quitter ma loge au milieu de la soirée pour
cesser d'être offensée dans tous mes sentiments.
Cette mise en scène des vices grossiers et des
excentricités de mauvais aloi de la société actuelle,
m'inspirait un croissant dégoût et une noire mélancolie. Trouver du plaisir à se moquer agréable-
ment et sans douleur des misères morales de nos
semblables me paraît une amère et cruelle ironie
qui fait la critique des spectateurs qui cherchent

15

à oublier leur propre folie en contemplant celle d'autrui.

« Mon mari, habituellement absorbé par les devoirs importants de sa charge, assistait à ces représentations sans leur donner son attention et ne recevait pas les mêmes impressions que moi, quoiqu'il blâmât ouvertement la mauvaise tendance qui se reproduit sous toutes les formes, et mine sourdement ou ouvertement la vie morale de notre nation.

« Quant à mes sentiments intérieurs, ils étaient confus et je m'en rends mieux compte à présent qu'alors, car je m'ignorais moi-même, j'aurais aimé trouver auprès de mon mari la compensation de ces décevantes expériences, mais il ne savait pas discerner les périls que je rencontrais ; il prenait les gens et les choses par leurs meilleurs côtés, et n'avait nulle habitude d'analyser les misères de la société. Naturellement optimiste et débonnaire, il avait consacré sa perspicacité au service de la diplomatie, et se trouvait fort inhabile pour deviner et comprendre les exigences de sentiment d'un cœur féminin.

« J'essayai, mais en vain, de faire connaître au comte le genre de vie et d'ennui que je ressentais, il croisa complétement ma pensée et me répondit à bout portant en me signalant tous les avantages de ma position, et le bonheur surtout d'être si ten-

drement aimée de lui. Je savais tout cela, mais il
ne comprenait pas que c'était d'une plus grande
intimité, de plus fréquents entretiens avec lui que
j'éprouvais le besoin. Je vis qu'il fallait renoncer à
définir ce que j'éprouvais, puisque sa réponse m'a-
vait montré autant de bonté que de confiance en
moi, mais aussi la plus entière incapacité de deviner et de consoler le sentiment secret de mon cœur;
il ne sut donc point me mettre d'accord avec moi-
même.

« Ce fut dans ce même temps que j'entrevis un
danger qui me glaça d'effroi. Sans être romanesque, je n'étais plus la jeune personne étrangère au
monde et ignorante de ses séductions ; en peu de
temps, j'avais eu l'occasion de voir et d'observer
beaucoup; je savais combien sont grands les désordres de la société, quelles cruelles déceptions et
quelles fatales catastrophes ils amènent ; j'en avais
peur, tout en moi se révoltait contre l'immoralité,
à quelque degré qu'elle se manifestât.

« Un ami de mon mari, plus jeune que lui, avait
attiré mon attention dès le premier jour où il était
venu s'asseoir à notre table. Son regard intelligent,
sa conversation intéressante, l'enthousiasme avec
lequel il défendait les nobles causes, tout dans sa
manière de s'exprimer me plaisait, j'aimais l'entendre causer avec le comte. Bientôt il se présenta
à notre hôtel à l'heure où j'y étais seule. Sa dis-

tinction, son respect, le charme de son entretien
me firent oublier pendant quelque temps que les
moments qu'il prenait pour faire ses visites étaient
mal choisis. Cependant, je ne pus me faire entièrement illusion sur le sentiment qui l'amenait, et je
résolus, à l'heure même où cette conviction s'empara de mon esprit, de ne plus le revoir hors de la
présence de mon mari. Il comprit qu'il était deviné et non accueilli, je n'eus donc plus d'autre
effort à faire que celui de bannir son souvenir, ce
qui heureusement ne tarda pas. Il se maria deux
ans plus tard avec une charmante personne.

« Dans cette solitude où je me suis réfugiée, j'ai
retrouvé l'esprit investigateur de mon enfance; à
mesure que les circonstances me dégageaient de
l'empire des idées et des préjugés d'autrui, mon
individualité reprenait ses droits, et le besoin de
connaître les grands mystères de la vie s'est éveillé
en moi avec une force toute nouvelle. Les tableaux
de mœurs qui ont passé sous mes yeux par les
lectures que je me suis fait faire, m'ont révélé des
misères morales dont je n'avais eu jusque-là qu'une
faible idée. Ce n'était pas sans dégoût, il est vrai,
que je descendais avec l'auteur dans le bas fonds
de la société, mais un excès conduit à un autre;
on m'avait tout caché, je cherchai à connaître ce
qu'est le monde. Cette volonté brisée par la règle
au couvent, annulée par l'inertie d'une éducation

dépourvue de principes religieux, de raisonne-
ments et d'idées générales, s'est redressée en secret, et tandis que mon être physique se consumait
dans l'inaction d'une existence sans but, mon esprit commençait à revivre et à ressaisir son indépendance. C'est dans cet état que m'a trouvée Suzanne. Ma tête était remplie d'images de toute
sorte qui flottaient indécises dans une confusion
déplorable. Je cherchais instinctivement à classer
et à analyser tant d'idées opposées, mais la lumière
ne se faisait pas, et un trouble douloureux me dominait. Je sentais avec tristesse mon ignorance des
grandes vérités qui se rapportent à l'existence de
Dieu et à celle de l'âme humaine, mais le vague des
croyances fait mettre toutes les autres choses en
question, et j'étais arrivée d'incertitude en incertitude et de doute en doute à ne plus savoir si la
morale a des lois immuables, ou si elle est elle-
même soumise au hasard des circonstances et des
positions sociales.

« Suzanne fut pour moi une céleste apparition.
Je ne puis rendre l'impression étrange et si profondément émouvante qu'elle me causa. Son regard charmant, sa contenance modeste et digne,
sa bouche candide, son air sérieux et heureux tout
ensemble, sa brillante et fraîche beauté, enveloppée d'un charme indéfinissable, tout en elle m'inspira une sorte d'étonnement et d'embarras. Il pou-

vait sembler que de nous deux ce n'était pas à moi
d'être intimidée, et cependant ce fut le cas ; aussi
avais-je hâte de me retrouver seule, et sous un
prétexte, je la renvoyai dans sa chambre.

« On dit que la joie fait peur, et j'ajouterai à
cette bizarre observation qu'un être qui tranche
avec le mal, avec l'ordinaire, avec le faux, avec le
convenu, surprend et cause une sorte de gêne et
de trouble.

« Pendant le temps qui s'est écoulé depuis ma
dernière lettre, j'ai plus véritablement vécu que je
ne l'avais fait jusqu'alors, et la direction de mes
pensées a complétement changé. Une espérance
nouvelle me soutient. J'entrevois des perspectives
qui ne s'étaient jamais présentées à mon cœur, mes
propres ténèbres commencent à s'éclairer.

« Je vais, chère cousine, essayer dans une prochaine lettre, de vous amener sur le chemin où je
marche, afin que nous puissions y faire route ensemble, ce qui doublerait mon contentement.

« Vous m'avez témoigné dans votre lettre un si
tendre et si maternel intérêt, que rien n'arrête ma
confiance en votre indulgente affection.

« Je n'avais pas tort de vous annoncer un volume. J'ai tenu parole. Qu'en diront vos yeux ?

« Votre tendrement affectionnée,

« PULCHÉRIE. »

XXVI

QUATRIÈME LETTRE

DE MADAME LA COMTESSE D'ORVILLE A SA COUSINE

« Paris, 10 mars 1861.

« Ma bonne cousine,

« Mon intention avait été de répondre de suite à votre lettre si encourageante et si sympathique; je ne comprends pas comment j'ai pu laisser passer quatre semaines sans avoir exécuté mon projet. Il y a, je le sens, des idées qui prennent dans la vie plus de place que de grands événements et des sentiments qui préoccupent au point d'absorber l'esprit. Si je mesurais le temps d'après les changements que ce dernier mois a produits sur mes vues, dans mon cœur et dans ma vie elle-même, je croirais avoir vécu des années. Cependant, rien n'est changé autour de moi. Il faut, pour que vous compreniez cette énigme, que je vous en donne le mot.

« J'avais remarqué que Suzanne lisait souvent et très-attentivement un petit volume assez semblable extérieurement à mon paroissien; je désirais le voir pour y lire moi-même, et lui demandai un matin de me le prêter. Elle me le remit gracieusement aussitôt. C'était un Nouveau-Testament, ce

qui me fit connaître qu'elle était protestante, car
vous savez que ces gens-là ont ce livre pour unique
règle. L'indifférence religieuse était à ce point dans
notre maison et dans mon propre cœur, que je
n'avais point eu l'idée de m'informer à quel culte
appartenait cette jeune fille. Son grand-père, me
dit-elle, lui avait donné ce petit livre le jour où il
s'était séparé d'elle. Sur les marges blanches se
trouvaient, tracées de la main de Suzanne, des
réflexions et des rapprochements de textes, qui me
surprirent par la profondeur des idées et la délicatesse des sentiments.

« — Vous lisez si souvent ce volume, » lui dis-je
en le lui rendant, « que vous devriez en avoir ter-
« miné la lecture. »

« — Terminé, » reprit-elle d'un air surpris, « oh!
« sans doute, madame, je l'ai lu bien des fois tout
« entier; mais je le lis comme on écoute la parole
« d'un père bien-aimé qu'on ne peut se lasser d'en-
« tendre. Il est pour moi un conseil, une force, une
« source de bonheur; je l'aime chaque jour davan-
« tage; et si vous le lisiez, madame, il deviendrait
« pour vous ce qu'il est pour moi.

« — Mais il est fort ancien ce livre, et nous
« avons des écrits pieux qui doivent être plus en
« rapport avec nos mœurs et avec les progrès qui
« se sont produits depuis l'ère chrétienne.

« — Il est vrai, madame, qu'il existe beaucoup

« d'ouvrages pieux et savants qui ont un grand
« renom, je n'en connais qu'un fort petit nombre,
« mais je sais que seul entre tous, le Nouveau-
« Testament est divinement inspiré ; il est l'his-
« toire même du Sauveur et nous donne ses propres
« enseignements et ses fidèles promesses ; un tel
« livre ne saurait vieillir, il est à présent ce qu'il
« était jadis et ce qu'il sera jusqu'à la fin des
« temps. »

« Suzanne s'était exprimée avec une vivacité dont
elle parut confuse, elle s'arrêta, craignant sans
doute de m'avoir indisposée par cette véhémente
réponse, mais j'étais bien éloignée de cette pensée,
j'avais compris que c'était au plus vif de son cœur
que je m'étais attaqué en lui faisant cette observation.

« Depuis ce jour, je l'ai priée de me faire la lecture de son livre, non par fragments, mais d'un
but à l'autre. Je le connaissais en grande partie
par les morceaux que renferme notre paroissien,
mais c'est tout autre chose d'en lire l'ensemble avec
suite, on le comprend et on le retient mieux. J'ai
chaque fois relu bas seule ce que Suzanne m'avait
lu haut, et la seconde lecture m'était plus intéressante encore que la première. L'intelligence que
Suzanne possède du contenu de ce livre m'a décidé
à lui dire tout simplement mon ignorance sur ces
sujets-là. Je me suis faite son élève par mes ques-

tions, en mettant toute fausse honte de côté. C'était la seule manière de me tirer d'affaire.

« Vous ne pouvez vous faire une idée, ma bonne cousine, de la distance qu'il y a entre la religion chrétienne prise à sa source et les enseignements que j'ai reçus au couvent. Sans doute, je n'étais point en état de les apprécier dans leur ensemble, car dans l'enfance et l'adolescence, on reçoit avec confiance les idées d'autrui, sans en saisir le lien ni la portée. L'âme est alors comme un papier blanc sur lequel on peut imprimer à volonté toute espèce de choses. Mais si mon jeune cœur eût été mis en contact direct et habituel avec le livre de Dieu, il aurait lui-même éclairé et formé mon jugement, en me faisant connaître les vérités qui y sont si clairement exposées; j'aurais ainsi pu distinguer la différence qui existe entre le faux et le vrai, l'humain et le divin, la puérilité, la superstition des formes, et le sérieux, la spiritualité de la foi.

« Je suis extrêmement frappée, en lisant et relisant le Nouveau-Testament, de l'unité de sa doctrine; l'attention n'est pas distraite du sujet principal, tout se rapporte à Jésus-Christ. Sa personne et son œuvre sont présentés comme le point central auquel tout aboutit, et comme la lumière d'où émanent tous les rayons qui peuvent dissiper les ténèbres. J'y vois que c'est la mort de Jésus qui est la cause unique du pardon du pécheur, que pasa vie et par sa mort, il a suffi au salut du monde, et j'en conclus que toutes les expiations inventées par l'orgueil ou l'imagination des hommes, quelles qu'elles soient, sont inutiles et offensent Dieu, en donnant un démenti à sa parole et à son amour.

« Je ne me sens plus dans l'isolement et dans l'inconnu comme auparavant; que de fois, en regardant une feuille tombée sur la poussière du chemin et emportée au gré du vent, j'y reconnaissais l'image de mon existence éphémère et sans but, et combien je me sens maintenant rassurée et déjà encouragée par ma faible foi! Cette prière apprise dès l'enfance, longtemps répétée et marmotée machinalement, puis négligée jusqu'à la mettre entièrement en oubli depuis bien des années, est devenue pour moi toute palpitante d'actualité. Je m'arrête avec joie, avec attendrissement sur cette première phrase :

« Notre Père, qui es aux cieux. »

« Chacun de ces mots me donne des certitudes d'une telle valeur que je ne puis épuiser la consolation que j'en reçois.

« La scène où se passe véritablement le drame de notre existence est notre cœur, tout y aboutit; c'est là que se décide la grande question, celle de nos affections et de notre tendance finale; et malgré le peu d'étendue de mes connaissances spirituelles, je vois que c'est à lui surtout que s'adresse

l'Évangile, et qu'on pourrait résumer le christianisme en disant qu'il rend Dieu à l'homme par le
pardon, et l'homme à Dieu par la reconnaissance
et par l'amour.

« Les événements extérieurs, les petites circonstances ont perdu à mes yeux une partie de leur
importance ; ils n'ont, en effet, que celles que nos
sentiments leur prêtent. On les domine ou on en
est dominé selon le principe qui agit en nous.
A cet égard, je reconnais qu'il y a une indépendance morale chez le chrétien, qui manque à
l'homme privé de vie spirituelle.

« Le temps me manque, chère cousine, pour
prolonger cette douce causerie, mais j'y reviendrai
bientôt.

« Votre tendrement attachée,

« PULCHÉRIE. »

XXVII

CINQUIÈME LETTRE
DE MADAME LA COMTESSE D'ORVILLE A SA COUSINE

Paris, 10 avril 1861.

« Quelle lettre que la vôtre, bonne cousine !
Être comprise comme vous me comprenez, c'est
trouver le complément de ma pensée. Votre sym-

pathie me révèle à moi-même par les retours que vous faites et par les déductions que vous tirez. Aussi, dans cette échange d'idées, je me sens à l'aise, un courant électrique a passé de vous à moi. Depuis que j'ai découvert que c'est dans l'Evangile et par la charité qu'il inspire que l'âme trouve sa vie, j'observe sans cesse la présence ou l'absence de ce puissant mobile. J'en conclus que c'est le véritable *to be or not to be*, et que le meilleur service à rendre à la société, serait d'attirer son attention sur ces grandes vérités méconnues et presque oubliées. Vous voyez que je retombe dans les données générales, pardonnez-moi cette tendance, car je me hâte de rentrer dans le particulier en vous parlant de mon mari. Il est en ce moment l'objet de mes méditations, de mes remords, de mon ambition et de mes espérances, il occupe très-normalement tout mon premier plan. Je dis qu'il est le sujet de mes méditations et de mes remords, parce que la lumière s'est faite dans mon cœur, pour éclairer d'un nouveau jour sa bonté, sa loyauté, et ce quelque chose de noble et de généreux qui, malgré le contact glacial avec le monde, ne s'est point neutralisé en lui dans les réticences et la prudente circonspection de la diplomatie. J'avais promis d'être sa compagne, son amie, et je n'ai jamais songé à m'associer à ses pensées, à partager ses soucis ; il est vrai que je n'avais point appris à con-

sidérer le mariage sous son grand côté, ni à comprendre les priviléges qu'il confère pour le développement des sentiments et l'accomplissement de
la tâche commune. Il y a une page blanche dans
ma vie conjugale, sur laquelle je n'ai jamais rien
écrit. Nos deux existences se sont divisées comme
deux ruisseaux qui prennent chacun une direction
opposée, et je comprends maintenant combien j'ai
perdu de temps et d'occasions pour lui donner le
bonheur que je lui devais, et qu'il m'eût été si
facile de lui faire goûter, puisqu'il m'a toujours
tendrement aimée. Oh! misérable égoïsme féminin qui isole le cœur, paralyse l'esprit, exalte
seulement l'imagination, et produit une atonie
générale des facultés intellectuelles et morales!
Je le repousse à jamais loin de moi; que de fois je
me trouvais négligée, incomprise, sacrifiée!... et
tout cela parce que je m'écartais de la ligne qui
m'était tracée. Je le sens enfin, ma loi doit être
d'aimer mon mari et de me dévouer à lui.

« Le croiriez-vous, chère cousine, il ne me paraît
plus trop âgé, je sens que son cœur est plein de
jeunesse, et que la maturité de son jugement et la
culture de son esprit sont de riches mines à ex-
ploiter, où je puiserai de nouvelles ressources pour
moi-même.

« Je n'ai point osé raconter au comte la révolution qui s'est opérée dans mes opinions et dans

mes sentiments, il ne pourrait la comprendre ; je laisse aller les choses toutes seules, mais il me semble que je deviens de jour en jour plus communicative et plus affectueuse avec lui ; il me regarde souvent d'un air interrogatif et satisfait, évidemment il m'observe et s'aperçoit d'un changement sans pouvoir en comprendre la cause ; ce matin il a pris sur ma table une Bible de poche et l'a emportée sans rien dire ; je n'ai pas eu l'air de voir cet enlèvement et je me garderai bien de la réclamer : il aura remarqué qu'il n'y avait plus chez moi le même genre de lectures, et il aura voulu juger lui-même de la cause de mes préoccupations. Sans doute, le comte doit avoir déjà lu la Bible, jamais nous n'avons abordé un tel sujet ensemble ; cependant, un homme aussi instruit que lui ne peut être demeuré étranger à ce qui constitue la base du christianisme ; mais le livre de la Révélation n'a eu probablement jusqu'ici à ses yeux qu'une valeur historique et littéraire, il ne l'a jamais considéré par rapport à lui-même. Pourra-t-il en comprendre le sens spirituel, ou la Bible restera-t-elle comme cachetée et scellée entre ses mains ?... Je suis confondue d'étonnement quand je constate ce que la seule influence de ma naissante foi a déjà produit dans ma vie extérieure ; une nouvelle énergie se répand dans toute ma personne, le sentiment de la responsabilité s'est si fortement réveillé dans mon

cœur que je comprends la valeur du temps, et
celle de mes paroles et de mes actes, comme je
ne l'avais jamais soupçonnée, je n'ai plus cette impression d'isolement moral qui jetait tant de mélancolie dans mon cœur dès mon enfance, je crois
que tous ceux qui se réclament du pardon et de
l'amour de Dieu forment une famille et ont un
centre commun et un rendez-vous certain.

« Je viens de recevoir une nouvelle qui m'est bien
douloureuse : Suzanne me quittera dans trois mois
pour ne plus revenir. J'ai appris, en même temps,
qu'elle est venue ici dans le but unique de rendre
un service important à la jeune fille qu'on m'avait
proposée, et qui se trouvait engagée pour plusieurs
mois encore dans le pensionnat où Suzanne l'a
connue. Sollicitée par mademoiselle Marguerite de
venir chez moi pendant qu'elle achèverait son
temps, Suzanne a obtenu de ses parents la permission de lui assurer cette situation avantageuse. Le
temps fixé expire bientôt, et ma jeune amie re-
tournera dans sa famille.

« Je ne puis vous dire combien cette séparation
m'est pénible. Une étroite affection nous lie pour
la vie ; il n'y a ni rang, ni âge, ni aucune chose qui
puisse séparer ceux qu'une même foi, un même
amour et une même espérance ont rapprochés pour
l'éternité.

« J'admire combien cette jeune fille a su se plier

aux circonstances qui lui ont été imposées dans
notre intérieur ; je ne me serais jamais doutée qu'elle
se dévouât si gratuitement, et renonçât volontairement à son indépendance, ainsi qu'au bonheur
qu'elle goûtait dans sa famille, je vois dans cet événement un moyen dont Dieu s'est servi pour faire
succéder à ma longue et froide nuit sans étoiles,
une lumière qui devient chaque jour plus vive, selon cette belle expression du Psalmiste :

« Le sentier du juste est comme la lumière res-
« plendissante qui augmente son éclat jusqu'à ce
« que le jour soit en sa perfection. »

« Nous partons mercredi pour Saint-Pol. Je suis
contente de passer à la campagne les derniers temps
du séjour de Suzanne. Malheureusement l'arrivée de
Gaston coïncide avec notre départ ; il vient passer
chez nous la belle saison, avant de se rendre à
l'armée. Vous savez combien son caractère est difficile, sa présence sera pour moi un trouble-fête ;
mais je m'oublie et parle en égoïste, quoique je me
sois promis de ne plus l'être. Je commencerai donc
par accepter de bonne grâce cette vive contrariété.

« Je ne suis pas étonnée de ce que vous me
communiquez dans votre lettre. Je pensais, ces
jours derniers, qu'il n'était pas possible que vous
eussiez une sympathie si intelligente, sans avoir
déjà reçu quelques rayons lumineux dans votre
cœur ; après toutes vos peines, vous aviez cher-

ché votre consolation dans le dévouement, mais il vous fallait la connaissance de la vérité pour satisfaire votre âme ; vous alliez à sa rencontre par cette droiture de cœur, cette franchise de langage qui vous ont fait donner l'épithète d'*originale* dans la société. Elle ne vous pardonne cette indépendance que parce que vous savez obliger tout le monde. Votre charité ferme la bouche à ceux que votre droiture gêne, et grâce à cette entente cordiale, personne n'ose s'offenser.

« Jusqu'ici, je m'étais occupée des intérêts du monde politique moins par sollicitude pour mon pays que pour être de mon temps, et afin de prendre part aux entretiens qui se tenaient en ma présence ; mais j'étais demeurée totalement étrangère aux progrès de la civilisation et à la transformation des contrées lointaines. Je ne puis me pardonner d'être restée si longtemps indifférente à des événements qui intéressent des peuples tout entiers. De nouveaux horizons s'offrent successivement à mes regards, en lisant les récits admirables de ce qu'opère la seule connaissance de l'Evangile parmi les peuples les plus sauvages, les plus abrutis, de même que chez ceux amollis et abusés depuis tant de siècles par une civilisation mensongère tels que sont les Indous et les Chinois. Si l'on faisait le recensement des femmes françaises ayant reçu de l'éducation qui sont entièrement étrangères aux

grandes rénovations opérées par le Christianisme
dans ce siècle-ci sur la surface du globe, on consta-
terait qu'il est considérable, car il est trop certain
que, soit au près, soit au loin, l'indifférence pour autrui est générale parmi nous. Comment donc s'étonner que notre nation ait perdu sa force de cohésion
et sa puissance morale ! Quand sortirons-nous de cet
état de nullité énervante qui a ruiné l'influence salutaire de la femme en France ? Si celles qui, par leur
position, peuvent exercer une certaine prépondé-
rance, ne sont point à la hauteur de leur tâche, et
dissipent leur temps, leurs facultés et leur fortune
pour la satisfaction de jouissances frivoles et égoïstes, qui viendra en aide à la classe ouvrière ? Qui
éclairera, qui relèvera, et consolera les mères de
famille que tant de devoirs écrasent et qui ont à
lutter contre ce flot d'immoralité qui menace sans
cesse leurs enfants à l'école, à l'armée, à l'atelier,
partout ?.... Ah ! je le sens, la femme riche et ins-
truite doit avoir son cœur et ses regards tournés
vers les travailleurs et les affligés et se faire leur
amie et leur aide. J'ai cruellement souffert en
dernier lieu du remords que me causent tant d'années perdues. Cet égoïsme que paralysait mon
cœur et stérilisait mon existence était vraiment un
crime !... Comme il m'arrivait l'autre jour de m'en
désoler devant Suzanne, elle me dit avec sa charmante simplicité que je ferais mieux de me réjouir

et de rendre grâce à Dieu que de retourner en arrière.

« — Vous n'aviez pas la lumière, madame, com-
« ment auriez-vous pu voir le chemin ? »

« Elle a raison, c'est consumer mon temps et
mes forces à néant que de les employer en regrets
inutiles ; mais je vois déjà un autre écueil : le
monde est si pauvre de moralité et de dévouement,
que dès que l'on essaie de remplir son devoir on
passe pour admirable et l'on peut risquer de s'admirer soi-même, si l'on ne cherche pas son point
de comparaison dans le bien absolu.

« Voyez, chère cousine, où la vanité va se ni-
cher, chez votre pauvre Pulchérie, à peine sortie
de sa longue inutilité !

« Je vous envoie à lire trois lettres que j'ai reçues
de l'oncle de Suzanne, ce sont des réponses à plusieurs questions que je lui avais adressées. Je me
déterminai à lui écrire après avoir entendu lire à
ma jeune amie une admirable lettre qu'elle avait
reçue de lui. Sa chaleur d'âme, son expérience, sa
connaissance des Saintes Ecritures me firent penser
qu'il pourrait me donner d'utiles informations. Je
ne fus pas déçue dans mon espérance, comme vous
pourrez en juger.

« Il m'est infiniment doux de vous transmettre
mes impressions de toute nature, vous me les ren-
voyez avec les émotions de votre propre indivi-

dualité, et nous suivons ainsi le même sentier avec
un double profit, car j'ai trouvé en vous tout à la
fois une mère et une amie.

« Votre PULCHÉRIE. »

XXVIII

SUZANNE A SON ONCLE GEORGES FRANTZ

Saint-Pol, 7 mai 1861.

« Mon bon oncle,

« Je ne suis pas surprise que mon silence de
quinze jours vous ait tous étonnés et peinés ; j'en
ai beaucoup souffert moi-même, et je vais vous en
expliquer la cause.

« Nous avons dû laisser à Paris la femme de
chambre pour terminer beaucoup d'arrangements ;
la comtesse avait hâte de partir ; il en est résulté
que le temps dont je puis disposer habituellement
a été absorbé par mille petits services que j'ai été
appelée à lui rendre, elle avait toujours quelque
motif pour réclamer ma présence pendant cette
semaine de réinstallation, et malgré mon vif désir
de vous écrire une bonne longue lettre, l'heure
tardive à laquelle nous nous séparions le soir ne
me permettait pas de réaliser mon projet ; nous

avons eu maints préparatifs à faire avant de quitter
Paris pour six mois; en outre, la comtesse a bien
voulu visiter avec moi plusieurs choses intéressantes et des monuments curieux que je n'aurai
plus l'occasion de voir.

« La veille de notre départ, un neveu du comte,
fils de son unique sœur, est arrivé pour nous
accompagner à la campagne. Sa visite, qui sera
longue, contrarie vivement madame d'Orville, car
ce jeune homme lui est antipathique. Elle se reproche cependant d'être demeurée si indifférente à son
sort et se propose de réparer ses torts.

« Resté orphelin de père et de mère, en bas âge,
il fut mis en pension dès sa plus tendre enfance,
et vient maintenant d'achever son temps à l'École
militaire de Saint-Cyr. Toutes les joies, tous les
plaisirs que procure la vie de famille lui sont entièrement inconnus; il n'a jamais reçu les caresses
d'une mère, ni goûté l'amitié charmante d'une
sœur, on ne peut donc s'étonner qu'il ait le geste
brusque, la parole brève et le regard sans bienveillance; avec une autre éducation, il aurait été
peut-être tout autre; mais livré à la sèche et monotone discipline d'un internat, il n'a point connu ni
goûté les douces joies de l'enfance.

« Le château de Saint-Pol, bâti en 1802, sur
l'emplacement d'un vieux manoir féodal qui avait
été rasé par la Bande Noire, est un grand bâtiment

à deux ailes, qui ressemble un peu à une caserne.
On pourrait dire de lui comme de certains visages :
qu'il manque de physionomie et d'idéal. Le pays
est riche de végétation, mais fort peu pittoresque.
Ce sont de vastes plaines que bordent à l'horizon
de basses collines ; les moulins-à-vent, semés çà et
là, arrêtent seuls le regard de l'observateur. Nous
avons un immense parc bien planté et clos de
murs, très-favorable à la chasse, et autour du château des massifs de beaux arbustes, et des corbeilles
de fleurs qui font mon admiration par leur éclat et
leur fraîcheur. Ici, de même que dans l'hôtel à
Paris, tout est élégant et confortable, il y a plutôt
un excès de bien-être, et cette recherche me rappelle trop les habitudes luxueuses de la grande ville
que j'espérais ne pas retrouver à la campagne.

« Les salons et les galeries sont ornés de grands
tableaux qui représentent des faits historiques dont
les sujets sont empruntés aux guerres de la République et du premier Empire. Le père de la comtesse, auquel Saint-Pol appartenait, était un vaillant
général qui se plaisait à s'entourer dans sa retraite
de ces glorieux souvenirs. Notre solitude ici est
donc fort peuplée, si nous comptons les belliqueux
personnages qui nous tiennent silencieusement
compagnie. Le spectacle de ces pompeux triomphes,
celui de ces champs de batailles et de carnage me
donnent beaucoup à penser et m'attristent. Depuis

que je suis ici, le néant des choses terrestres m'accable; jamais je n'avais rien senti de pareil ; toutes ces gloires me semblent des désastres, car elles ont coûté beaucoup de sang et de larmes. Les costumes de cette époque manquent totalement de grâce, la poésie en est absente, les femmes n'apparaissent ni agréables ni modestes avec ces sortes de vêtements.

Je crois, comme vous, mon cher oncle, que l'étude de l'histoire m'est utile à tous égards. Elle déroule d'innombrables tableaux représentant les ambitions, les crimes et les souffrances du genre humain. Je voudrais pouvoir les contempler de sang-froid, et je ne sais si c'est la faiblesse de mon organisation féminine qui m'ôte cette capacité, mais il est certain qu'en voyant la constante inimitié et la haine fratricide que dans tous les temps et dans tous les pays a suscité la guerre et ses cruautés odieuses, je ressens une tristesse, une douleur et une honte qui me rendent cette lecture pénible à faire. Je lis, en général, ces sortes de récits avec le désir d'en avoir fini, et je ne comprends pas qu'on puisse connaître les annales du monde et douter encore de la chûte du premier homme, car c'est la seule explication possible des désordres qui se reproduisent sans cesse malgré les leçons répétées de l'expérience. J'ai toujours besoin de me retremper dans le calme après avoir été ainsi surexcitée par la vue de tant de troubles.

« Je crois qu'il est fort avantageux d'avoir des points de comparaison ; ainsi, la vie que je mène depuis mon arrivée chez la comtesse m'a fourni des sujets de réflexions et d'appréciations très-utiles ; bien loin que les jouissances de l'opulence aient diminué à mes yeux celles de la vie simple et tranquille de la campagne, elles ont acquis une plus grande valeur pour mon cœur ; savez-vous que notre existence à la Prairie forme les sentiments et les idées de manière à rendre exigeant en fait de bonheur ! Chez nous, tout est véritable, affectueux, paisible ; on dit ce que l'on pense, rien de moins et rien de plus ; on ne sacrifie point à l'apparence ; il n'y a ni luxe, ni recherche, et pourtant que d'entrain et de contentement. Notre douce joie renaît chaque jour avec la même abondance que la belle eau qui jaillit sans cesse de notre vieille fontaine. La bonne et belle nature fait tous les frais de notre bien-être, chaque printemps elle renouvelle et embellit tout autour de nous, tandis que dans les demeures fastueuses, ce n'est qu'à force d'argent qu'on entretient l'agrément et le confort ; le temps s'y montre, impitoyable destructeur des choses factices, et ne ramène pas, comme au sein de la nature, cette vie exubérante qui triomphe de l'hiver et des frimats.

« J'ai eu hier le plaisir de causer avec le curé de Saint-Pol, que la comtesse m'avait déjà fait aimer d'avance par ses récits. C'est un vénérable vieillard que tous les habitants du village regardent comme leur meilleur ami. Madame d'Orville le chargeait de toutes ses aumônes pour la commune, mais cette année-ci, elle ne veut pas se borner à ce genre de bienfaisance, désirant visiter elle-même les indigents et les malades. Dans ce but, nous sortons ensemble tous les matins, après notre premier déjeuner. Ces courses nous intéressent de plus en plus. Dès que la comtesse se trouve en présence d'une souffrance quelconque, son doux visage s'altère, la compassion qu'elle ressent la trouble, et lui inspire un désir impatient de procurer un soulagement immédiat à tous ces maux. Dans ces moments-là elle paraît tout à fait inexpérimentée et ne sait comment s'y prendre ; c'est un spectacle touchant, je vous assure, et on peut y voir l'effet de sa totale ignorance de la charité pratique. Par suite de la vivacité de ses impressions et de la chaleur de son cœur, elle offrait ou promettait toute espèce de choses les premiers jours de ces tournées du matin, mais maintenant déjà, elle se met à observer attentivement et s'applique à donner avec discernement. Hier nous avons marché pendant deux heures, allant à travers champs, d'une maisonnette à une autre, sans qu'elle se soit aperçue du chemin

qu'elle faisait. D'après les élans de sa générosité,
vous pouvez comprendre qu'elle dépasse souvent
la prudence, et qu'il devient difficile de satisfaire
nos nombreux clients ; aussi, pour tenir les engagements pris par cette chère dame, nous sommes
obligées de travailler nous-mêmes très-activement
et d'avancer ainsi la besogne. Il va donc sans dire
qu'il n'est plus question de nos belles tapisseries ;
les canevas et les laines dorment paisiblement dans
leurs corbeilles respectives, reléguées sur la console,
tandis que le grand guéridon, qui est au milieu du
salon, se trouve envahi par nos confections. Tantôt
c'est une camisole chaude impatiemment attendue
par une vieille infirme, ou une blouse qui permet-
tra à un pauvre enfant en guenilles de se présenter
à l'école et d'y être reçu. Les demandes sont ap-
puyées de si bonnes raisons, qu'on ne peut faire
autrement que de les accueillir et de les enregis-
trer toutes sur nos tablettes. Cependant, ma chère
comtesse ne s'en tient pas là ; le souci de l'état
moral et spirituel de la population du village la
préoccupe aussi, elle a trop bien compris que la
véritable cause de la misère corporelle est dans
l'ignorance et l'abrutissement de l'esprit, pour ne
pas porter sa sollicitude sur ce domaine là. Le bon
curé étant venu lui faire visite hier au soir, elle
s'informa auprès de lui si chaque famille de sa
paroisse avait un Nouveau-Testament.

« — Je ne le pense pas, » lui répondit cet excellent homme d'un air triste et embarrassé.

« — Eh bien ! monsieur le curé, » reprit-elle aussitôt, « il faut absolument qu'elles le possèdent, « afin de le lire ; je vous en donnerai à distribuer « autant qu'il en faudra. »

« — Je vous rends grâce, madame, » dit le curé. « Il y a peu de gens adultes qui sachent lire ; rien « ne presse, d'ailleurs, car avant d'accepter votre « offre généreuse, je dois prendre des informations « à l'Évêché ; j'y vais dans peu de jours, et je vous « rendrai compte de ce que monseigneur aura « décidé à ce sujet. »

« En disant ces mots, il nous quitta, et la comtesse me dit en soupirant :

« — Vous le voyez, cet homme charitable n'est pas « libre de répandre, parmi ses ouailles, les Saintes « Écritures. Son cœur et sa vie sont dirigés par « l'amour qu'il a pour Dieu, mais il est esclave « d'une volonté humaine, qui exerce une inflexible « pression sur son ministère et en paralyse l'action. « S'il était libre d'obéir aux impulsions de son âme « chrétienne, il serait fort utile ici, j'en suis con- « vaincue, tandis qu'il laisse régner l'ignorance « autour de lui ou ne la combat qu'indirectement. « Je ne sais s'il a bien compris cette fâcheuse po- « sition, je ne le crois pas, autrement il ne vou- « drais pas accepter cette solidarité avec le pouvoir

« qui le dirige. Il faut un jour que je m'explique
« ouvertement avec lui sur ce sujet, et que je lui
« fasse part de ce que je sens maintenant ; je l'aime
« et je l'estime trop pour laisser régner entre son
« âme et la mienne cette équivoque qui frise l'hy-
« pocrisie. Il y a un moment pour tout, il faut que
« la fleur se noue, que le fruit se forme, qu'il
« mûrisse, tout cela « n'est pas l'œuvre d'une seule
« saison. »

« Voyez, cher oncle, comme elle comprend et
sent énergiquement la portée de l'Évangile.

« Dimanche dernier, nous sommes allées, madame d'Orville et moi, au prône du bon curé, pour
le consoler de ce qu'elle n'assiste plus à la messe.
J'ai eu grand plaisir à l'entendre, il parlait tout à
fait de cœur, paraissait fort à son aise et prêchait
avec un air de conviction et une aisance qui m'ont
réjouie ; son texte était ces paroles du quatrième
chapitre de l'Evangile de saint Jean :

« Le temps vient et il est déjà venu, que les
« vrais adorateurs adoreront le Père en esprit et en
« vérité, car le Père demande de tels adorateurs.
« Dieu est esprit, et il faut que ceux qui l'adorent,
« l'adorent en esprit et en vérité. »

« Je vois enfin arriver le moment qui me ramè-
nera auprès de vous, chers parents ; je le hâterais
de tous mes vœux, si j'avais moins d'affection
pour la comtesse, et surtout si je la sentais entou-

réé de personnes qui pussent comprendre ce qu'elle
éprouve; j'espère que Marguerite lui conviendra, je
le désire trop pour ne pas me faire quelque souci
à cet égard. Cette chère dame m'a bien promis de
venir nous rendre visite cette automne; elle se fait
un bonheur de cette perspective. Pendant deux ou
trois jours, elle vivra de notre vie, du matin au
soir, oui, de notre douce vie champêtre. Nous ne
changerons point notre manière de faire, mais nous
donnerons à tout un air de fête qui exprimera notre
affection. Elle prendra part à nos entretiens, à nos
promenades, à nos chants du soir, à tous nos intérêts du moment. Elle occupera, je pense, les deux
chambres sur le verger, car ce sont les plus gaies
de toute la maison verte. Qu'il sera charmant de
la posséder au milieu de nous ! Je suis persuadée
que, passé les premiers moments de son arrivée,
vous n'éprouverez aucune gêne par sa présence,
et que vous sentirez bientôt combien son cœur est
véritablement chrétien et fraternel; vous l'aimerez
tout de suite, j'en suis sûre. Son gracieux visage
vous plaira beaucoup : il y a tant d'expression et de
mobilité dans ses traits, tant de grâce répandue
sur toute sa personne ! On sent bien quelquefois
chez elle la grande dame; mais pas trop, juste
assez pour lui savoir gré de préférer le vrai et le
simple.

« M. Gaston a une humeur très-capricieuse et un

genre déplaisant, tantôt il fredonne assez bien un
air d'opéra, tantôt il s'enfonce ou s'étend non-cha-
lamment dans un grand fauteuil, bâillant comme
un écolier; il prend des airs ennuyés ou absorbés
on ne sais pourquoi, car il ne parle guère, ne faisant aucun effort pour rendre sa personne et sa
société agréable aux autres. A la promenade, il
profite de ce qu'il est habile écuyer pour nous
effrayer en faisant toutes sortes de tours hasardeux
sur son cheval. La comtesse supporte patiemment
tout cela et cherche à lui être utile en prenant un
peu d'ascendant sur son esprit. Elle voudrait le
tirer de cette existence nulle, et de cette agitation
insouciante qui ne mène à rien, mais jusqu'ici elle
n'a pas encore réussi à fixer son attention sur un
sujet digne d'intérêt. Dès le matin, il lui propose de
faire la lecture d'un vaudeville ou d'un livre de ce
genre; elle ne lui refuse pas, mais lui indique un
moment plus propice, et ensuite saisit les occasions que lui présente cette lecture frivole, pour
lui faire des remarques fines et judicieuses sur le
sujet, les idées, les personnages, de manière à jeter
quelques nouveaux aperçus dans son esprit. Je
vois qu'elle se donne beaucoup de peine pour
gagner sa confiance, persuadée que quand elle
l'aura, tout sera plus facile pour agir sur lui.

« Je joins à cette lettre quelques lignes particulières pour mon cher grand-père, car j'ai bien

besoin de lui demander pardon d'avoir pu lui donner de l'inquiétude par mon silence.

« J'aurais encore beaucoup à vous dire, mais ce
sera pour lundi prochain.

« Tout à vous de cœur et d'âme.

« Votre petite filleule,

« SUZANNE. »

XXIX

ENCORE SUZANNE A SON ONCLE

« Saint-Paul, 30 mai 1861.

« Mon bon oncle,

« Si je vous ai écrit si brièvement ces deux semaines, c'est que je ne m'appartiens plus, il faut que
je sois matinale pour avoir une heure de solitude.
L'esprit et le cœur de la comtesse sont comme une
source jaillissante d'où s'échappent sans cesse de
nouvelles idées et de bienfaisants projets. Elle se
lève de bonne heure, s'occupe constamment, et
justifie cet excès d'activité en me disant qu'elle veut
racheter le temps perdu jusqu'à présent. Peu de
jours avant de quitter Paris, elle reçut la visite de
noces d'une jeune parente. La présence de ces
nouveaux mariés la jeta dans une subite mélancolie,

elle oubliait de causer, et je dus soutenir seule la
conversation pendant ce moment de préoccupation.
Plus tard, elle me confia qu'elle avait trouvé une
analogie frappante entre la position de cette dame
et les circonstances dans lesquelles sa vie conjugale avait débuté. « Je voudrais, me dit-elle, faire
« servir mon expérience à ma jeune cousine, et
« lui éviter ainsi le malheur de consumer ses belles
« années en pure perte. De quel côté l'aborder
« pour lui faire comprendre qu'elle vit dans le faux
« et dans le vide? Il y a tellement loin de la vé-
« rité des sentiments et des idées que donne l'E-
« vangile à cette ignorance de soi-même et à cette
« indifférence totale pour les grands intérêts de
« l'âme, qu'on ne sait quelle sorte de pont jeter
« pour passer ce fossé-là. Je me souviens très-bien
« que je souffrais instinctivement de ma nullité
« avant de la connaître, et de savoir où trouver la
« délivrance d'un état si pénible. »

« — Je crois, madame, lui ai-je répondu, que
« cette souffrance secrète que vous ressentiez
« alors était le commencement de la délivrance,
« car elle indiquait que vous étiez altérée de vé-
« rité et de justice et vous les avez saisies aussi-
« tôt qu'elles vous sont apparues. »

« Je vous raconte ceci, mon cher oncle, pour
vous montrer quelle douce intimité s'est établie
entre la comtesse et moi.

« Il se passe aussi quelque chose chez M. d'Orville, je ne puis en douter. Déjà pendant les dernières semaines à Paris, il invitait moins souvent
du monde à dîner, et se donnait davantage à son
intérieur; mais c'est surtout depuis que nous sommes ici que le changement me paraît considérable;
il a de longs entretiens avec sa femme, et se pro-
mène chaque jour dans le parc avec elle. Il est vrai
que la manière d'être de la comtesse est toute autre,
elle ne parle jamais d'elle, une douce et joyeuse
paix rayonne dans ses beaux yeux bleus. L'expression de son charmant visage est si captivante,
qu'on le regarderait pour le plaisir de la contempler. Elle a une vivacité et une énergie remarquables; des couleurs rosées sont revenues sur ses joues
jadis si pâles. Le comte lui en a fait très-gracieusement la remarque, mais sans en témoigner d'étonnement.

« Bien que je n'aie jamais fréquenté le monde,
j'ai eu l'occasion de le connaître un peu, parce que
la comtesse a trouvé bon de me garder auprès
d'elle dans ses jours de réception à Paris. Je suppose qu'elle voulait m'associer à ses impressions,
afin que je pusse mieux la comprendre.

J'ai été bien souvent choquée de l'exagération
du langage et de la froideur des sentiments. La
plupart de ces dames parlaient très-haut, comme
s'il importait que leurs paroles fussent entendues,

et cependant elles ne disaient pas souvent des
choses intéressantes ; leur pensée semblait ne pas
aller au-delà du moment présent ; et j'ai été aussi
très-frappée du peu d'expression des physionomies ;
on aurait pu croire que les émotions profondes de
l'âme n'y arrivaient jamais. Certaines conversations
se sont gravées dans mon souvenir comme type
de ce genre insipide, et m'ont fait éprouver une
grande pitié pour ces dames si élégantes qui ne
paraissent point se douter que sous leurs dentelles
et leurs velours se trouve emprisonnée une âme
immortelle qui est livrée au plus cruel abandon et
dépérit déplorablement. N'est-ce pas là une misère
pire que celle des plus nécessiteux d'entre les pauvres ? Comment se fait-il que des personnes qui
ont reçu un degré de culture intellectuelle assez
élevée, restent si étrangères au progrès moral, à ce
progrès qui vous préoccupe sans cesse, mon cher
oncle, et qui, au fait, est bien la chose la plus es-
sentielle pour tout le monde.

« Je m'étonne aussi que des gens qui ont tant
de loisirs restent indifférents aux grandes souffrances qui les entourent et puissent mener une vie si
luxueuse et si oiseuse, tandis qu'il y a tant de
sortes d'infortunes à secourir de tous côtés.

« La comtesse sent à présent tout cela et voudrait
amener chacun à entrer dans une vie active et
utile ; il était charmant de voir son contentement,

quand, au milieu de ces nombreuses visites, nulles
à tout égard, elle trouvait une personne sérieuse et
d'un esprit élevé, à l'instant même, elle savait
établir des rapports intéressants et faire naître la
sympathie.

« Ici, nous vivons fort tranquillement et vous
apprendrez avec plaisir, mon cher oncle, que madame d'Orville, à force de chercher un moyen d'attirer et de retenir l'esprit distrait de son neveu sur
un sujet intéressant, est parvenue à se l'associer
pour lire à haute voix nos plus belles tragédies et
aussi quelques bonnes comédies. Le goût très-vif
de M. Gaston pour le théâtre lui a suggéré cette
idée. Elle veut réveiller à tout prix cette intelligence
engourdie, et je crois qu'elle y réussira, car elle
met à la poursuite de ce bon dessein autant de
grâce que de persévérance.

« Monsieur Gaston, en arrivant ici n'avait pour
ainsi dire aucune conversation ; quand il avait épuisé
les nouvelles politiques, raconté ses excursions de
la veille ; combattu par esprit d'opposition les opinions de son oncle, et causé un moment de choses
banales, il semblait n'avoir plus d'idées à communiquer et ne savoir que faire de son temps et de
sa personne. Mais si l'absence de distractions ci-
tadines le laisse à lui-même, de manière à faire
paraître sa nullité, il en recueillera un bon effet ;
déjà il écoute avec intérêt les récits toujours ins-

tructifs de son oncle, et commence à profiter
avec empressement du temps que la comtesse con-
sacre à lire avec lui.

« Nous attendons demain la jeune dame dont je
vous ai parlé ; son séjour gênera sans doute notre
intimité, mais nous continuerons à lire ensemble,
le matin, dans un kiosque placé au fond du parc,
où personne ne vient nous interrompre. Vous ne
vous êtes pas trompé, mon cher oncle, en supposant que ce livre de l'ex-moine franciscain Renoult [1] intéresserait vivement madame d'Orville ;
il me plaît beaucoup aussi, il y a tant de lucidité
et de force dans ses arguments, ils sont si bien
appuyés sur les faits qu'on se sent en pleine lumière.

« L'idée de Renoult de dédier son travail à Bossuet
est excellente à tous égards : il lui fournissait ainsi
directement l'occasion de reconnaître les erreurs
qui, de siècle en siècle, sont venues obscurcir et
intercepter la vérité révélée. Ses témoignages me
semblent irrécusables. Qui sait si Bossuet n'en aura
pas fait son profit à l'heure où la vérité demeure
seule debout au chevet du mourant. Nous aimerions
toutes deux savoir par vous des détails sur ses dernières années, et surtout sur la manière dont ce
célèbre orateur de cour a quitté la vie, car il y a

(1) *Les Variations de l'Eglise gallicane.*

quelque chose d'extraordinaire dans sa situation.
On dit qu'il était vraiment chrétien, et cependant
il n'a pas su ou n'a pas voulu voir des frères dans
ceux qui vivaient et qui mouraient dans la foi
des apôtres. Il était puissant et fervent pour prê-
cher les vertus chrétiennes, et il n'en tolérait
pas moins les vices de son royal maître. Je ne
puis absolument rien comprendre à ce caractère
ni à cette piété; il me semble que l'erreur devait être dans son cœur, car l'Evangile ne dit pas
oui et non.

« Quel dommage que le talent soit associé à l'erreur! En écrivant cette phrase, je crois voir votre
sourire un peu railleur, cher oncle; je devine que
vous me diriez, si j'étais près de vous, que c'est
précisément l'erreur qui a besoin d'être défendue
avec talent; la vérité se suffit à elle-même et se
démontre par les faits. Mon exclamation est donc
en pure perte; je la laisse aller tout de même, car le
privilége d'un libre épanchement est de penser tout
haut et d'écrire sous la dictée du cœur. Je vois
que c'est aussi une manière de mettre au clair ses
idées; souvent, avant de les produire, on ne les
connaît qu'à moitié.

« Vous me donnez trop peu de nouvelles et de
détails : est-ce parce que l'époque de mon retour
approche? Mais, je vous en prie, ne me laissez pas
dans cette ignorance; écrivez-moi, l'un ou l'autre,

une de ces lettres que je puis relire plusieurs fois
sans épuiser le plaisir qu'elles me donnent.

« A bientôt, mes chers parents.

« Votre SUZANNE. »

XXX

SUZANNE A SA FAMILLE

« Saint-Pol, 25 juin.

« Chers parents,

« Je vous ai écrit que je menais une vie très-
dissipée, et, selon ma promesse, je vais vous en raconter les incidents. Il est d'usage dans ce canton
de s'inviter les uns chez les autres, une fois au
moins chaque été. A cette distance de Paris, l'étiquette cède la place à des usages plus simples et
aux rapports de bon voisinage. L'impossibilité de
choisir sa société et ses distractions selon les goûts
de chacun, oblige tout le monde à se contenter de
celles qui se rencontrent, et à ne point tenir compte
de la différence des rangs. J'ai fait de fort jolies
excursions, vu des belles propriétés, et appris un
peu à connaître le monde sous des aspects aussi
nouveaux que variés.

« La plupart de ces invitations étaient considé-

rées jusqu'ici comme de véritables corvées par la
comtesse, et sa mauvaise santé lui avait fourni un
motif plausible pour se dispenser de les accepter ;
mais, cette année, n'ayant plus cette raison à donner, et ne voulant pas recourir à un prétexte, ni se
montrer fière ou désobligeante, elle a résolu d'accompagner le comte partout où ils seraient priés
ensemble. Les personnes en visite chez eux sont
comprises dans ces invitations.

« J'aurais fort bien pu rester à la maison, mais
cette chère dame, qui voit s'approcher le jour de
notre séparation avec tant de peine, a désiré m'emmener avec elle partout où elle est allée.

« Je ne vous raconterai point en détail ces différentes fêtes, quoique elles m'aient fourni le sujet
de beaucoup d'observations, par la diversité des
intérieurs, des manières et des habitudes. A mon
âge, tout est nouveau et presque tout amuse, je
conserverai un souvenir agréable de cette espèce
de galerie de tableaux ; cependant je suis très-
contente que ces fréquentes invitations aient pris
fin ; plusieurs étaient à d'assez grandes distances
du château, et nous ont demandé beaucoup de
temps.

« J'ai été souvent étonnée de l'insignifiance des
conversations que tenaient devant moi des dames
âgées de qui on devait attendre une certaine culture ; la plupart faisaient mentir le proverbe qui

dit que la sagesse est avec les cheveux blancs ;
habituée à respecter la vieillesse, j'ai vraiment
souffert de cette puérilité persistant en dépit de
l'expérience. Les dîners étaient fort beaux, beaucoup trop beaux à mon idée, car on ne parlait
que des mets, et les compliments à la maîtresse
de la maison abondaient. Vaut-il la peine de
venir de si loin pour échanger si peu d'idées
et se témoigner une gracieuse, mais cérémo-
nieuse bienveillance, plus ou moins sincère? Je
ne puis me faire à ces semblants. Toutes ces
personnes s'accordaient à passer sous silence les
sujets les plus importants pour se renfermer dans
de petites idées et de petits intérêts. Absolument
comme si c'était un parti-pris de rester dans l'insouciance du cœur; quand on se sent enfermé
dans la vie matérielle, il n'y a plus d'idéal; je ne
pourrais m'accoutumer à un tel milieu; l'atmosphère qu'on y respire m'étouffe.

« Le jour où je sentis le plus péniblement combien l'égoïsme du riche le sépare du pauvre, c'était
lundi dernier. Nous étions priés à dîner chez un
manufacturier qui passe pour être excessivement
riche ; il possède des établissements considérables,
auxquels il doit sa fortune. Sa maison, ses jardins,
les dépendances, un immense parc, une forêt
pour la chasse, forment un ensemble splendide.
On nous fit promener partout; nous admirâmes des

fleurs d'une culture savante, qui avaient été en-
voyées au concours d'horticulture, et des planta-
tions d'espaliers qui promettaient une quantité de
fruits de la plus belle espèce. Après avoir participé
à une collation préparée sous un berceau de ver-
dure, une des dames invitées témoigna le désir
de visiter la filature. Notre hôte s'empressa d'accéder à sa requête, j'étais au nombre des personnes qui avaient demandé à l'accompagner.

« Je n'oublierai jamais l'impression douloureuse
dont je fus saisie en entrant au rez-de-chaussée de
cette filature. Elle était garnie de vitrages qui laissaient pénétrer tous les rayons du soleil, aucun
store n'en voilait l'éclat. La chaleur de la vapeur
se répandait partout, un bruit étourdissant de
rouages et de machines empêchait de s'entendre.
Les hommes, les femmes et les enfants qui se trouvaient occupés dans cette pièce étaient à peine
couverts, la chaleur leur rendait tout vêtement
incommode, leurs visages étaient pâles et défaits.
On nous fit parcourir les trois étages de ce grand
bâtiment pour nous faire voir d'abord le coton brut,
puis cardé, filé et bobiné. Dans la fabrique, nous
trouvâmes ces produits mis dans les mains des
tisseurs et des apprêteurs. Tout cela était fort intéressant pour les personnes qui n'avaient jamais
vu ces détails de l'industrie, mais comme je les
connaissais déjà, mon attention se portait princi-

palement sur toutes ces créatures humaines dont
l'apparence était si chétive ; le regard stupide de
plusieurs enfants me brisa le cœur, ces pauvres
petits êtres étaient changés en machines, tout le
jour ils font le même genre de mouvement, sans
que l'intelligence ait aucune part dans ce travail
mécanique ! Restée en arrière, je questionnai des
femmes, des jeunes filles, et même des enfants.
J'appris que la durée du travail pour ces derniers
les empêchait d'aller à l'école, et que les jeunes
filles n'avaient le temps de coudre que le soir, lorsque la fatigue leur en ôtait le courage.

« De retour dans les splendides salons du manufacturier, je m'y trouvai fort mal à l'aise ; les souvenirs que je rapportais, tout cet ensemble de travail sans joie, de souffrances sans terme, et de
misère morale et physique jusqu'à la consomma-
tion des dernières forces de ces ouvriers et de ces
enfants, me rendit insupportable la gaieté et le
luxe qui m'entouraient. Je ne pus y tenir plus longtemps, et, prenant mon grand courage, je me rendis dans le salon voisin où j'avais vu entrer la fille
aînée de notre hôte, très-belle personne. Je m'approchai d'elle et la priai de vouloir bien m'accorder un moment d'entretien, elle quitta ses amies,
prit mon bras et nous sortîmes sur la terrasse.
Je lui fis part de la compassion que m'avaient inspiré les jeunes filles et les enfants de la filature,

et je lui demandai si elle pourrait obtenir de son
père la permission que les enfants suivissent
l'école pendant une partie du jour, et que les
jeunes filles eussent une heure de couture. Elle
m'écouta très-gracieusement, roulant entre ses
doigts une superbe rose mousseuse dont elle res-
pirait souvent le parfum, et qui n'était guère plus
fraîche que son teint ; — puis quand j'eus terminé
mon chaleureux plaidoyer, elle me dit qu'elle
ignorait absolument si les enfants allaient ou non
à l'école ; qu'elle n'entrait jamais dans les salles,
parce qu'il y faisait trop chaud, et que, d'ailleurs, sa
mère ne lui permettait pas de causer avec les ouvrières. Je recommençai à la solliciter de plus belle
d'obtenir de son père ces améliorations :

« — Oh ! me dit-elle, papa laisse ces soins-là
« au gérant, c'est à lui qu'il faudrait parler. Puis-
« que vous y mettez tant d'intérêt, mademoiselle,
« je vous promets de prendre des informations
« auprès de lui. »

« En revenant le soir à Saint-Pol, comme je me
trouvais dans la même voiture que la comtesse, je
lui contai l'affaire. Elle s'en émut aussitôt, et me
répondit :

« — Soyez tranquille, chère Suzanne, je m'en oc-
« cuperai aussi ; je méditais déjà une visite à notre
« maire pour un sujet de ce genre, et vos obser-
« vations hâtent ma détermination. Il y a, hélas !

« beaucoup de mal à réparer et beaucoup de cho-
« ses utiles à faire. Tout périclite dans la popula-
« tion de ce canton, parce que nous avons à faire
« à des égoïstes ; jusqu'ici, j'étais du nombre de
« ces cruels indifférents au bien-être d'autrui, »
dit-elle en soupirant profondément. « Il faut atta-
« quer vigoureusement ce funeste oubli de devoirs
« si sacrés. »

« La comtesse me raconta alors que le maire de
cette commune avait été nommé par faveur, et à
la suite de l'acquisition qu'il avait faite de la plus
belle propriété bourgeoise du pays ; il n'était point
aimé, mais la personne qui l'a placé le maintient
dans cette magistrature malgré le vœu général.

« C'est un homme riche et vain, qui a peu d'instruction et peu d'esprit. Son titre de maire lui
donne seul un peu de relief, il aurait pu se faire
aimer et se rendre utile, s'il l'eût voulu, on l'aurait
alors adopté ; mais il n'a jamais envisagé sa charge
comme un devoir à remplir, il n'y a vu qu'un genre
de privilége honorifique qui le pose ; heureusement que nous avons de bons adjoints ! Sa femme
n'est point méchante, elle a seulement la manie
d'une propreté si raffinée, qu'elle donne une attention et des soins continuels à l'intérieur fort élégant de sa maison. Tout y brille, tout y reluit, son
jardin n'est pas moins soigné ; ce que l'arrangement de sa belle demeure lui laisse de temps et

de pensées, elle les donne à ses fleurs, à sa volière,
à son chat, à son joli chien dont elle fait la toilette
elle-même ! Cette personne a des penchants fort
honnêtes, fort innocents, mais elle s'est laissé en-
vahir par le bien-être, par le bon goût, par toutes
ces choses agréables et cette vie confortable, au
point de n'avoir plus de place à donner au sentiment et à la compassion. Les habitants du village
lui sont restés totalement étrangers. Elle en est
encore, après quinze ans de séjour à Saint-Pol, à
saluer d'un coup de tête ceux qu'elle rencontre
dans le pays, sans qu'aucun ait entendu le son de
sa voix.

« Nous sommes allées hier, la comtesse et moi,
chez le maire, afin de donner suite au projet formé
la veille. Il s'est montré très-sensible à sa visite,
mais visiblement embarrassé quand elle lui en a
déclaré le but. Cependant, il a tranquillement
écouté la longue liste de ses propositions. Il s'agissait de remettre en état les deux écoles qui sont
humides, dégradées, mal aérées, d'ajouter un sup-
plément aux salaires trop exigus de l'instituteur et
de l'institutrice, d'agrandir l'asile des incurables,
de mettre en vigueur la loi en faveur des enfants
employés dans les manufactures, de prévenir la
mendicité, en fournissant du travail aux indigents,
ou de leur venir officieusement en aide. Je m'arrête ici, il y a bien d'autres réformes et d'autres

améliorations dont Mme d'Orville a senti la nécessité et qu'elle a indiquées.

« Elle connaissait si bien l'insouciance et l'apa-
thie de son interlocuteur, qu'elle ne lui a pas laissé
le temps de faire de l'opposition, et a été de l'avant
avec cette grâce un peu impérieuse qu'elle mêle à
son éloquence naturelle.

« — Nous ferons cela à nous deux, monsieur le
« maire, nous nous en occuperons ensemble, je
« vous aiderai de tout cœur, et là où la commune
« ne sera pas en fonds, vous et moi nous y sup-
« pléerons, n'est-ce pas ? Nous pouvons tous deux
« faire ces sacrifices, sans qu'il en résulte pour
« nous de la gêne, ajouta-t-elle en souriant, et ce
« sont de très-urgentes améliorations ; qui les ai-
« dera, ces pauvres villageois, si nous ne le fai-
« sons pas ? Considérons-les comme nos enfants,
« nous qui sommes sans famille. Tâchons de réa-
« liser cela sans retard, et permettez-moi, mon-
« sieur le maire, de venir demain matin vous
« chercher avec ma voiture pour examiner ensem-
« ble les diverses réparations à faire aux écoles. »

« Soit que M. le maire fût persuadé par la vive
sollicitation de la comtesse, soit qu'il ne lui vînt
pas sur la langue une bonne excuse à donner, le
rendez-vous fut pris.

« Ravie de ce prompt et complet succès, la comtesse était cependant inquiète que son nouvel as-

socié ne dégageât sa parole ; aussi lui envoya-t-elle en rentrant une invitation pour venir dîner avec sa femme cette semaine. Ce maire n'a point de repos dans les traits, il y a un mélange d'inquiétude et d'immobilité dans sa physionomie qui m'a frappé et m'a étonné. Cette expression est bizarre.

« Nous allons donc avoir à notre tour un grand dîner de cérémonie et de voisinage. Il sera assez nombreux, mais l'esprit de la comtesse est tellement dirigé vers les moyens de faire du bien à la classe ouvrière, qu'elle se propose d'utiliser dans ce but le rapprochement de ses divers convives presque tous gens de loisirs et opulents.

« Le changement qui s'est produit dans la santé, les habitudes et le caractère de cette chère dame excite l'étonnement et l'admiration de sa cousine ; elle a profité de l'occasion pour lui faire part de ses vues et de ses heureuses expériences ; ainsi, sans effort, elle a pu la mettre à même de la comprendre.

« Cette lettre est une longue causerie, mais je sais que vous êtes tous bien indulgents pour votre très-affectionnée petite

« SUZANNE. »

XXXI

PAUL DE LUTRY A GASTON DE MERVINS

« Voilà tantôt sept semaines que vous êtes éloigné de votre ami, et vous ne lui avez pas donné signe de vie. Quand vous m'avez promis de vos nouvelles, j'espérais ne pas les attendre si longtemps.

« Que faites-vous dans votre futur château de Saint-Pol, comment vous accommodez-vous de la monotonie insipide de ce genre de vie? On peut soigner un bel héritage sans sacrifier le présent à l'avenir, jusqu'au point de s'ennuyer trois mois durant.

« Nous ne sommes plus au règne de Louis XIV., où il était de mode de se mettre chaque année en retraite à la Trappe, pour se reposer des menuets de Marly et des grandes fêtes de Versailles.

« Avez-vous au moins trouvé quelques compagnons un peu sortables parmi vos voisins? Que pensez-vous, mon cher, de la fameuse pièce qui fait courir tout Paris depuis votre départ? Vous avez pu la juger par le compte-rendu qu'en ont fait tous les journaux. A vrai dire, la moitié de son mérite est dans le jeu des acteurs, surtout dans le

18

talent incomparable de la jolie dame Dumont qui joue le rôle de la vertueuse ingénue, seul personnage de la pièce qui ne représente pas un vice quelconque ou tous les vices à la fois. Je pense qu'on a servi au public, depuis quelques années, une collection complète de situations excentriques ou équivoques et de propos extravagants ; on pourrait bien nous offrir comme nouveauté quelque chose d'un peu raisonnable où le bon ton et le bon goût fissent leur réapparition sur la scène, quand ce ne serait que pour reposer notre imagination de toutes les escapades que nos auteurs à la mode lui font faire.

« Je vous ai regretté dimanche sur le turf : c'était mirobolant! Notre promotion de Saint-Cyr s'y trouvait bien représentée, le temps était superbe et les vrais Parisiens s'y trouvaient en foule. Les toilettes rivalisaient de goût et de fraîcheur, c'était un vrai parterre de fleurs, et la jolie marquise de Torinelly, vêtue de moire blanche, et coiffée d'un petit chapeau jaune et or, rappelait, par son charmant éclat, le lys si vanté ; je suis persuadé qu'elle avait visé à lui ressembler.

« La journée ne me fut pas favorable, tant s'en faut ; vous savez par les journaux que c'est *Cerf* qui a gagné le grand prix ; malheureusement, j'avais parié pour *Rapide*, et j'en suis pour trente louis de perte, ce qui n'arrange guère mes affaires, déjà fort

embrouillées, comme vous savez; je ne puis donc
pas m'acquitter envers vous maintenant. J'avais
compté sur l'habileté de *Rapide* pour m'aider à
combler certains déficits, mais la mauvaise chance
me poursuit, et, jusqu'à ce qu'elle change et que je
prenne ma revanche, j'ai des quarts-d'heure passa-
blement désagréables à passer.

« Je compte aller, cette automne, en Poitou pour
la chasse. Mon beau-frère a de superbes garennes
où le gibier abonde, et il a eu l'heureuse idée d'engager assez de monde pour qu'on puisse passer le
temps très-agréablement. Nous jouerons probablement des proverbes. Ma sœur a retenu d'avance
la jolie vicomtesse et sa cousine, madame Riva,
qui, vous le savez, ont un talent d'artistes pour la
comédie; j'espère qu'elles voudront bien m'enrô-
ler dans la troupe qu'elles organiseront. D'ici là, je
ferai un voyage en Suisse pour visiter Chamouny
et l'Oberland Bernois, car il faut absolument connaître ces pays-là, toute notre société y va cet été,
et j'aurais l'air fort arriéré si je ne pouvais causer de lacs et de montagnes en connaissance de
cause, aussi sûrement que de l'opéra ou de l'exposition de peinture. Il faut pouvoir dire comme le
pigeon du bon Lafontaine : « Quand j'étais-là, telle
« chose m'advint, » car j'espère bien raconter moi-
même mes périlleux passages, et ne pas avoir le
sort du fils de ce sénateur qui tomba, l'an dernier,

dans une crevasse de glacier où il est resté. La
température de ces profondeurs a le privilége de
conserver les corps beaucoup plus intacts que les
drogues égyptiennes, mais je n'ambitionne nullement de garder l'intégrité de ma mortelle enveloppe par ce moyen extrême.

« Je vous livre, mon cher, ce copieux bavardage,
avec l'espérance que vous y répondrez de suite, ne
fût-ce que pour me moriginer, et que vous me
raconterez vos faits et gestes, si tant est que vous
ne soyez pas tombé en léthargie dans votre champêtre retraite.

« Croyez-moi toujours votre fidèle camarade.

« PAUL DE LUTRY. »

XXXII

GASTON DE MERVINS A PAUL DE LUTRY

« Saint-Pol, 20 juin 1861.

« Mon cher Paul.

« Votre lettre ne m'est parvenue qu'avant-hier,
et me voilà déjà la plume en main pour vous répondre; je ne vous avais point oublié, mais les
premiers jour de mon séjour ici, je me laissai ber-
cer par un doux *far niente*, puis je tombai ensuite

dans les filets tendus par ma tante, et n'eut dès-
lors pas plus de liberté d'action qu'une mouche
surprise dans son vol par une habile araignée.

« Vous savez que je considérais toujours un séjour dans la maison de mon oncle comme le repos
de la marmotte ; je comptais encore cette année
me laisser vivre tout bêtement dans le grand bien-
être dont on est entouré ici, et qui n'est point à
dédaigner quand on sort d'une école et d'une discipline militaires. La conversation jadis n'était pas
difficile à soutenir, et je me mettais peu en dé-
pense d'idées ; mon oncle semblait à peine remarquer que j'étais devenu un homme, il me traitait
toujours en écolier, et me posait invariablement
les mêmes questions auxquelles je faisais des réponses *idem*. Ma dolente et belle tante daignait à
peine prendre garde à moi et ne m'adressait que
quelques rares et froides paroles, de temps à autre ;
personne ne s'inquiétait de l'emploi de mon temps,
je m'en tirais comme je pouvais, je fatiguais les
chevaux de selle par de longues promenades, je
lisais les journaux et les romans qui me tombaient
sous la main, et, certes, il n'en manquait pas chez
ma tante, je faisais un peu de musique, puis le soir,
quand mon oncle voulait faire sa partie de whist,
je venais y prendre place, pour remplir une espèce
de devoir de bon parent. Le sommeil et les cigares
se partageaient le reste de mon temps. Tout cela est

devenu, mon cher, de l'histoire ancienne, car cette
année la scène a totalement changé, et quoique
les personnages soient les mêmes, c'est un fait
avéré que tous les rôles sont renouvelés.

« Mon oncle parle, il est aimable avec tout le
monde et fort affable avec moi; ma tante est une
personne ressuscitée et très-vivante, ce n'est plus
cette ombre des poëmes d'Ossian, enveloppée de
silence et d'ennui, qu'on voyait étendue sur une
chaise longue, dans un salon où le grand jour ne
pénétrait jamais. Maintenant elle va, elle vient, elle
cause, elle sourit, elle lit, elle chante, elle met tout
en train autour d'elle. On dirait qu'une baguette de
fée l'a touchée.

« Vous êtes si railleur, mon cher camarade, que
vous allez tourner mon récit en plaisanterie, je sais
fort bien à quoi je m'expose de votre part, en vous
disant que moi-même je suis tout autre; je ne sais
comment cela s'est fait, mais il est positif que le
sauvage Gaston est devenu sociable, que ma tante
a fait de moi son lecteur, et qu'elle m'occupe de
mille choses auxquelles je n'avais jamais eu l'idée
de m'intéresser. Ma provision de cigares est presque intacte, parce que j'ai trouvé mieux à faire que
de fumer et de lancer d'un air distrait des bouffées
de tabac en l'air. Je vous avouerai que je commence
à goûter avec une sorte de passion la lecture, et
désormais je lui demanderai mes meilleures et mes

plus agréables distractions ; car il est certain que je
ne puis continuer à demeurer indifférent et étranger, comme je l'ai été jusqu'à ce jour, à tant de choses dignes d'attention ; l'oisiveté ne me va plus, la
baguette féerique m'a aussi communiqué une nouvelle dose d'entrain. Pour la première fois, j'ai goûté
à la vie de famille ; je sens que je suis ici chez de
bons parents ; leur affection pour leur neveu semble
s'être éveillée, et la mienne pour eux y répond ;
tout cela est nouveau, extraordinaire et vous semblera merveilleux et impossible ; et cependant jamais changement ne s'est produit avec moins
d'effort, il s'est fait si naturellement qu'on dirait
qu'un souffle, une brise mystérieuse a tout animé
au dehors comme au dedans de nous.

« C'est vous dire, mon cher Paul, que je ne suis
point pressé de quitter ce séjour où je viens de faire
la très-grande découverte : que le bonheur n'a pas
besoin d'être cherché au loin, et qu'il est bien plus
près de nous qu'on ne le pense généralement.

« Je suis fort peiné pour vous de la nouvelle
perte que vous venez de faire, je vous souhaiterais
un séjour comme celui-ci plutôt que la vie de Paris
qui me paraît peu propre à nous satisfaire l'un et
l'autre.

« Je reviendrai encore à vous, mon cher Paul, si
vous m'y encouragez en ne vous montrant pas trop
persiffleur sur mes nouveaux goûts dont j'ai eu la

simplicité, peut-être un peu trop naïve, de vous
entretenir aujourd'hui.

« Votre affectionné camarade et ami,

« GASTON. »

XXXIII

LA VOCATION DE LA JEUNE FILLE

Les dernières lettres de Suzanne avaient causé
une grande joie à ses parents; elles prouvaient que
leur chère enfant était devenue pour la comtesse
l'occasion d'une ère nouvelle, et qu'ainsi le sacrifice qu'ils s'étaient imposé dans l'intérêt de la
jeune Marguerite, avait eu un résultat beaucoup
plus important qu'ils n'avaient pu le prévoir. Les
récits de Suzanne montraient aussi que la situation
qu'elle occupait chez madame d'Orville avait mûri
son jugement, et que ses principes chrétiens lui
avaient fourni, en toutes circonstances, un solide
point d'appui et une sorte d'échelle de proportion
pour apprécier la valeur réelle des choses du
monde.

Quoique douée d'une grande vivacité d'esprit, et
portée à l'enthousiasme, elle n'avait point été cap-
tivée par les brillantes apparences de la vie pari-

sienne, et s'était trouvée à l'abri d'un danger qui fait de nombreuses victimes, et qui, moins signalé qu'il ne devrait l'être, cherche à se cacher dans les plus secrets replis du cœur, pour y jouer le rôle perfide du ver qui attaque la plante prête à fleurir ou qui dévore intérieurement les plus beaux fruits, en leur donnant une trompeuse et mortelle précocité.

Les idées romanesques s'emparent, en effet, plus aisément des jeunes filles douées d'une imagination poétique et de belles facultés. L'activité de leur intelligence, la secrète inquiétude de leur cœur les disposent à accueillir volontiers ce qui peut donner de l'animation et du relief à une existence trop uniforme et trop paisible à leur gré. Celles qui n'ont pas appris dès leur enfance à remplir les devoirs auxquels la vie de famille les appelle pour y chercher leurs plus doux délassements, livrent leurs jeunes cœurs à d'oisives rêveries et s'isolent par égoïsme, se désintéressant ainsi peu à peu des affections qui devaient faire leur bonheur. Si les personnes de leur entourage sont inhabiles à deviner ce qui se passe en elles et à les guider, si par indifférence ceux qui doivent les conseiller ne se mettent point en peine de ce qu'elles pensent ni de ce qu'elles lisent, elles pourront se procurer des romans, que dis-je, plusieurs en trouveront sur la table de leur imprévoyante mère, et par cette porte si largement ouverte, elles entreront sans qu'il y paraisse, dans le monde des aventures et des fictions.

Cette pernicieuse lecture s'associera silencieuse-ment à tous leurs sentiments et en faussera la di-rection. Elles acquerront la connaissance du mal qui règne dans le monde, à un âge où il est salu-taire de l'ignorer, puis elles prendront le goût dangereux de l'extraordinaire ; et enfin, si des li-vres décidément mauvais tombent entre leurs mains, elles pénétreront bien avant dans la misé-rable vie factice des intrigues et des sentiments pervers et passionnés que des écrivains dissolus et spéculateurs s'appliquent à représenter pour ex-citer et satisfaire la sotte et mauvaise curiosité de leurs lecteurs.

Il serait aisé de démontrer jusqu'à l'évidence que la contemplation habituelle du bien et du beau moral est un puissant moyen pour l'inspirer et en répandre l'influence. On sait combien la société des nobles intelligences et des âmes adonnées à de généreux desseins est propre à provoquer de hau-tes vocations et de saines réformes. Les exemples de ce genre de réaction bienfaisante sont de tous les temps, car il y a dans le cœur humain une double capacité : celle du mal et celle du bien. On ne saurait donc veiller de trop près à diminuer les tentations et les excitations pernicieuses, ni mettre assez d'importance, de soin et de vigilance à favoriser l'action des bons principes, le sentiment de l'humaine fraternité, la culture des bonnes et loyales affections, la sollicitude pour les misères de toute sorte. Quand on sera pénétré de ces grandes questions et qu'elles seront prises à cœur, la société changera d'aspect, parce qu'elle aura changé de caractère.

Rien n'est donc aussi nécessaire que de répandre l'amour du vrai et du juste. Que de forces vives se perdent, que de talents deviennent une cause de ruine et d'infortune, que de beaux génies dont la trace lumineuse a disparu dans la sombre nuit d'un scepticisme désolé et qui, après avoir excité la sympathie et l'admiration par de nobles aspirations, se sont éteints dans l'atonie qu'amène l'anéantissement de la vie morale ! Nous les nommons tout bas !

On n'a point assez compris que la fable de Méduse aura toujours son application, et que quiconque *ose* regarder en face le monstre de l'immoralité avec une coupable curiosité, en reçoit une atteinte funeste et souvent irrémédiable.

Une mère judicieuse doit apporter tous ses soins à préparer sa fille pour l'avenir qui doit s'ouvrir devant elle, et ne point l'assujettir à une insignifiante nullité, comme certains systèmes d'éducation voudraient le faire. Il n'y a pas de temps à

perdre pour former le jugement et le cœur de
celles qu'une si grande tâche attend dès leur entrée
dans la vie. Ce besoin d'affection qui se manifeste
de bonne heure chez les jeunes personnes, est une
force de la nature qu'il faut utiliser et à laquelle on
ne saurait trop s'associer, en veillant de près sur
la direction qu'elle doit prendre. Ne lui cachez donc
pas le rôle important qu'elle est appelée à remplir ; mieux elle le comprendra, mieux aussi elle
s'en acquittera. Le foyer domestique est son domaine, elle doit en faire le bonheur ou la consolation selon les circonstances ; en apprenant qu'elle
est nécessaire à tous ceux auxquels elle appartient,
son caractère acquerra de l'énergie et le dévouement se développera en elle. L'idée de chercher au
dehors d'autres intérêts que ceux qu'elle trouve
dans sa famille ne lui viendra pas, et ainsi la vanité, l'égoïsme, les plaisirs factices et coûteux
n'exerceront aucune puissance sur son cœur. Ce
besoin d'avenir et d'espérance qui est si général, et
qui pousse tant d'esprits à de folles entreprises,
ou tout au moins à d'inquiets désirs, ne tourmente
jamais une jeune fille qui a été élevée dans le vrai,
et qui a de bonne heure vécu sous l'influence de
l'Evangile. Son idéal est si beau, si complet, que
rien d'imaginé et de cherché ne peut l'égaler. Ce
n'est pas une chimère difficile ou dangereuse à réaliser : c'est, au contraire, la plus vivante des réalités ;

car, c'est le progrès possible avec l'entrain joyeux
qu'il inspire et qu'il entretient dans une jeune
âme ; c'est l'amour dans son divin principe, sous
toutes les formes qu'il revêt dans le cercle de la
famille ; car, bien comprises et bien senties, ces diverses affections apparaissent comme le rayonne-
ment de l'amour suprême dans notre cœur. Cet
idéal a grandi avec elle, il a toujours été associé à
son existence, il planait déjà sur sa tête enfantine
lorsqu'assise aux pieds de sa mère elle écoutait ses
douces leçons et ses belles histoires « *de petites filles
bien sages;* » il a présidé à ses plans d'avenir et lui
a communiqué, jour après jour, une plénitude de
joie intérieure et d'espérance qui se montre dans
son regard ferme, enjoué, et souvent profond ; elle
est arrivée au plein épanouissement de la jeunesse
sans avoir perdu sa confiante candeur. La connaissance de l'histoire, de ce drame sanglant qui révèle la perversité et la misère humaines, ne l'a
point familiarisé avec le mal, elle a augmenté au
contraire la haine que lui inspire le désordre moral ;
et c'est aussi l'effet que produisent sur son cœur
les iniquités et les souffrances dont ce monde est
journellement le théâtre, ces tristes manifestations
lui démontrent énergiquement la nécessité d'un
renouvellement complet ; elle sent que sa propre
faiblesse fait partie de la misère humaine, et qu'elle
ne peut triompher des tentations de toutes sortes

qui abondent partout, que par le secours incessant
de son Dieu ; elle le lui demande, elle s'y attend, y
puise sans cesse la force et l'émulation ainsi qu'une
joie paisible qui la suit partout.

Cette même jeune fille, si bien préparée pour la
vocation complète de la femme, saura mieux qu'une
autre supporter la privation des liens de la famille,
si les circonstances l'appellent à vivre dans le célibat ; elle utilisera son existence par un autre genre
de sollicitude qui lui ouvrira un cercle plus large
pour l'exercice de la charité.

Que d'héroïsmes divers sont issus de l'isolement
de certaines existences que de dévouements inspirés par un ingénieux et généreux amour, sont ve-
nus combler les vides qu'avait laissé la privation d'affections et de devoirs immédiats. Une épouse, une
mère ne s'appartient pas, elle est enfermée dans un
cadre qui comprime plus ou moins les élans de son
âme compatissante, mais celle qui est indépendante
par sa position isolée, peut répondre aux appels qui
lui sont adressés, ou devenir, par une initiative
qui appartient au génie de la charité, l'auteur et la
propagatrice d'une grande délivrance. Telle fut
miss Nightigale pour l'armée anglaise, pendant la
guerre de Crimée. Aidée d'un certain nombre de
dames dévouées, elle parvint à arrêter les progrès
de la mortalité que les privations et les maladies
avaient rendus si terribles. Son habile et indus-

trieuse bienfaisance sut tout prévoir et réalisa un bien considérable en peu de temps [1].

Si nous savions ou pouvions envisager toutes choses comme les voyant des hauteurs de l'éternité, nous trouverions bien heureuses ces âmes d'élite, qui ont été ici-bas des messagères de la miséricorde céleste pour porter la lumière de la vérité, et les consolations de l'amour de Jésus-Christ à notre pauvre humanité toujours gémissante sous le poids de sa misère. Il y a des infortunes qui sont comme des noviciats pour préparer à comprendre et à consoler les autres affligés.

XXXIV

SUZANNE A MADAME GEORGES FRANTZ

« Saint-Pol, 17 juillet 1861.

« Chère tante Caroline,

« J'éprouve un pressant besoin de venir décharger mon cœur dans le vôtre, en vous faisant part des circonstances difficiles dans lesquelles je me trouve maintenant. Pour vous associer parfaite-

---

(1) Nous connaissons de nombreux et très-remarquables exemples de dévouements donnés par des femmes célibataires, qui ont fondé des œuvres devenues célèbres en divers pays.

ment à ce qui se passe aujourd'hui, il faut que je vous ramène en arrière. Vous avez été par mes lettres, ou plutôt par le volume de mes abondantes communications, tenue constamment au courant de ma vie extérieure et intérieure, mais il est des choses auxquelles je n'avais point attaché d'importance, et que je passais par cela même sous silence.

« Vous savez que, depuis notre arrivée à Saint-Pol, le premier de mai, jusqu'au jour où nos visiteurs de Paris arrivèrent, c'est-à-dire pendant plus d'un mois, nous avons vécu complétement en famille; la promenade, la lecture, les conversations, tout nous rapprochait les uns des autres; il s'ensuivit naturellement que M. Gaston, le neveu du comte, perdit peu à peu son insociabilité, et se prêta au désir de la comtesse de nous faire la lecture à haute voix pendant nos heures de travail à l'aiguille. Cette communauté d'impressions amène sans efforts celle des idées : vous le savez, chère tante, par une douce expérience !

« Mme d'Orville s'était beaucoup reprochée sa profonde indifférence à l'égard de son neveu. Je vous ai déjà raconté que, voulant réparer ses torts envers ce jeune parent, elle s'est appliquée à le tirer de l'insouciance intellectuelle dans laquelle il était. Il lui a fallu beaucoup de patience et d'ingénieuse persévérance pour amener à bien

son projet. Que de fois, au lieu de causer à
nous deux de nos sujets favoris, nous nous sou-
mettions à écouter les insipides récits de M. Gaston, ses réminiscences de bons mots et de calem-
bours, ou la lecture de ses journaux de littérature légère ! J'ai souvent admiré avec quelle
gracieuse adresse la comtesse se servait des idées
émises par son neveu pour l'attirer sur un autre
terrain, — le sortant de son ornière tantôt par un
moyen et tantôt par un autre, mais ne l'y abandonnant jamais.

« Elle est parvenue bien plus vite que je ne l'aurais cru à lui faire accepter, puis apprécier des livres propres à éveiller dans son esprit la réflexion,
l'analyse, et le désir de s'occuper de questions intéressantes, faisant ainsi naître en lui des vues et
des idées nouvelles. Il est arrivé à mettre beaucoup
d'entrain et d'empressement à ces exercices littéraires, mêlant ses propres réflexions aux pensées
des auteurs et fournissant à la comtesse le moyen
de connaître ses idées et de lui communiquer les
siennes.

« Les premiers jours de notre arrivée ici, M. Gaston se montra fort impoli envers moi. Je ne sais
s'il le faisait sciemment, ou si uniquement préoc-
cupé de lui-même, il ne prenait pas garde aux autres personnes, mais il lui arrivait d'entrer et de
sortir, quand j'étais au salon, sans me saluer ; il fre-

donnait ses airs favoris, se regardait dans la glace,
arrangeait ses cheveux, se mettait au piano, en un
mot agissait avec la liberté et le sans-gêne de quelqu'un qui se croit seul.

« Au bout de cette première semaine, ce fut bien
autre chose. Partout où il me rencontrait, soit dans
le château, soit dans les jardins, il me regardait
sans-façon, comme on regarde un objet quelconque, ou comme on examine un portrait; et tandis
que je m'éloignais rapidement de sa présence, je
sentais, sans le voir, que ce regard impertinent
restait attaché sur ma personne aussi longtemps
que j'étais à sa portée. J'ai versé bien des larmes,
chère tante, des larmes de colère, je l'avoue; mais
je ne voulais pas me plaindre à la comtesse de la
grossièreté de son neveu; à la vérité, il ne m'a-
vait pas une seule fois adressé la parole, mais une
plainte de ma part aurait pu entraver les généreux
projets de cette chère dame, et comme je connaissais son but, je ne devais pas y mettre obstacle;
je pris donc le parti de me dérober autant qu'il
me serait possible à l'observation de M. Gaston et
je plaçai ma chaise près de la table à ouvrage, de
manière à rester inaperçue de lui pendant qu'il lisait. Je gardais aussi une telle réserve à son égard,
que, malgré les rapports continuels dans lesquels
nous nous trouvions, il n'avait aucune occasion de
causer directement avec moi. Ce simple moyen

me réussit complétement, et je n'eus dès-lors qu'à
me louer de ses manières respectueuses.

« Le comte ne se retirait plus que rarement le
soir, dans son cabinet de travail ; il se promenait
après le dîner avec son neveu, venait se faire faire
un peu de musique par sa femme et M. Gaston,
puis nous lisait un ouvrage de son choix, ou des
manuscrits contenant le récit des principaux événements auxquels il a été associé comme acteur ou
comme témoin, il y ajoutait de vive voix des déve-
loppements du plus grand intérêt. Nous avons passé
de cette manière des soirées fort intéressantes. Il
m'est arrivé souvent, quand j'étais rentrée dans
ma chambre, d'écrire quelqu'un des faits que le
comte nous avait communiqués, afin d'en garder
le souvenir intact.

« Vous savez par mes récits combien nous avons
été souvent en excursion et en fêtes de voisinage.
Cette vie un peu dissipée nous avait tous fatigués,
et nous éprouvions le besoin de rester entre nous
et de retrouver les douces soirées de notre paisible
mois de mai. Hier, la comtesse nous proposa d'aller
visiter les ruines d'une célèbre abbaye qui, d'après
la sagacité des doctes religieux, occupait le plus
beau point de vue de la contrée. Elle voulait faire
connaître ce charmant endroit à sa cousine. La
journée s'annonçait belle et chaude, le soleil donnait une fête à toute la nature, et répandait la vie

et la gaieté sur les choses les moins idéales : quel poëte!... Nous partîmes tous contents, en train, et à l'unisson de cet harmonieux concert des œuvres de Dieu. Le comte et sa femme, la jeune dame et moi occupions la calèche; M. Gaston et son cousin nous précédaient à cheval.

« De longtemps je ne m'étais sentie si enthousiasmée par le sublime spectacle des beautés de la nature, j'étais calme de cœur et je sentais la présence du Seigneur ; c'était elle qui rendait ces impressions si vives et si heureuses. Vous l'avez sans doute éprouvé aussi, chère tante, il y a des moments de notre existence où toutes nos facultés semblent avoir doublé d'activité ; cet état est, moralement parlant, assez semblable à ce que l'on éprouve lorsque, parvenu au sommet d'une haute montagne, la vue embrasse une vaste étendue, et que les poumons se dilatent dans un air parfaitement pur.

« Il va sans dire que de telles impressions et le bonheur qu'elles donnent, ne persistent pas ; mais elles demeurent au fond du cœur comme un lumineux aperçu.

« La course avait été longue. Arrivés au bas de la colline, nous quittâmes la voiture pour monter à pied au monastère. Après y avoir pris notre collation, nous nous séparâmes, les trois messieurs partirent pour une promenade, les dames s'établi-

rent à dessiner tout en causant, voulant conserver
dans leurs albums le souvenir de ces belles ruines
et celui de cette agréable matinée. Quant à moi,
je profitai de ma liberté pour chercher un coin
solitaire. Traversant la grande cour du monastère
toute jonchée de décombres, j'allai m'asseoir der-
rière le tronçon d'une colonne, et tirant de son
étui mon petit Testament, je me disposai à goûter
le charme si doux de la retraite et du recueillement au milieu du calme enchanteur de la nature.
Le chant joyeux des fauvettes et les incessantes
allées et venues des hirondelles qui ont élu domicile sur les créneaux buissonneux de ces vieilles
tourelles animaient cette solitude.

« Je passai en cet endroit, si romantique, une de
ces heures où l'âme se sent véritablement vivre,
lisant, méditant et priant en silence ; j'allais des
promesses de Dieu à ses commandements, admi-
rant avec émotion cette œuvre étonnante du pardon
gratuit qui fait notre bonheur !

« La contemplation des beautés de la nature ne
saurait nous révéler l'amour que Dieu a pour nous,
car les marques de sa malédiction sont partout,
et il y a de quoi être effrayé par les accidents funestes et les maux de tous genres dont on entend
sans cesse parler.

« Je venais de fermer mon livre et je demeurais
pensive, lorsque je vis paraître tout à coup M. Gas-

ton; je ne m'étais pas aperçue de son approche.
L'expression de son visage me surprit, car elle était
extraordinairement accentuée !

« — Suzanne, me dit-il d'une voix toute vibrante
d'émotion, je ne puis vous taire plus longtemps ce
que je sens; il faut que je vous ouvre mon cœur,
afin que vous puissiez y lire vous-même. Je ne
saurais me pardonner de n'avoir pas discerné ce
que vous êtes dès le premier jour où je vous vis.
Ce que vous valez, je l'ai compris plus que personne, car vous m'avez révélé un monde tout nouveau, et ouvert des horizons jusqu'alors entièrement fermés pour moi. Les douces affections de
famille m'étaient inconnues, personne n'avait cherché à sympathiser intimement avec moi ; orphelin
partout, isolé toujours, je ne connaissais ni le bonheur d'être aimé, ni celui d'aimer moi-même. Je
traînais une existence toute machinale, envisageant
les gens et les choses sous le côté froidement
positif, et n'entrant en rapport qu'avec les vulgaires intérêts et les arides plaisirs du monde.

« Maintenant, je me sens un autre homme, et ce
changement s'est fait dans le plus profond de mon
cœur; une ardente émulation m'anime; le désir de
mériter votre confiance m'inspire une énergie qui
me rendra capable des plus persévérants efforts.
Je frémis à la pensée de tout ce qui me manque
pour être digne de vous ; je vois les lacunes et les

erreurs de l'éducation que j'ai reçue, et l'insouciance, qui a enchaîné fatalement toutes mes facultés, m'apparaît comme un long empoisonnement.
De grâce, Suzanne, achevez l'œuvre que vous avez
commencée, par votre influence et votre exemple;
mes goûts et mes idées se sont transformés; il vous
sera aisé d'imprimer à ma vie entière une noble et
utile direction. Je renonce à la carrière des armes
que j'avais embrassée pour suivre à des traditions
de famille, mais qui ne s'accorde plus avec le désir
que j'éprouve d'acquérir par l'étude un développement intellectuel qui me prépare à exercer une
influence salutaire dans mon pays ; vous serez mon
ange tutélaire et la lumière de ma vie. Vous savez
combien ma tante vous aime, elle vous regarde
comme un membre de sa famille, elle m'appuyera
auprès de vous, j'en suis certain d'avance. Tout ce
que je possède est à vous, rien ne peut mettre
obstacle à mon bonheur si vous ne vous y opposez
pas. »

« Il s'était exprimé avec une telle chaleur d'âme
que je me sentais gagnée par son émotion ; mon
trouble était aussi grand que mon étonnement. Je
ne pouvais douter de la sincérité de ses sentiments,
et je frémissais à la pensée de l'affliger. Après
m'être recueillie un moment en silence, j'essayai
de lui répondre, mais sans lever les yeux, de peur
d'e rencontrer les siens ; je lui dis que j'étais heu-

reuse et reconnaissante d'avoir pu lui être utile ;
que j'avais, en effet, remarqué le changement considérable qui s'était produit en lui depuis quelques
temps, et que je l'avais attribué à l'affection et à
l'influence de sa tante; qu'il avait en la comtesse
une mère et une sœur tout ensemble, qui, mieux
que moi, serait un conseil et un appui pour lui ;
que, puisque le grand côté de l'existence s'était
révélé à lui, il se trouvait dans la voie de tous les
progrès et de tous les bonheurs véritables, mais
que je ne pouvais point accepter l'honneur qu'il
voulait me faire, parce que plus d'une barrière
s'élevait entre nous. Ce que je lui promettais du
fond du cœur, c'était de lui garder toujours un
souvenir reconnaissant pour la confiance qu'il
venait de me montrer. En disant ces derniers mots,
je me levai et m'éloignai si rapidement, que j'étais
déjà auprès de la comtesse avant qu'il eût eu le
temps de recouvrer sa tranquillité d'esprit.

« Peu après, nous montâmes en voiture; le soir,
M. Gaston sortit à cheval et je ne le revis pas. Je
n'ai pu trouver un moment pour être en tête-à-tête
avec la comtesse hier ; mais ce matin, à l'heure où
nous allons faire notre lecture dans le kiosque du
parc, je lui raconterai tout, et je lui dirai aussi que
je vous ai écrit pour vous prévenir de ma prochaine
arrivée. J'ai trop bien compris que les sentiments
de M. Gaston sont, non-seulement sincères, mais

profonds, pour ne pas les ménager, et quoique je sois fort touchée de les avoir inspirés, et qu'ils aient pu concourir à avancer l'œuvre entreprise par la comtesse à son égard, je crois que je ne dois pas les encourager. Il a besoin plus que jamais des conseils et de l'affection de sa tante ; ce n'est donc pas à lui de la quitter, c'est moi qui dois partir, et la comtesse m'approuvera, j'en suis certaine. Mon départ aura lieu demain ou après-demain au plus tard. Je demanderai d'être accompagnée par une des femmes de Madame d'Orville jusqu'à Paris ; là, je prendrai le wagon des dames et m'arrêterai à la station d'embranchement, où mon cher oncle aura la bonté de venir me chercher avec la voiture de la Prairie. Vous recevrez de moi une lettre qui vous fixera à ce sujet.

« Je sais d'avance combien vous sympathiserez, ma bonne tante, à tout ce que j'éprouve à la pensée de ce brusque départ. Soyez mon interprète auprès de tous mes chers grands parents.

« Votre SUZANNE. »

XXXV

MADAME LA COMTESSE D'ORVILLE A SA COUSINE

« Saint-Pol, 18 juillet 1862.

« La décision que vous me communiquez, ma chère cousine, me pénètre de joie et de gratitude. J'aurai donc le bonheur de vous avoir près de moi pendant les mois d'automne, la chambre qui a conservé votre nom sera de nouveau occupée par vous, et vous apporterez à la fille de votre ancienne amie ce cœur chaleureux, cet esprit toujours jeune et plein de saillies qui relève les plus abattus. Combien je me réjouis de ce séjour et quel espoir je fonde sur vous, pour charmer aussi mon cher mari ! J'ai maintenant avec lui de nombreux sujets de sympathie, vous en ferez naître de nouveaux par votre présence.

« Les convictions qui ont pris possession de mon âme vont aussi donner à mes rapports intimes avec vous, chère cousine, une portée et une vie spirituelles qui nous étaient totalement inconnues jadis ; nous explorerons ensemble ces régions de la foi et de l'espérance d'où l'on domine toutes les fragilités et les souffrances de cette vie, ainsi que les difficultés sans cesse renaissantes, qui

se placent comme des buissons d'épines entre les
élans de notre bonne volonté et la réalisation de
ces aspirations. Ces dernières lignes vous font
pressentir que je suis dans une situation difficile
et que j'ai besoin d'être soutenue et encouragée
par votre affection. Quand vous saurez ce dont il
s'agit, vous commencerez, sans doute, par me cen-
surer, je l'ai prévu et je m'y résigne humblement ;
j'ai été, en effet, d'une impardonnable imprévoyance, en plaçant notre neveu Gaston dans la
société journalière de Suzanne, je n'avais pas
soupçonné la possibilité qu'il sut discerner un mérite caché sous tant de modestie et de simplicité.
Il semblait, à les voir, qu'aucun rapport ne pourrait s'établir entre deux personnalités si dissem-
blables. L'esprit cultivé, le tact exquis, et les sentiments sérieux de ma jeune amie formaient un si
parfait contraste avec le genre et les habitudes de
Gaston, que je ne voyais pas le moindre danger à
les laisser vivre dans le même salon, près de moi.
L'expérience m'a condamnée, et je dois reconnaître que je suis la première cause d'un profond
chagrin de cœur pour ce pauvre jeune homme.

« Je vous présente cette histoire par son plus
mauvais bout, et de manière à ce que vous n'y
pouvez rien comprendre, il faut donc m'expliquer
clairement.

« Vous savez déjà que notre neveu est venu ici

en même temps que nous, pour y faire un assez
long séjour avant d'entrer dans le service militaire.
Je crois vous avoir fait part de mes remords au
sujet de l'ennui qu'il m'inspirait. Il n'avait que notre maison pour ses sorties et pour ses congés que
nous cherchions, chaque année, à abréger le plus
possible. J'aimerais pouvoir m'excuser, en disant
que rien n'est si peu sociable que ces jeunes in-
ternes des lycées qui vivent toute l'année loin de
leur famille. Avec le temps Gaston, devint plus
tranchant sans être plus aimable, et sa brusquerie
m'avait fort indisposée contre lui. Mais une fois ma
conscience réveillée, je fus confuse d'avoir manqué
constamment à mes devoirs envers cet orphelin, et
je pris la ferme résolution d'être bonne pour lui
autant qu'il me serait possible. Après bien des essais et des efforts qui semblèrent d'abord inutiles,
je vis se produire chez Gaston un très-heureux
changement, et assez sensible pour être remarqué
par mon mari, il m'en témoigna son étonnement,
et quand il sut la peine que j'avais prise pour en
arriver là, il en fut touché aux larmes. Mais je
n'aurais pas dû considérer cet étonnant résultat
comme mon ouvrage, car la vive inclination que
Gaston avait conçue pour Suzanne s'était faite
mon auxiliaire et me secondait merveilleusement
en secret. L'action puissante de cette admiration
amenait insensiblement dans ses idées et dans son

cœur une lumière et une sensibilité qu'il n'avait
jamais eues.

« Il y a trois jours que, entraîné par l'ardeur de
ses sentiments, il a laissé échapper son secret, et
cette révélation faite à celle qu'il aime a subitement
changé la position de Suzanne chez nous. Elle a
modestement dit à Gaston qu'il ne devait point
penser à elle, et comprenant l'impossibilité de
prolonger une telle situation, cette chère amie m'a
demandé de hâter son départ qui ne devait avoir
lieu que dans deux ou trois semaines. Demain
donc, elle partira accompagnée de la femme du
garde, demain me quittera cette jeune fille qui
a été pour moi comme un messager de Dieu
pour transformer ma vie. Son absence me laissera
un vide inexprimable, car j'étais toujours sûre de
rencontrer auprès d'elle une intelligente et affectueuse sympathie, prête à s'associer à tout ce que
j'éprouvais. Une mère ne saurait être plus liée avec
sa fille, ni une sœur aînée avec sa jeune sœur, que
nous ne l'avons été ensemble pendant ces derniers
mois. Maintenant je n'aurai personne près de moi
qui puisse prendre part aux expériences spirituelles
que je fais chaque jour; mais ce genre d'isolement
me portera plus haut et attirera l'expansion filiale
de mon âme à celui qui ne nous quitte jamais.

« Si je considère l'intérêt de Gaston, je n'hésite
pas à penser que Suzanne est certainement la per-

sonne qui pourrait lui donner le plus de vrai bonheur ; mais si c'est à elle que je regarde, je comprends qu'elle ne peut former une union assortie
qu'en épousant un homme chrétien comme elle ;
aussi n'ai-je pas osé combattre le refus qu'elle a
opposé à ses vœux. Son départ me laisse une grande
et difficile tâche à remplir : celle de soutenir Gaston
et de mettre à profit la révolution qui s'est opérée
en lui, pour le porter à persévérer dans la nouvelle voie, où il est entré. Il faut le préserver d'un
découragement qui l'exposerait à retomber dans la
nonchalante indifférence qui avait paralysé ses facultés intellectuelles en comprimant la vie de son
cœur, et dont une noble et pure passion est venu
le délivrer.

« Vous comprenez, ma bonne cousine, à quel
point Gaston m'occupe et m'intéresse, son chagrin
me touche, je le comprends, je voudrais l'aider à
le supporter, et surtout le lui rendre bienfaisant.

« Je vous écrirai prochainement la suite de ce
touchant épisode, je n'ai que quelques heures à
passer avec Suzanne avant son départ, et j'ai profité pour vous écrire du moment destiné à faire
ses préparatifs de départ.

« Toute à vous, ma chère cousine,

« Votre PULCHÉRIE. »

XXXVI

La nouvelle du subit retour de Suzanne avait mis en émoi les deux familles. Maurice semblait plus attendri par cette douce et prochaine perspective qu'il ne l'avait été à l'heure où il se séparait de sa chère petite fille. Il n'est pas rare que les âmes accoutumées à se rendre aux appels du devoir et de la charité, se montrent plus calmes dans le sacrifice que dans le bonheur, car une grande et intime joie fait vibrer toutes les cordes sensibles du cœur, et tranche avec l'incomplet habituel de la vie terrestre.

L'active Caroline mit aussitôt tous ses soins à disposer la chambre de sa nièce ; il lui semblait que Suzanne devait avoir pris des goûts et des habitudes plus raffinés depuis son séjour dans la capitale ; aussi chercha-t-elle à élever le rustique bien-être de la Prairie à la hauteur du comfort de la ville, bien que, pour son propre compte, elle n'en eût aucune envie.

On était arrivé au 20 juillet, la journée avait été belle et chaude. Pierre ratissait les allées, Marthe allait et venait, le visage épanoui et le regard joyeux ; les enfants, ravis de l'événement qui se

préparait, animaient tout de leur présence, de leurs
chansonnettes et de leur folâtre gaieté. Les vieux
parents réunis sous les grands arbres de la pelouse,
causaient ensemble, et Caroline donnait son dernier coup d'œil de maîtresse de maison avec plus
d'activité et d'entrain que jamais. La lune dans
son plein mêlait sa pâle clarté aux dernières lueurs
du crépuscule; le vieux manoir et le sombre feuil-
lage des arbres contrastaient par leur aspect austère
avec l'animation de la cour qu'éclairait le feu de la
grande cuisine. Les fenêtres toutes ouvertes laissaient voir la flamme qui brillait au foyer, et les
apprêts du souper qui ressemblaient, ce soir-là, à
ceux d'une fête.

Georges était parti dans l'après-midi, il avait
trouvé Suzanne au rendez-vous donné, et la
femme qui l'avait amenée ayant repris directement
le train de Paris, rien n'avait gêné le tête-à-tête de
l'oncle et de la nièce. La joie et l'émotion de la
jeune fille allaient croissant, à mesure qu'elle approchait de la maison paternelle. Retrouver au
complet tous ceux qu'elle avait quittés, se savoir
attendue avec la même tendresse qui remplissait
son cœur, lui causait un bonheur inexprimable.

Cependant, il lui arriva bientôt de sentir qu'aucun contentement ne peut être parfait dans un
monde où tout passe et s'altère. Après avoir
reçu le plus doux, le plus parfait accueil de tous

les siens et repris possession de chacun d'eux, elle
ne put échapper à la conviction que, pendant ces
huit mois d'absence, son bien-aimé grand-père
avait considérablement vieilli; ses cheveux, qui
n'étaient que grisonnants lors de son départ,
avaient pris une éclatante blancheur, et des rides
s'accentuaient fortement sur ce visage si bien conservé jusqu'alors. Emue par ces observations,
Suzanne se leva et vint silencieusement embrasser
le vieillard avec la plus tendre effusion, elle s'éton-
nait en secret d'avoir eu le courage de s'en séparer; cependant cette douloureuse impression ne
persista pas, le regard vif, l'enjouement et l'air vigoureux de Maurice la rassurèrent si entièrement
qu'elle ne sentit plus que le bonheur de se consacrer de nouveau à lui. Puis, par un brusque revi-
rement de sa pensée, elle se trouva de nouveau à
Saint-Pol, y vit là comtesse, Gaston, toute cette
existence qui était la sienne deux jours auparavant
et qui avait pris fin pour toujours. Elle ne pouvait
se dissimuler qu'elle n'était plus telle qu'avant son
voyage à Paris. Un monde différent, des idées et
des sentiments autres que ceux qui lui suffisaient
jadis s'étaient imposés à elle. Déjà il lui tardait
d'écrire à madame d'Orville et d'en recevoir des
nouvelles, sa société lui manquait au milieu même
de ce grand bonheur du revoir.

Après une nuit de repos, Suzanne éprouva une

20

douce joie de se réveiller dans sa jolie chambre toute remplie de précieux souvenirs. Le son rustique des clochettes l'attira à la croisée : c'étaient les vaches qui passaient pour aller s'abreuver à la fontaine, puis vinrent les moutons partant avec le berger pour de lointains pâturages sur les collines. Ce mouvement matinal et ce train de campagne, la vue agreste de ces hauts-monts, l'air piquant du matin, la gaieté que répandaient sur la vallée les premiers rayons du soleil bien tardifs pour elle, tous ces détails champêtres ramenaient dans son cœur une foule de sensations délicieuses, qui s'étaient momentanément éloignées de ses souvenirs, et qui, en cet instant, reprirent tous leurs droits sur elle.

A peine avait-elle achevé de s'habiller que les voix et les pas précipités des enfants se firent entendre dans l'escalier. Levés de très-bonne heure, ils attendaient avec impatience le moment d'entrer chez leur cousine dont on leur avait défendu de troubler le sommeil. Ils venaient tous ensemble la chercher et se disputaient le bonheur de la conduire à la salle à manger. Qu'il fut charmant ce premier déjeûner en famille, ils en jouirent d'autant plus que c'était la reprise de leurs habitudes d'affection, et que rien ne semblait devoir les troubler de longtemps. La cloche appela ensuite tous les serviteurs et les journaliers pour le culte domestique, et Suzanne, assise à côté du fauteuil de son grand-

père, eut le bonheur de l'entendre lire et para-
phraser la Sainte Écriture. Il y avait bien longtemps
qu'elle était privée de cette instruction paternelle
et de la bienfaisante onction de la prière de ce vénérable serviteur de Dieu. Il était temps pour notre
jeune amie de se retrouver dans cette paisible demeure, de pouvoir se remettre à ses occupations
d'autrefois, de recueillir ses idées, de classer ses
souvenirs, et enfin d'éclairer son jugement sur les
derniers événements qui venaient de se passer à
Saint-Pol. Elle portait le poids des regrets qu'elle
avait laissés. La comtesse lui paraissait bien isolée,
religieusement parlant. Quant à Gaston, il n'avait
pu se résoudre à la voir s'éloigner sans donner encore une fois essor à ses sentiments. Il était arrivé
à ce jeune homme ce qui se produit chez toute personne qui n'a pas encore vécu par le cœur, et pour
qui, par conséquent, les affections profondes sont
toutes nouvelles. Il recevait de la vie intérieure
qui venait d'éclore en lui des idées pleines de
candeur et d'originalité, ainsi que de lumineux
aperçus sur les gens et sur les choses. Une sensibilité touchante par sa simplicité produisait sur son
esprit l'effet du soleil levant qui vient réveiller la
nature endormie, et ramener avec la lumière la
couleur et la vie sur tous les objets que les ombres
de la nuit avaient confondus dans une triste uniformité. Il avait montré à quel point il discernait

ce qui lui manquait, et ce cœur, resté en friche comme une terre abandonnée, manifestait soudainement une capacité qu'on ne lui aurait pas supposée.

Suzanne n'avait pu rester insensible à un état d'âme si intéressant, et quoiqu'elle eût conservé jusqu'à ce moment toute sa liberté de cœur et d'esprit, elle ne pouvait cependant penser sans tristesse au refus formel qu'elle avait opposé aux vœux de M. de Mervins, car elle n'était plus certaine d'avoir eu raison de repousser un cœur qui se donnait à elle et au bien d'un même élan. Sa jeune imagination était troublée par ces divers sentiments, et se trouvait ainsi jetée dans de pénibles alternatives. Elle s'arrêta sur cette pente en demandant à Dieu de la délivrer de toute vaine préoccupation, de soutenir M. de Mervins dans la salutaire émulation qui l'animait, et de lui rendre à elle-même sa sérénité habituelle.

Ces diverses impressions s'étaient succédées dans le fond de son cœur; or, ce ne fut que lorsque l'équilibre s'y fut rétabli qu'elle fit part à sa tante Caroline de ce qu'elle avait éprouvé; elle rencontra auprès de cette tendre amie une douce sympathie et en reçut le plus pressant encouragement à ne rien regretter, puisqu'elle avait agi dans cette circonstance sous l'impulsion des meilleurs sentiments.

Bientôt, en effet, Suzanne put rentrer dans le courant de sa vie active et paisible, avec le contentement d'esprit et la foi confiante qui constituaient son bonheur spirituel; mais elle n'osa cependant pas rappeler à sa chère madame d'Orville la promesse de venir la voir à la Prairie. L'obstacle était sous entendu, et l'on n'en parlait ni d'une part ni de l'autre.

XXXVII

LA COMTESSE D'ORVILLE A MADEMOISELLE DE BURRY.

Saint-Pol, 22 juillet 1861.

« Suzanne est partie, chère cousine, et son départ n'a laissé personne ici indifférent. Le charme de cette angélique jeune fille se faisait sentir à ceux même qui étaient le moins capables d'apprécier les qualités remarquables qui la caractérisent. Ma femme de charge avait conçu contre elle une secrète jalousie qui l'incita plus d'une fois à vouloir m'indisposer à son égard, elle se plaignait de sa fierté, car elle interprétait ainsi son noble et modeste maintien et son éloignement pour toute espèce de verbiage. Mais cette femme qui a été dangereusement malade cet hiver a eu l'occasion de connaître le cœur de Suzanne, qui voulut passer la nuit auprès d'elle, dans le moment où le danger était imminent. Elle l'a souvent visitée pendant sa convalescence qui fut longue, et lui prodigua les plus aimables attentions ; aussi, quoiqu'il n'ait jamais été question entre Suzanne et moi des soins qu'elle a donnés à madame Joseph, il m'est aisé de comprendre pourquoi cette femme est venue lui faire des adieux très-émus et lui demander la permission de l'embrasser, en glissant dans son sac de voyage quelques friandises. Cette espèce de réparation tacite m'a fait plaisir pour la coupable.

« Mon cher mari lui a exprimé son regret de la voir partir et l'amitié qu'il lui porte en termes si paternels, qu'il m'est évident qu'il envisageait Suzanne comme faisant partie de notre famille ; du reste, il a exprimé cette pensée en me disant peu après :

« Quel vide laisse dans une maison l'absence « d'enfants ; nous sommes bien privés à cet égard. « Je ne l'ai jamais autant senti que depuis le « départ de votre jeune amie, sa présence ici « était un vrai bienfait pour notre intérieur, nous « la regretterons longtemps ! »

« Quant à Gaston, il prétexta un grand mal de tête et le besoin d'exercice, il partit à cheval pour la journée entière. Je me doute qu'il s'est arrangé de manière à la revoir encore dans une station de

chemin de fer, à quelques heures d'ici, car il a pris
la route qui y conduit, en s'éloignant au galop. Le
lendemain il était de retour, pâle, silencieux à faire
pitié. On dirait un autre homme. Evidemment
Suzanne est un ange de lumière pour lui, et quoiqu'il souffre cruellement, il est, à mon avis, moins
à plaindre depuis qu'il est animé de sentiments
élevés que lorsqu'il végétait dans l'indifférence et
dans l'esclavage des vulgaires ressources auxquelles les gens dépourvus de vie intérieure et sans
individualité, ont recours pour se distraire du vide
affreux qui se creuse de plus en plus dans leur
pauvre cœur. Ils s'efforcent ainsi d'apaiser le trouble que l'incrédulité ou l'insensibilité jette dans
leur conscience, conscience qui, à vrai dire, n'est
qu'un lumignon fumant, car je reconnais maintenant que lorsqu'on est dominé par l'égoïsme ou
quelque autre passion qui maîtrise et abuse le
cœur, la lumière naturelle est bien obscurcie et
bien vacillante.

« J'ai engagé hier Gaston à m'accompagner dans
les visites matinales que je fais au village ou dans
les environs, il savait que Suzanne avait l'habitude
de faire ces courses avec moi, aussi se montra-t-il
empressé d'accepter ma proposition. Ce fut pour
lui une occasion toute naturelle d'entendre parler
de celle qu'il aime ; car partout elle avait laissé de
bienfaisantes traces de son passage. Elle abonde en

ingénieuses idées pour soulager la classe pauvre,
pour éveiller l'intérêt et forcer l'attention des ignorants, pour consoler et adoucir la triste vie des
malades. Je l'ai vue faire promptement le lit d'une
vieille infirme, rétablir l'ordre et l'arrangement
dans sa sombre cabane, la peigner et la coiffer
elle-même, sans montrer le moindre ennui pour
les soins les plus repoussants, puis terminer son
active besogne en allant cueillir dans le petit
jardin de la malade un bouquet qu'elle plaçait
près de son lit. Le bouillon que nous avions apporté
se chauffait pendant ce temps et tout s'organisait
si vite et si bien qu'elle semblait avoir fait ces choses par plaisir plutôt que par charité.

« Gaston voulant témoigner de l'intérêt pour mes
protégés, m'offrit sa bourse, je l'acceptai, et l'idée
me vint alors de le mettre lui-même à contribution
en lui proposant de continuer une œuvre de compassion que Suzanne avait commencée quinze jours
avant de partir, en faveur d'un malheureux aveugle. Cet homme, atteint subitement d'une amorose,
se trouve, depuis quelques mois, plongé dans une
totale obscurité. Il est veuf et sans enfants, son isolement est complet, son unique distraction était le
travail. Vous le savez, pour beaucoup de gens
illettrés, une occupation régulière, obligatoire et
machinale remplit l'existence et finit par suffire à
un cœur qui n'a pas de portée spirituelle. Son oisi-

veté actuelle est un fardeau insupportable, les jours
et les nuits se succèdent pour lui dans la plus déso-
lante uniformité ! Suzanne, qui a toujours l'oreille
ouverte pour écouter ce qui se dit en sa présence
au sujet des affligés, prit pitié de cette situation, et
me pria de visiter avec elle le malheureux contre-
maître. Quand elle l'eut écouté longtemps sans
interrompre ses plaintes, elle lui offrit de venir lui
faire la lecture. Il accepta, et dès lors elle se rendit
tous les jours chez lui.

« Gaston ne voulut point d'abord accéder à mon
désir ; il m'assurait que, n'étant jamais entré en
rapport avec des affligés ou des malades pour les
consoler, il ne saurait absolument comment les
aborder, je n'acceptai pas cette excuse, lui présentant ma propre expérience, et l'assurant que les
idées et la manière de dire et de faire lui arrive-
raient tout naturellement. Nous nous rendîmes
donc ensemble chez ce M. Collin, à l'heure où
Suzanne avait coutume d'y aller. Il attendait sa
visite et parut heureux à notre approche, mais
lorsqu'il apprit de moi qu'elle était partie et ne
reviendrait plus, il témoigna une vive peine de
cette nouvelle, et déplora la chose comme un nouveau malheur personnel. Cependant, il accepta
volontiers l'offre d'un autre lecteur. La Bible était
ouverte sur sa table, à côté de lui ; un signet mar-
quait l'endroit où Suzanne avait lu pour la dernière

fois. Aussitôt que je vis Gaston installé dans son emploi, je repris la route du château, avec l'espérance que notre jeune homme, se trouvant en tête-à-tête avec l'aveugle, se mettrait à l'aise et trouverait moins de difficultés à remplir son mandat.

« Chemin faisant, mon cœur battait fort et vite, une secrète et profonde joie précipitait mes pas ; j'admirais les divers incidents qui venaient de se produire dans cette matinée dont le commencement m'avait paru si difficile. En effet, sans efforts, sans que j'en eusse formé le projet, voilà Gaston devenu lecteur de la Bible auprès d'un affligé. Le voilà mis en demeure de s'instruire lui-même chaque jour de cette sublime doctrine de la grâce de Dieu, et de s'oublier pendant quelques moments pour soulager la peine d'un autre cœur ; d'apprendre enfin, pour la première fois de sa vie, le dévouement ! Un si grand résultat est l'œuvre toute simple de la charité se présentant sous le charmant intermédiaire de Suzanne, s'inspirant du chagrin de ce pauvre aveugle et s'emparant par cette sainte ruse de Gaston, pour lui faire un bien moral qui peut avoir les plus heureux effets sur lui.

« Oui, chère cousine, de quel côté que je porte mes regards maintenant, je vois que Jésus-Christ est la vie du monde, que le connaître est la souveraine délivrance, la parfaite consolation, et qu'avec lui il ne saurait y avoir de position vraiment désespérée. Notre médecin, en tâtant ma tête, lorsque j'étais enfant, prétendit que j'avais la bosse de la philosophie et celle de la curiosité très-proéminentes; mon père plaisanta sur cette soi-disant découverte qu'il attribuait aux préoccupations phrénologiques du bon docteur. On fut-d'accord cependant que mon caractère correspondait assez à une des indications; ma mère cita maints faits à l'appui, disant que ce n'était point la curiosité ordinaire aux enfants, mais celle qui cherche à connaître ce que personne ne sait, celle qui fait des questions sur les plus grands mystères du monde. Il me resta de cet entretien le sobriquet de petit philosophe, et je crois que je le mériterais encore, car je suis, comme dans mon enfance, toujours aux prises avec les grands pourquoi de la vie humaine. Je me souviens que, fatiguée de mes vains efforts pour pénétrer dans l'inconnu, il m'est bien souvent arrivé de porter envie aux esprits positifs qui paraissent parfaitement satisfaits; mais à présent, je suis bien éloignée de former un tel jugement et de trouver heureux ceux que l'insouciance et la légèreté maintiennent dans cette quiétude inintelligente, car le trouble secret d'un cœur qui pressent et qui cherche sa destinée supérieure est un trouble légitime, c'est un aiguillon pour aller en avant à la recherche de la vérité, c'est le

Heim weh d'une âme qui soupire après la patrie céleste.

« Mais, me voilà bien loin de mon sujet, il me semble, en vous écrivant, que je puis aller à mon gré en avant ou en arrière, sans aucune contrainte.

« Les sentiments de Gaston me causent beaucoup d'inquiétude ; d'une part, je n'ose nourrir en lui l'espoir de gagner le cœur de Suzanne, et, de l'autre, je redouterais beàucoup de le lui ôter, car aussi longtemps que le progrès moral ne peut être attribué qu'à une admiration et à une affection toute humaine, il n'offre aucune garantie de durée. Si la lumière se faisait réellement en lui, il comprendrait mieux que tout autre jeune homme que cette transformation dans ses idées et ses sentiments en une œuvre divine, parce qu'il n'a pas d'amour-propre. On s'étonnerait et on blâmerait sans doute qu'il s'alliât à une famille aussi essentiellement simple de goût, de manières et de genres de vie, qui a toujours gardé une place si modeste dans la société, mais, en réalité, les Frantz ont plus de quartiers de noblesse, si l'on compte leurs pieux ancêtres, qu'un bon nombre de gens titrés n'en peuvent inscrire sur leurs fastueuses généalogies.

« J'attends avec impatience une lettre de Suzanne ; elle m'a promis de me faire part de toutes ses impressions. Je ne puis dire que son absence m'ait causé autant de vide et de tristesse que je m'y étais attendue, ce qui me fait comprendre que les liens intimes dont Dieu a formé le nœud ont une sorte de *toute-présence* que l'éloignement ne détruit pas : la communion des idées et des sentiments se continue à distance ; ceci n'est point une belle phrase, ni une pensée romanesque, ma chère cousine, l'imagination n'y a aucune part : c'est l'effet de la nature spirituelle et éternelle des espérances que j'ai en commun avec Suzanne. Jugez quel contraste ce genre d'amitié offre avec les relations les plus intimes des matérialistes ou positivistes; ils n'ont aucune espérance au delà de la tombe, leurs facultés aimantes sont à courtes échéances, leur avenir est fermé, et force leur est de dire un éternel adieu à leurs proches et à leurs amis au bord de la fosse où l'on a descendu la dépouille mortelle de ceux qu'ils pleurent. Il faut que la capacité de l'oubli soit bien puissante pour que de tels esprits ne soient pas la proie du désespoir s'ils ont de la sensibilité, ou de l'abrutissement s'ils n'en ont pas. Avons-nous assez de compassion pour un tel état? Ce qu'il reste encore de légèreté et d'égoïsme dans mon cœur se révèle à moi par le peu de soucis que je me fais de tant de malheurs et de pauvreté de cœur.

« En voilà bien long, chère cousine, excusez le

petit philosophe, et soyez toujours indulgente pour
votre bien affectionnée,

« PULCHÉRIE. »

XXXVIII

LA COMTESSE D'ORVILLE A GEORGES FRANTZ

Saint-Pol, 24 juillet 1861.

« Mon cher monsieur,

« Je sais que Suzanne a en vous une filiale confiance, et que rien de ce qui se passe dans cette
âme candide ne vous est caché; c'est pourquoi
j'entre en matière sans préambule, persuadée de
trouver en vous l'intelligence de la situation et la
sympathie qu'elle réclame.

« Mon neveu me préoccupe tout particulièrement; l'impression que votre nièce a produit sur
lui ne ressemble point à un amour romanesque
ou à une passion capricieuse; c'est un sentiment
d'une autre nature et qui pourrait se confondre
avec tout ce qu'il y a de vrai, de noble et de profond dans une âme qui reprend possession d'elle-
même. Suzanne, par sa transparente candeur, l'élévation et le sérieux de son âme, la grâce et l'agrément de son esprit, lui a révélé un ordre d'idées et

de sentiments auquel il était demeuré jusqu'alors entièrement étranger ; le charme de la jeune fille chrétienne, type à part dans notre civilisation tronquée, a transporté Gaston dans un tout autre milieu que celui où il a vécu, et je m'explique, en y réfléchissant, comment a pu se produire en lui ce prodigieux changement intérieur.

« Notre neveu était un enfant heureusement né, il s'est fait aimer de tous ceux qui se sont occupés de lui, mais placé trop tôt au lycée comme pensionnaire, le développement de ses facultés aimantes se trouva arrêté comme le serait la croissance d'une faible plante arrachée d'une bonne terre et transportée dans un sol pierreux. Les influences les plus contraires à l'épanouissement d'un cœur d'enfant, l'absence de toute culture directe et intime, la routine d'études dont personne ne lui enseignait à recueillir un profit moral, enfin la réaction qui s'exerce sur un être isolé par un grand rassemblement d'écoliers, tout cela avait imprimé à l'esprit de Gaston une empreinte d'indifférence et d'insensibilité.

« Il eut cependant le bonheur de rencontrer un ami et un protecteur dans l'aumônier du Lycée ; c'était un homme droit et généreux qui aimait la jeunesse et s'en faisait aimer. Il déposa de bons principes et de saines aspirations dans le cœur du pauvre orphelin. Gaston me le disait encore ce

matin, en repassant sa vie de collége, il lui doit
beaucoup ; car, quoique sa bonne influence ait été
combattue par toutes les causes de distractions et
d'endurcissement qu'il rencontra plus tard, elle était
cependant demeurée à l'état de germe latent au
fond de son cœur, et l'a préparé à reconnaître et à
saisir la vérité lorsqu'il l'a rencontrée. Les pâles
reflets de la beauté divine qui se montraient dans
la jeune chrétienne ont suffi pour le détacher du
faux. Si le rayon de lumière qui se brise en traversant le faible cœur humain peut produire un tel
effet, que sera-ce lorsque la personne vivante de
Jésus-Christ apparaîtra et mettra en évidence la
sainteté absolue et la charité parfaite, ainsi que le
dit l'apôtre :

« Quand il paraîtra, nous lui serons faits sembla-
« bles, parce que nous le verrons tel qu'il est. »

« Je comprends que sa présence devra chasser
jusqu'à la pensée du mal dans notre cœur ravi et
souverainement consolé.

« J'ai cru devoir entrer dans les détails que je
viens de donner ici, pour vous inspirer de l'intérêt
et de la confiance à l'égard de notre neveu. Il n'a
plus qu'une préoccupation et qu'un désir : c'est
de se rendre digne de l'estime et de l'affection de
Suzanne. Il est libre de disposer de son sort, nous
n'avons aucun motif pour nous opposer à la réalisation des vœux si honorables et si conformes à

ses nouvelles vues. Il y aurait peut-être un sérieux danger à l'en détourner ; sa véritable individualité commence à se dégager des obstacles qui la comprimaient ; je vois se manifester en lui une certaine gravité qui paraît surgir du fond même de son cœur, et je le crois capable de marcher avec décision dans le chemin qui s'est ouvert devant lui. Je ne puis vous exprimer, monsieur, combien cette transformation me touche, et quelle sollicitude elle m'inspire. Je l'observe de près et je suis convaincue qu'il est dans le caractère primitif de Gaston d'aimer le côté sérieux de la vie ; et qu'il était comme hors de son élément aussi longtemps que l'esprit et les coutumes du monde le maîtrisaient. Il me montre une confiance entière, me fait part de ses désirs et de ses craintes, et j'apprends ainsi à voir jusqu'au fond de son cœur l'œuvre intéressante qui s'y opère progressivement.

« Je vous livre, monsieur, ce récit et ces observations intimes, et j'attends de votre expérience des directions, des conseils, et aussi je dois le dire, un intérêt chaleureux pour notre cher neveu.

« Recevez, je vous prie, monsieur, l'expression de toute ma considération,

« PULCHÉRIE D'ORVILLE. »

———

XXXIX

SUZANNE A MADAME LA COMTESSE D'ORVILLE

La Prairie, 27 juillet 1861.

« Chère madame,

« Depuis le jour où je vous écrivis à la hâte la nouvelle de mon arrivée, j'ai voulu bien souvent vous adresser la longue lettre détaillée que je vous avais promise en recevant vos tendres adieux; mais je suis sous le poids d'un grand accablement, je ne vois pas bien clair dans mon propre cœur, et après avoir contracté la douce et chère habitude de vous parler ouvertement de ce que je pense et de ce que je sens, j'éprouve une sorte de malaise à vous faire part d'impressions confuses que vous aurez autant de difficultés à démêler que j'en ai moi-même.

Jamais, jusqu'à ces derniers temps, je n'avais eu de peine à me rendre compte de mes sentiments, l'état où je suis actuellement m'est donc aussi nouveau que pénible. Je m'en veux de n'être plus sereine et gaie, et ne m'explique pas le vide que j'éprouve au sein d'une famille qui m'est si chère! Peut-être que la privation de votre bienveillante et aimable société, celle de n'être plus à même de vous entourer de mon affection et de mes soins, me causent un secret ennui ; peut-être que les sentiments que m'a exprimés monsieur votre neveu m'oppressent douloureusement et que le chagrin dont je suis l'occasion réagit sur mon esprit, je souhaiterais que monsieur Gaston m'oubliât et pourtant je serais désolée que la nouvelle direction de ses idées fût changée, que sa vie fût privée du noble but qu'il se propose et qui seul peut le conduire au bonheur. C'est vous, chère madame, qui allez veiller sur lui, pour le conseiller et l'encourager, jusqu'à ce qu'il ait acquis la connaissance de *Celui* qui seul vivifie et pacifie notre cœur, alors il ne manquera plus de force, et le monde aura perdu le pouvoir qu'il exerçait sur lui.

« J'ai repris mes anciennes occupations, je suis beaucoup avec mon excellent grand-père, et goûte plus que jamais sa société, parce que je le comprends mieux ; il me semble souvent qu'il me parle du haut de ce mont de Nébo que Moïse reçut l'ordre de gravir pour contempler avant sa mort le pays de Chanaan. Lui aussi habite par sa foi, si expérimentée, un lieu élevé d'où il voit, d'un côté, la terre et ses biens passagers ; de l'autre, le ciel avec ses joies éternelles, embrassant d'un regard serein le temps et l'éternité.

« Mon oncle Georges a, dans ce moment, un

chagrin que nous partageons tous : un de ses
meilleurs élèves est très-dangereusement malade; sa mère, après la perte de son mari et
de sa fortune, s'est retirée dans notre petit pays
et comme elle a trouvé auprès de mon oncle
Georges des ressources d'instruction pour l'éducation de son fils, elle s'est établie ici et a pu le
garder auprès d'elle jusqu'à ces dernières années;
elle est une des plus intimes relations de notre
famille. Ce triste événement nous a donc atteint
comme une affliction personnelle.

« J'ai trouvé chez nos chers enfants des progrès
de tous genres, surtout pour les plus jeunes. Ils
sont tous beaux de visage, de grâce et d'expression. Rien de plus charmant que la manière dont
ils accueillent les amis qui arrivent chez nous,
chacun en est charmé, on trouve dans cette réception comme un avant-goût des joies d'amitié que
l'on vient chercher à la Prairie; vous en ferez l'expérience, très-chère madame, dans peu de semaines,
selon la promesse que vous avez bien voulu me
faire. Dieu veuille qu'aucun deuil ne vienne d'ici
là obscurcir notre existence. Je suis sous le coup
des appréhensions que nous donne la maladie
d'Édouard Ferny; cette pensée ne me quitte
pas.

« Le courrier de demain nous apprendra si le
troisième accès a pu être évité : ce sera alors la

délivrance. Quel bonheur pour sa mère et pour mon oncle !

« Que devient mon malheureux aveugle ? Veuillez lui dire que je pense très-souvent à lui, ah ! oui très-souvent, et je demande à Dieu que la Bible que je lui ai laissée l'introduise dans cette vie de l'âme dont il n'avait pas la moindre notion lorsque j'ai commencé à lui en faire la lecture. Dans quelle double obscurité languissait cet infortuné ! Sans intérêt dans le présent, sans avenir terrestre, privé de toute consolation pour cette vie et pour l'éternité, ses idées étaient bornées, sa tristesse terne, morose ; son cœur semblait si incapable de sentir et d'aimer, que je ne savais comment trouver une corde qui fût encore sensible et que je pusse faire vibrer en lui ; mais ce que je ne pouvais pas, la parole de Dieu l'a fait ; car tandis que je lui lisais la parabole du festin dans l'Evangile selon saint Luc, il se fit soudainement sur ce sombre visage une éclaircie...... Il me pria de lui répéter le même passage, puis dit ensuite, comme se parlant à lui-même dans le fond de son cœur :

« — Amène ici les pauvres, les impotents, les « boîteux et les aveugles. »

« Vous comprenez que j'entrai dans son idée, car je la saisis de suite, je lui fis donc une troisième fois la lecture de ce qui l'avait si vivement impressionné et lui observai que les gens qui sont

absorbés par leurs travaux et leurs plaisirs, qui se
fient en leur bonne santé ou qui sont entourés de
parents et d'amis, n'écoutent pas volontiers l'invitation de Dieu et refusent ordinairement de s'y rendre, tandis que ceux qui souffrent, qui sont isolés
ou affligés sentent combien les avantages de ce
monde ont peu de durée et de valeur et se montrent les plus empressés à accepter les promesses
faites par le Seigneur à nos pauvres cœurs. Depuis
ce jour-là, M. Collin écouta avec beaucoup d'attention la lecture de la Parole de Dieu, et je
crois qu'il acceptera bientôt pour lui-même cette
invitation, car les premiers rayons de l'espérance
et de la charité ont pénétré dans son âme.

« Avez-vous eu la bonté, chère madame, d'aller
le voir ? Vous aurez beaucoup de difficulté à trouver quelqu'un qui consente à lui faire chaque jour
une lecture dans le Nouveau-Testament. Ce précieux
livre n'est point connu dans le village de Saint-Pol,
je n'en ai pas trouvé un seul exemplaire chez les
nombreuses familles que j'ai visitées ; je crois donc
que vous n'avez personne autour de vous qui
soit à même de rendre un tel service à ce cher
affligé, quoique la chose soit bien facile à faire.

« Vous pouvez reconnaître, chère madame, au
ton général de cette lettre, que je suis fort mélancolique, mais je ne saurais m'en étonner ; mon
éloignement de vous, les circonstances qui ont

hâté mon départ, tout cela m'a été fort douloureux. Je vois bien qu'il faut payer toutes les joies
du cœur et toutes les jouissances de l'esprit, et
qu'en élargissant le cercle de nos idées et de nos
affections, nous rencontrons de nouvelles dépendances, car chaque lien formé ici bas devient une
cause de joie d'abord et de privation ensuite. L'instabilité des choses et la distance des lieux occa-
sionnent inévitablement des privations et des sacrifices. Il faut donc s'armer de courage pour toutes
ces éventualités. A mon âge, il n'est pas excusable
d'en manquer, surtout lorsqu'on a autant de sujets
de satisfaction que j'en ai ; je dois être toujours satisfaite et reconnaissante. Mon oncle s'est efforcé de
me mettre en garde contre la mélancolie et l'abattement du cœur, m'exhortant à les repousser comme
de perfides ennemis ; il a vu que j'y étais encleinte
et a réussi à détruire en moi ces dispositions, mais
j'en ai été reprise tout à coup. Il prétend qu'il y a
trop de devoirs importants à remplir et trop de
sujets d'intérêt autour de nous pour que nous tolé-
rions la durée d'une disposition de cœur qui nous
isole et nous prive d'énergie ; aussi je n'ose pas,
en sa présence, me livrer à la tristesse que j'é-
prouve maintenant. Pour réagir promptement, je
viens de commencer une étude qui est propre à
captiver mon attention et à recréer mon esprit ;
j'en retirerai un profit intellectuel, mais je ne me

bornerai pas, vous le comprenez, à user de pal-
liatif; c'est vers mon Dieu que j'élève ma pensée pour ressaisir cette douce paix qui vient de
lui et qui est comme un reflet du ciel dans notre
âme. Si je l'ai perdue depuis peu de temps je crois
que c'est involontairement, il me semble que je
devais agir comme je l'ai fait.

« J'éprouve le plus vif besoin de recevoir une
lettre de vous, chère madame, ne m'en privez pas
plus longtemps, je vous en prie; elle me fera un
si grand bien !

« Veuillez offrir mes respectueuses salutations à
monsieur le comte, et dire à monsieur votre neveu
que je désire beaucoup apprendre par vous qu'il
poursuit les projets d'étude qu'il a formés.

« Permettez-moi, en terminant, de vous embrasser bien tendrement et croyez moi pour toujours
votre toute dévouée et affectionnée,

« SUZANNE. »

XL

CHARLES BERTHIER A GEORGES FRANTZ.

Strasbourg, 23 juillet.

« Cher maître,

« Vous avez déjà appris hier, par le départ de madame Ferny, la maladie d'Edouard. Je comprends le pressant besoin que vous devez éprouver de recevoir chaque jour des nouvelles d'une santé si chère. Mon ami est en proie à une fièvre ardente et pernicieuse, il y a trois jours qu'il en a été violemment saisi, et le médecin a jugé de suite que son état était fort grave; je ne l'ai quitté ni le jour, ni la nuit depuis ce cruel moment; la crise qui s'approche doit être décisive, et nous l'attendons en priant Dieu avec toute l'ardeur de notre affection, afin qu'il nous soit conservé.

« Il faut l'avouer, cher maître, Edouard a abusé de ses forces, il est allé aussi loin que son courage, et a dépassé la limite que lui prescrivait la prudence. Son examen a réussi, mais le soir même la fièvre se déclarait. Ce n'est pas le travail qui a causé sa maladie, elle est la conséquence de son zèle et de sa persévérance à se dévouer aux autres. Il avait entrepris de donner une instruction élé-

mentaire aux enfants d'un hameau voisin de la
ville, où ne se trouve aucune ressource religieuse,
et s'y rendait chaque dimanche matin. Ses visites
aux hôpitaux n'étaient jamais interrompues, et
tous deux depuis trois mois, nous réunissions,
de huit à neuf heures du soir, un certain nombre de jeunes ouvriers de bonne volonté, pour
de petites conférences familières qui nous donnaient l'occasion de gagner leur confiance et
de leur inspirer, avec le désir de s'instruire,
celui de renoncer à passer leurs soirées dans
les brasseries.

« Avec ce cœur que vous lui connaissez, Edouard,
se donnant à tout sans réserve, s'est trop dépensé;
car il devait prendre sur son sommeil le temps
qu'exigeait son travail particulier. Il paye maintenant ce complet oubli de lui-même, mais je suis
plein d'espoir pour son rétablissement, parce que
je puis prier comme si j'étais déjà exaucé. Sa mère
est là, c'est un grand repos de cœur pour moi; il
l'a reconnue, et la joie que lui a causé son arrivée,
semble lui avoir été favorable.

« Quand je considère la situation spirituelle d'E-
douard, je suis saisi de la crainte qu'il nous soit
enlevé, car son humilité et son zèle annoncent une
maturité remarquable, et je me dis : si l'épi est
mûr, il sera recueilli ! Mais en voyant combien il
est peu de nos condisciples en théologie qui aient

une foi de la trempe de la sienne, je reviens à l'espoir qu'il nous sera laissé pour être un exemple et un témoin du vrai christianisme parmi nous ; car, dans notre pays, il est, en général, faiblement confessé et froidement professé.

« Je compte sur votre sympathie, mon cher maître, dans cette triste circonstance comme toujours. D'aussi loin que je me rappelle, elle est associée à tous mes souvenirs.

« Je vous enverrai demain le bulletin de la journée.

« Votre respectueux et affectionné,

« CHARLES BERTHIER. »

XLI

GEORGES FRANTZ A MADAME D'ORVILLE

La Prairie, 30 juillet 1861.

« Madame,

« Veuillez excuser le retard de ma réponse. Je viens de traverser des jours d'angoisse au sujet d'un de mes anciens élèves que j'aime comme un fils, et qui violemment atteint d'une fièvre pernicieuse semblait devoir y succomber. Aujourd'hui seule-

ment, je suis entièrement rassuré; délivré d'un
poids énorme, car ce jeune homme, fils unique
d'une veuve, est déjà pour moi un précieux ami
et m'a donné de vives joies par le développement remarquable de ses sentiments et de son intelligence; vous comprendrez, madame, avec
quelle douleur je le voyais près de quitter ce pauvre monde où les grandes âmes sont aussi rares
que nécessaires pour combattre les désordres de
toute sorte qui le désolent.

« Nous avons été, mon cher père et moi, fort
touchés et reconnaissants de l'affection et de la
confiance que vous témoignez à notre Suzanne;
tous vos procédés envers elle, madame, ont été inspirés par une bonté et une délicatesse dont nous
vous garderons toujours une profonde gratitude.
Elle a beaucoup acquis pendant son séjour auprès
de vous, madame, et nous sommes convaincus
que les récents événements auxquels il a donné
lieu ont été dirigés d'en haut, puisque leur influence a été si favorable.

« Nous vous remercions aussi de nous avoir
mis à même de connaître monsieur votre neveu et
d'apprécier son caractère; on peut conclure de
tout ce que vous m'avez raconté, madame, sur ses
jeunes années que Dieu le préparait dès longtemps
sans qu'il y parût et sans qu'il s'en doutât lui-
même au renouvellement qui s'est produit depuis

peu. Désormais, il ne sera plus un étranger pour
nous et nos sollicitudes s'unissent aux vôtres, madame, pour l'entourer des plus tendres vœux. L'opinion de mon père en cette circonstance est qu'il
faut laisser à Dieu seul la direction d'intérêts qui
nous sont si chers aux uns et aux autres. Il y aurait,
comme vous l'observez, un espèce de danger à
ôter à M. de Mervins l'espérance qui l'anime ; d'un
autre côté, l'attachement qu'il porte à Suzanne n'est
peut-être qu'un des moyens employés par le Seigneur pour réveiller son cœur et son intelligence,
sans qu'il soit cependant destiné à fixer définitivement son sort. Nous avons approuvé que Suzanne se fût dérobée modestement aux vœux qui
lui étaient exprimés, elle devait agir ainsi, et maintenant il nous semble qu'il faut garder un discret
silence pour ne mêler à cette affaire ni nos propres
idées, ni nos propres volontés.

« Ma nièce n'a point abordé ce sujet depuis son
arrivée ici, elle en est évidemment très-préoccupée
et parle peu. Nous avons tout appris par une lettre
qu'elle avait adressée à ma femme avant de quitter
Saint-Pol, et nous respectons le silence qu'elle paraît vouloir garder maintenant. Elle confie sans
doute à son Dieu ses pensées et ses désirs avec un
filial abandon et lui demande conseil et direction ;
sa conscience est aussi délicate que son cœur est
sensible ; nous pouvons donc, en toute sécurité, la

laisser entièrement libre ; le moment viendra bientôt, où elle s'épanchera de nouveau avec nous, car il est dans ses habitudes et dans son caractère d'être communicative et de chercher nos conseils avec une parfaite confiance.

« Veuillez, madame, recevoir l'expression de notre respect et de nos sentiments d'affection chrétienne.

« Votre très-humble serviteur,

« G. FRANTZ. »

XLII

LA COMTESSE D'ORVILLE A SUZANNE

« Saint-Pol, 4 août.

« Moi aussi, chère Suzanne, je suis en retard involontairement. La tristesse que m'a laissé notre soudaine séparation et les diverses préoccupations que vous connaissez, ont retenu mon esprit dans une sorte de captivité dont je me dégage énergiquement aujourd'hui.

« Vous apprendrez, chère petite, avec une joyeuse surprise, que votre pauvre contre-maître n'est point délaissé, il s'est trouvé quelqu'un pour aller lui faire la lecture chaque jour, à l'heure que vous

aviez choisie. On a continué le livre des Actes des
Apôtres à la page où vous en étiez restée, et le
pauvre aveugle interrompt souvent la lecture par
des réflexions qui montrent combien il y prend
intérêt; il demande même qu'on lui répète les
choses qui l'ont particulièrement frappé et il en
tire des conclusions générales ou des applications
personnelles., selon l'occasion, avec une grande
simplicité de cœur. Ayant fait part aux quelques
amis qui le visitent du plaisir que lui procure cette
heure de récréation, plusieurs personnes, sur son
invitation, ont choisi ce moment-là pour venir le
voir. Il leur fait les honneurs du saint livre, en
expliquant ce qu'il a compris pour son propre
compte et comme aucune distraction ni aucune
autre joie ne viennent interrompre le cours de ses
pensées, il fait de grands progrès dans l'intelligence de ce qu'il entend.

« Maintenant je vous donne en cent à deviner le
nom de la personne qui vous a remplacée auprès
de M. Collin. Si vous ne savez pas le découvrir
toute seule, il faudra bien vous aider! Je garde le
mot de l'énigme pour le numéro suivant.

« Nos journées sont assez bien remplies; il m'est
arrivé encore plusieurs visites de Paris. Ma jeune
cousine est partie hier; j'espère qu'elle a reçu de
bonnes impressions et que son temps ne sera plus
gaspillé par tant de choses insignifiantes et d'allées

et venues inutiles. Je lui disais pour me faire bien comprendre : « Si on vous donnait une belle et bonne étoffe pour vous vêtir chaudement, auriez-vous la pensée de la couper en petits morceaux et de jeter le tout au feu ? C'est cependant ce que font les gens qui perdent leur temps. Ce gaspillage de la vie terrestre est la source de tous les genres de désordres qui désolent ce monde. » Nous avons eu ensemble de confiantes et sérieuses conversations dans lesquelles j'ai pu attirer son attention sur des points importants et éveiller les scrupules de sa conscience. Elle est fort simple d'intention et m'a avoué avec bonhomie qu'elle n'avait jamais éprouvé le besoin de donner un aliment solide à son intelligence, ni ressenti aucun vide au milieu de ses futiles occupations. Mais son séjour prolongé à Saint-Pol lui a fait faire des réflexions et je crois qu'il lui en restera quelque chose. Cette jeune femme est du nombre de ces personnes qui, n'ayant pas grands moyens naturels, reçoivent des idées toutes faites sans en examiner la valeur, et se laissent conduire par elles. Ces natures réceptives, dont se compose la foule, dépendent absolument des influences dont elles sont entourées. Dans un pays où il y aurait plus de principes et de solidité qu'il n'y en a dans le nôtre, elle eût été stimulée au bien très-facilement ; j'espère qu'en lisant attentivement le Nouveau Testament, comme elle m'a promis de le faire, elle acquerra des convictions qui formeront son jugement insensiblement et par cela même la délivreront de cette extrême mobilité d'impressions sur laquelle, comme sur le sable mouvant, aucune empreinte ne peut se conserver longtemps.

« Je pense à vous, ma chère Suzanne, à toutes les heures du jour; je vis presque autant dans votre cœur que dans le mien, et cependant je ne veux ni vous dire ce que je pense, ni vous interroger sur certains sujets. Je crois qu'il y a des moments où il faut du calme et du silence, et, pour ainsi dire, se laisser vivre tranquillement, par le même motif qu'on ordonne du repos et peu de lumière aux malades qui ont subi une violente secousse. Acceptez, je vous en prie, chère enfant, le régime que mon affection vous impose et faites-en l'épreuve avec confiance.

« Nous allons avoir à demeure deux amis de mon mari qui font partie du Conseil général du département. Ces messieurs se rendront aux séances par le chemin de fer et reviendront tous trois le soir pour dîner. Ces visites, qui m'avaient fort ennuyé l'été dernier, parce que je ne trouvais aucun intérêt aux questions qu'ils traitaient, me font le plus grand plaisir cette année-ci, car je prends à présent une part très-vive à la plupart des améliorations dont le Conseil aura à s'occuper. Le comte a la bonté de

répondre à toutes les questions que je lui adresse
sur ces divers sujets; la lucidité de ses explications
me permet de tout comprendre, il me paraît être
très-zélé à s'acquitter de son mandat, et prépare
plusieurs travaux dans ce but; comme il voit que
je commence à sentir les besoins de notre pays
il paraît se plaire à me communiquer ses plans. Je
crois que les femmes sont peu qualifiées naturellement pour se mêler des affaires publiques et qu'elles
ne doivent point empiéter sur le domaine de leurs
maris à cet égard; quand à moi, en particulier,
malgré mon patriotisme, je suis souvent aussi in-
sensée qu'un enfant, car je voudrais que tout se fît
à la fois, et immédiatement, le comte redresse mes
idées et tâche de former mon jugement, à cet égard,
par ses observations judicieuses. J'apprécie chaque
jour davantage cet esprit droit, ferme et si ami du
progrès. Sa conversation, vous le savez, est émi-
nemment instructive; autrefois, je n'en tirais aucun
profit, je n'essayais pas même d'en comprendre la
portée, et il ne rencontrait ainsi auprès de moi
ni pénétration intelligente ni bonne volonté pour
reconnaître sa valeur intellectuelle. Je suis persuadée qu'il est un grand nombre de femmes de la
société qui sont encore ce que j'étais, ne sachant
point s'associer aux idées et aux préoccupations
de leurs maris par une affectueuse sympathie et
par le désir de s'élever à la hauteur de la mission

qu'elles ont à remplir envers eux. Il y a là, cependant, une source intarissable de rapports agréables et profitables aux deux époux.

« Les femmes font tort à la société et se font le plus grand mal à elles-mêmes quand elles quittent l'humble sphère que la nature leur a assignée; j'ai horreur de cette émancipation vers laquelle certains novateurs cherchent à les pousser; c'est tout simplement ruiner l'influence qui leur a été donnée pour le bien de la famille et les dépouiller de leurs vrais priviléges.

« Il est vrai que parmi les femmes qui ont reçu de l'éducation il en est peu dont on ait pris la peine de former le cœur et le jugement, de manière à leur faire comprendre quelle est leur véritable vocation; elles sont entraînées dans une vie toute extérieure, le plus souvent futile et superficielle, dont les talents d'agrément envahissent la plus grande partie jusqu'à leur mariage. Le manque de principes solides, les préjugés, les distractions éphémères gâtent tout en elles et autour d'elles; leur capacité intellectuelle négligée s'affaiblit, et leurs facultés aimantes s'éteignent ou se faussent, parce que les affections de famille n'ont pas les premiers droits sur leur cœur. Je suis convaincue que la régénération des femmes en France amènerait celle de la nation tout entière, il faudrait donc dans toutes les classes prendre un très-grand soin de leur éducation. Ce que l'âme est pour le corps dont il soutient la vie, les femmes devraient l'être pour leur pays, et le seraient, en effet, si elles remplissaient toute leur mission intérieure avec un esprit de dévouement.

« Notre pauvre maire cherche à se soustraire à toutes les promesses qu'il m'a faites, mais je suis décidée à lui opposer une persévérance désespérante assaisonnée de politesse pour triompher de sa paresse et de son avarice. Déjà la fontaine est montée sur la place de l'Eglise et l'eau y arrivera samedi prochain. Les deux écoles sont restaurées interieurement et extérieurement, mais j'ai reconnu en voyant les choses de près que ces améliorations là ne sont que la moindre partie des soins que réclament ces établissements. Il y faudrait d'abord un maître et une maîtresse plus capables et d'un moral plus digne d'une telle mission, les moyens d'instruction devraient être mis aussi sur un autre pied. Pourrons-nous réaliser tout cela? patience, je ne veux pas me décourager par l'étendue de la tâche. Vous saurez que l'école des filles a maintenant à ses ordres une charette qui, attelée de notre grand âne gris, joue le rôle d'omnibus, pour chercher et reconduire les enfants des deux petits hameaux qui sont au-delà du vieux moulin; de cette manière, les petites écolières sont régulières à la classe. Cet équipage fait leur bonheur, et le mien aussi; sans doute, l'âne ne partage pas cette allégresse, il eût préféré rester dans le verger, mais il faut que tout le monde chez moi soit actif et serviable sous peine de perdre mes bonnes grâces.

« On m'appelle au salon, il me faut brusquement fermer ma lettre, ma chère Suzanne, j'y enferme le plus tendre baiser pour vous.

« Votre affectionnée,

« P. D'ORVILLE. »

XLIII

GEORGES FRANTZ A MADAME D'ORVILLE

La Prairie, 15 août.

« Madame,

« Je me hâte de venir répondre à votre bonne lettre reçue ce matin, nous sommes, mon père et moi, extrêmement touchés de la confiance que vous nous montrez. Je partage votre opinion; M. de Morvins aurait, en effet, besoin actuellement d'une distraction qui soulageât son cœur en donnant de l'activité à son esprit. L'état d'âme dans lequel il se trouve est trop important pour négliger d'en prendre soin, et je crois qu'un voyage agréable lui procurerait le genre de diversion que vous lui désirez.

« L'idée m'est venue tout à l'heure que mon ami
Edouard Ferny, qui est, vous savez, convalescent
d'une grave maladie, serait un excellent compagnon de voyage pour monsieur votre neveu. Jugez
de la chose, madame ; Edouard est un jeune homme
à la fois sérieux et aimable. Sa société ne peut être
que salutaire.

« Pardonnez, madame, l'extrême hâte avec laquelle je suis obligé de vous tracer ces lignes. Une
affaire grave me réclame immédiatement.

« Agréez, madame, le respect et le dévouement
de votre humble serviteur,

« G. FRANTZ. »

XLIV

EDOUARD FERNY

Edouard Ferny, revenu à Lagny avec sa mère,
y goûtait un repos presque aussi nécessaire à son
esprit qu'à sa santé. Plusieurs années d'étude l'a-
vaient enrichi de connaissances solides et variées,
mais il avait souvent aspiré au moment où, dégagé
de la pression exercée par les systèmes et les opinions des hommes, il serait libre de tout examiner
dans le recueillement pour ne retenir que ce qui

lui paraîtrait d'accord avec l'Evangile. Il devançait
par son zèle le moment où il se consacrerait entièrement au ministère de la Parole de Dieu, car il
lui tardait de communiquer le pur enthousiasme
pour la vérité qui s'était depuis longtemps emparé
de son cœur. Il y avait en lui cette puissante sève
qui porte irrésistiblement au dévouement et à
l'expansion des convictions intimes.

Tandis qu'il se plaisait à cette vie retirée et tranquille, une circonstance qu'il ignorait encore allait
changer tous ses plans. Mme d'Orville avait accueilli
avec empressement l'idée que lui avait donné Georges Frantz d'associer le jeune étudiant à son neveu
pour un voyage de quelques mois, et celui-ci
s'était montré fort disposé pour l'accomplissement
de ce projet. En apprenant de son ancien maître
l'offre qui lui était faite, Edouard éprouva autant
d'embarras que de surprise, il était trop modeste
pour supposer que sa société put être recherchée,
et trop étranger aux habitudes du monde pour ne
pas redouter un peu ce changement de vie; cependant, un si beau voyage lui souriait beaucoup
et il présenta pour seule objection la crainte que le
jeune officier Saint-Cyrien ne put se plaire dans
sa société ni s'accommoder de sa manière de sentir.

Georges combattit ce scrupule avec décision :

« — Soyez simplement vous-même, mon cher
Edouard » lui dit-il, « et tout ira bien pour vous et

pour lui. Livrez-vous au plaisir que vous donnera l'observation des pays que vous visiterez, jouissez de ce que la nature de ces belles contrées et les chefs-d'œuvre d'art qu'ils possèdent offriront à votre admiration. Sans doute, partout vous remarquerez de tristes lacunes et de grandes misères ; elles attesteront à vos yeux les erreurs et la corruption dont vous connaissez la véritable cause et l'unique remède. L'expérience que vous donnera la connaissance du monde accroîtra votre amour pour la vérité, et sans vouloir rien entreprendre sur l'esprit du baron de Mervins, sans dogmatiser en aucune façon, vous ne pouvez manquer cependant d'exercer sur lui une bienfaisante action, par cela seul que vous êtes sous celle du Seigneur. Toutes vos idées, et vos jugements, vos impressions elles-mêmes sont sous son influence, et il est impossible avec un tel guide que vous puissiez faire fausse route ni vous méprendre sur la valeur réelle des choses terrestres. »

Il fut convenu que la rencontre aurait lieu à Besançon, et Georges, désireux de connaître Gaston et de donner à la comtesse d'Orville un témoignage de sympathie et de gratitude, accompagna son jeune ami.

Edouard avait passé de la vie si simple du village à celle d'un étudiant tout entier à ses cours et à ses livres ; les agréments extérieurs que donne

l'usage du monde et la fréquentation de la société,
lui manquaient absolument. Cependant, lorsqu'il
traitait un sujet qui excitait tout son intérêt, il su-
bissait une sorte de transformation. Cette espèce
d'incertitude et de gaucherie qui régnait habituellement dans sa contenance, faisait soudainement
place à une mâle énergie et à une noble ardeur qui
passaient dans son regard et dans son geste. On ne
pouvait s'entretenir quelque temps avec lui sans
que les vibrations de cette âme sensible et profonde fissent naître l'émotion de la sympathie,
car sa vie intérieure, toujours active, mais voilée
par la méditation et l'humilité, se manifestait à l'occasion avec une soudaine et irrésistible éloquence.
Il eût été un philosophe contemplatif s'il n'avait
pas vécu sous la constante action de la charité.
Ce sentiment le possédait si fortement qu'aucune
souffrance à sa portée ne manquait d'attirer son attention et sa sollicitude. Cette compassion l'avait
rendu capable de prendre garde à tout, gens et choses, rien ne lui échappait, ce qui n'est point le cas
des personnes de son caractère que des préoccupations intellectuelles tendent toujours à absorber
et à isoler d'autrui.

Georges revint fort satisfait de son petit voyage
et de son entrevue avec M. de Mervins. Aucune
explication n'avait eu lieu entre eux, ils n'avaient
pas fait la moindre allusion au sujet qui les

touchait de si près, mais les sentiments dont ils
étaient animés les rapprochaient tacitement, aussi
l'embarras du premier moment fit-il promptement
place à un entretien facile et à une confiante fa-
miliarité. L'air distingué du baron plut beaucoup
à Georges et la cordialité de ses manières acheva
de gagner son cœur. Les deux jeunes gens si différents en tous points se convinrent cependant, ils
étaient portés l'un vers l'autre par une mutuelle
bienveillance qui sut trouver de suite des points
de sympathie. Gaston, généreux par nature, se
félicitait de pouvoir contribuer au rétablissement
de la santé de M. Ferny, et celui-ci s'était pris
du plus vif intérêt pour le futur militaire.

Le départ des trois voyageurs fut fixé pour le
lendemain matin, ils se rendaient en Suisse et
Georges reprenait le chemin du retour, persuadé
que cette association improvisée serait favorable
aux deux compagnons.

XLV

GASTON DE MERVINS A MADAME D'ORVILLE

Besançon, 30 août 1861.

« Ma chère tante,

« Le tendre intérêt que vous prenez à ce qui me concerne me rend bien agréable le devoir de vous instruire de ce que j'ai fait depuis mon départ de Saint-Pol.

« En arrivant ici, lieu de notre rendez-vous, je trouvai déjà installé à l'hôtel indiqué M. Georges Frantz et mon futur compagnon de voyage. Ils m'avaient vu descendre de voiture et vinrent au-devant de moi avec la plus aimable cordialité. La connaissance fut vite faite de part et d'autre ; avec des personnes de ce caractère, on entre aisément en rapport ; la fausse gêne n'existant pas. Nous commençâmes par parler de vous ; M. Frantz paraît vous être fort attaché : il fait grand cas de votre caractère ; nous nous entretînmes ensuite sur nos projets et du meilleur itinéraire à suivre. Nos cartes géographique portatives, étalées sur une table, nous examinâmes par quel côté nous entrerions en Suisse et nous décidâmes de nous rendre sur les bords du lac Léman. Veuillez donc adresser votre réponse et mes autres lettres à Vevey, poste restante.

« Je suppose que vous serez bien aise que je vous fasse connaître la physionomie de ces messieurs, puisque tous deux vous sont encore personnellement inconnus : M. Frantz paraît approcher de la quarantaine, il est grand, son maintien est noble; son regard, remarquablement intelligent, est accompagné d'un sourire fin et bienveillant. Impossible de passer quelques heures dans sa société sans éprouver de la confiance en lui. Malgré la vie sédentaire à laquelle il s'est assujetti, il nous a fourni une foule de renseignements utiles et intéressants pour notre voyage. Je regrette beaucoup que ses occupations l'empêchent d'être des nôtres, car on s'aperçoit, en causant avec lui, qu'il a des connaissances étendues et précises.

« Mon compagnon de route, M. Ferny, porte encore sur son visage pâle et amaigri les traces de la terrible maladie qui l'avait conduit aux portes du tombeau. Il est de haute taille, fort svelte, mais un peu voûté, comme un homme qui s'est trop exclusivement voué à l'étude. Je suis impatient de lui faire respirer l'air vivifiant des montagnes, l'idée de contribuer à lui rendre une bonne santé me sourit infiniment et ajoute au plaisir avec lequel j'entreprends ce voyage. M. Ferny a le regard profond et mélancolique; de longs cils noirs

voilent sa prunelle bleue, tout en lui inspire l'intérêt et presque la protection. Evidemment, c'est un
jeune homme chez lequel l'intellectuel a déprimé la
vigueur physique, tandis que je suis le type du contraire : chez moi, le corps a prospéré aux dépens
de l'âme, jusqu'au jour où j'ai compris ma triste
condition. Vous avez eu compassion de ce triste
état, ma bonne tante, je comprends de plus en plus
tout ce que je vous dois ; chacun de mes souvenirs
de ces derniers mois me le révèle à son tour ; c'est
encore à vous que je viens confier mes craintes et
mes espérances ; vous seule pourrez me servir d'a-
vocat et d'ambassadeur. Cependant, je n'oublie pas
un instant que le rôle principal me reste et que je
ne puis gagner son affection et sa confiance que
lorsque j'aurai acquis cette vie de l'âme et de l'intelligence qui est si développée chez elle et qui me
manquait totalement. Je commence à en ressentir
les bonnes influences, et ne saurais exprimer combien je suis avide de tout ce qui peut en favoriser
le développement.

« Il est aisé de discerner que, de même qu'il y a
un monde en rapport avec nos sens, il y a aussi une
vie cachée qui leur échappe et qui appartient à un
autre ordre de choses. Comme un excès en amène
ordinairement un autre, je ne serais pas étonné
qu'après avoir eu un extrême éloignement pour la
philosophie et pour tout ce qui s'y rapporte, j'en

vinsse à l'aimer, car le besoin de dépasser la limite
des choses matérielles s'est emparé de mon esprit
autant que de mon cœur.

« M. Frantz nous quitte demain matin pour retourner chez lui, et nous partons à la même heure
pour Lausanne.

« Quoique pourvu de guides et de cartes, je serais
bien superficiellement renseigné pour profiter de
ce voyage si j'étais seul, car je manque des dispositions et des ressources nécessaires pour observer
avec profit ; il m'est donc très-précieux d'avoir la
société d'un homme tel que M. Ferny. Ses remarques me porteront au-delà de ce coup-d'œil général
dont je me suis contenté jusqu'ici.

Vos lettres, ma chère tante, seront pour moi
d'une valeur infinie ; de mon côté, il me semble
que si je ne pouvais pas continuer à vous communiquer mes idées, elles resteraient incomplètes. La
pensée que vous me répondrez me réjouit et m'en-
courage à vous parler à cœur ouvert. Qu'est-ce
qu'une existence isolée, qui ne reçoit ni ne communique d'impulsions morales ? Je ne saurais plus
la supporter depuis que vous m'avez fait connaître les joies si vives que procurent la confiance et l'affection.

« Vous aurez véritablement remplacé la mère
que j'ai perdue par votre sérieuse sollicitude et
votre indulgente bonté.

« Je demeure à jamais votre affectueux et reconnaissant neveu,

« GASTON.

« J'adresse à mon oncle mes affectueux respects. »

XLVI

PAUL DE LUTRY A GASTON DE MERVINS

« Paris, 25 août 1861.

Votre lettre, mon cher Gaston, m'a jeté dans un étonnement dont je ne suis point encore revenu, bien que je me sois laissé deux mois pour la comprendre et la méditer. Vous êtes évidemment en train de quitter le monde et ses plaisirs ! J'ai éprouvé, en vous lisant, un sentiment comparable au frisson que les apparitions d'anges donnent aux simples mortels. Nous ne sommes plus sur le même terrain, mon cher, vous m'échapperez complétement, si vous persistez dans cette ascension vers le sublime, car je suis encore tout à fait de ces bas lieux; et m'en félicite cordialement, je vous l'assure, n'ayant point envie de les quitter. Abaissez un moment vos regards sur votre ancien camarade,

et voyez ce que le hasard vient de lui accorder. Il
y avait longtemps que le sort semblait se jouer de
moi, mais ce fâcheux malentendu paraît avoir cessé ;
car le colonel Polin m'a pris en amitié au point de
me proposer d'être son secrétaire. Vous savez que
ma plume est assez facile et que mon humeur ne
manque pas d'enjouement et de complaisance : c'est
ce qui m'a attiré ses bonnes grâces, du moins, en
partie. Il vient d'être nommé au poste de comman-
dant de place à V***, et dans cette nouvelle situation je trouverai, réunis aux honneurs militaires,
les plaisirs de la société civile. Le colonel est fils
d'un général de division qui lui a laissé une superbe fortune. On prétend qu'il est ennuyé de son
nom roturier et y a joint celui d'un vieux château
acheté dans le Berry, mais chacun sait que cette
soudure est de sa façon et lui-même ne peut l'avoir
oublié encore. De plus, il a une fille unique et
charmante à laquelle il ne serait pas fâché, dit-
on, de donner un nom et un titre de vieille date.
Il y a quelque rapprochement à faire entre sa
proposition et la vieille souche Poitevine dont je
suis le seul rejeton. Mademoiselle Polin pourrait
donc, peut-être, échanger son nom contre celui de
marquise de Lutry, ce qui arrangerait admirablement mes affaires, car elle a six cent mille francs
de dot. Du reste, elle est grande, svelte et jolie,
chante bien, danse avec grâce, cause de tout vo-

lontiers, étant fort habituée à vivre au milieu du
monde dans le salon de son père. Cette absence de
timidité rend la conversation amusante et facile
avec elle. Je suppose que ses parents seraient
ravis de garder sous leur toit le jeune ménage.
Cette hospitalité paternelle laisserait à la dot un
rôle plus aisé pour aplanir mes difficultés.

« Vous allez probablement m'opposer la vieille
morale du Pot au lait, qui sert à fermer la bouche
aux faiseurs de projets, mais le mien paraît mieux
assis que le pot de Perette ne l'était sur sa tête;
d'ailleurs, ce n'est qu'à vous, qui êtes la discrétion
personnifiée, que je fais part de mes espérances;
ce serait une grande folie que d'en souffler mot à
quiconque; il vaut mieux en laisser aux envieux
la surprise complète.

« Je crois entendre votre nouvelle et auguste
sagesse me dire que je ne suis point à la hauteur
de si sérieux engagements, qu'il faut de meilleurs
motifs que les miens pour aborder cette fameuse
galère; mais, parole d'honneur! mademoiselle Polin me plaît, je suis fort disposé à l'aimer, et crois
même que nous ferions ensemble un très-joli couple; je ne serais, d'ailleurs, point fâché de commencer une existence un peu tranquille, car les soucis
que me cause une vie si accidentée devraient déjà
avoir fait blanchir mes cheveux. Je crois sincèrement en avoir assez, et un budget se réglant par

doit et avoir d'une manière régulière me paraîtrait
fort confortable. Et!... mon cher, si j'allais devenir
avare après avoir été prodigue ? qui sait ! Ce ne serait pas beaucoup plus étonnant que de voir monsieur Gaston de Mervins transformé en philosophe
spiritualiste et en philantrope prédicateur !

« Vous m'en imposez à présent, mon cher, au
point d'arrêter court ma verve. Il me semble que si
je vous racontais la vie fort animée que nous me-
nons ici, ce serait vous fournir des prétextes pour
écrire des chapitres de morale... Je préfère donc
attendre votre réponse avant de vous en conter
plus long.

« Votre fidèle camarade,

« PAUL DE LUTRY. »

« Je n'ai pu réaliser mon projet de voyage en
Suisse, mais je pars le 1ᵉʳ septembre pour le Poitou;
adressez-moi votre réponse chez ma sœur au château de la Blaye. »

XLVII

LE VOYAGE

Le voyage avait commencé sous les meilleurs
auspices. Edouard était sous l'empire de la sur-

prise et de la satisfaction que lui causait cet événement, et Gaston se livrait au charme de ce genre
de récréation tout nouveau pour lui, car jusqu'alors
ses vacances s'étaient partagées entre Saint-Pol et
les bains de mer. Il faisait bien chaque été une
courte apparition dans son héritage paternel, situé
en Basse-Normandie, mais ne s'y plaisait point;
c'était un vieux château isolé, mal entretenu,
dans lequel il n'avait jamais vécu et qui, par cela
même, ne lui rappelait aucun souvenir de famille.

Le beau pays qu'ils voulaient visiter leur était
inconnu, ils devaient donc aller de découvertes en
découvertes. Il est vrai que, pour les esprits cultivés, rien n'est absolument nouveau, mais cette
sorte de connaissance abstraite ressemble à celle
que donne un portrait : la vie y manque. C'est
l'opposé pour un voyage fait à deux, les impressions reçues dans le même moment par des individualités différentes se vivifient et se complè-
tent pour l'agrément commun.

Jamais encore le jeune Ferny n'avait vu la vie se
révêtir d'un aspect si riant; assombrie pour lui par
les tristes circonstances de sa famille et par les chagrins de sa mère avec laquelle il sympathisait tendrement, il avait eu aussi à supporter les difficultés
et les privations d'une position gênée. De si pénibles expériences l'avaient rendu sérieux de fort

bonne heure et le disposèrent à compatir aux souffrances d'autrui. Plus tard, la nature de ses études
et la vocation à laquelle il se destinait l'avaient éloigné des divertissements de la jeunesse. Ce ne fut
donc pas sans un certain trouble que notre jeune
théologien vit s'ouvrir devant lui cette route toute
fleurie. Il redouta comme un danger pour son
cœur les longs loisirs qui lui seraient donnés et
les jouissances de toutes sortes auxquelles il serait
associé. Accoutumé à se rendre compte de ses sentiments, à ne jamais laisser subsister aucune incertitude dans sa conscience, il se mit à considérer
cette nouvelle situation pour se bien orienter.
Edouard avait une conscience scrupuleuse, mais un
esprit large qui se plaisait à embrasser l'ensemble
des choses et à les considérer de haut; le résultat
de ce rapide et intelligent examen fut de lui rendre
toute sa tranquillité, car il comprit que l'intéressant
et agréable voyage qu'il n'avait point cherché serait un moyen de le mettre en rapport avec un
monde auquel il était demeuré trop complétement
étranger; il prévit aussi que son étude favorite, celle
du cœur humain, recevrait de ces expériences diverses des lumières qui dissiperaient chez lui bien
des erreurs de jugement. Il se rassura de même
quant à l'attrait séducteur que pourrait exercer sur
son cœur les agréments d'une existence très-facile,
car il avait déjà souvent senti que les choses exté-

rieures n'ont pas de puissance sur ceux qui possèdent la vie spirituelle.

On a souvent reproché aux gens qui prennent le
christianisme au sérieux, et qui n'admettent pas
qu'on l'entoure d'une pompe mensongère, d'être
trop exclusifs dans leurs vues et dans leurs sentiments, parce qu'ils n'accordent pas à la culture de
l'art la place qu'on lui attribue pour le développement des facultés esthétiques de l'esprit humain.
Il y a ici un malentendu qu'il serait bien important
de faire cesser, car il produit une erreur capitale,
erreur qui s'accrédite aisément auprès des gens
qui ont l'habitude d'abdiquer leur propre jugement pour se soumettre à l'autorité du grand
nombre.

On ne saurait mettre en doute qu'une personne
dont le christianisme est sincère, profond et intelligent, ne soit sympathique à tout ce qui est bon et
beau en soi. Elle doit donc être ravie quand elle
voit représenté par le pinceau d'un grand artiste
ou par le ciseau d'un sculpteur de génie des sujets dignes d'admiration. Elle sait que la forme
sera réunie à l'esprit pour rétablir le vrai type de
l'humanité dans le grand jour du renouvellement,
mais elle repousse avec un invincible dégoût tout
ce qui, dans l'art, tend à l'idolâtrie; elle ne peut
supporter non plus qu'il s'abaisse jusqu'à renoncer
à l'idéal pour entourer la beauté plastique d'une

adulation toujours funeste aux esprits vulgaires qui
ne vivent que par les sensations.

Celui qui ne consent pas à séparer le vrai du
beau dans ce qu'il admire sait cependant discerner la pensée de l'artiste au milieu des emblêmes
les plus imparfaits, il se plaît à la dégager des
mythes et des superstitieuses légendes qui ont
été imposées au génie et à la foi par des temps
d'ignorance, mais il réserve sa complète sympathie
pour la fidèle interprétation du beau et du bon
réunis.

Ne soyez pas sévères envers les cœurs sincères
qui ont le courage de suivre le chemin si étroit de
l'intégrité. Il n'y a ni deux vérités, ni deux morales, les termes moyens sont des mensonges dé-
guisés. Il faut l'avouer, le contact habituel avec le
monde est fort périlleux pour ceux qui n'ont pas
pris la résolution de tenir ferme pour le vrai en
toutes choses, petites ou grandes. On vit alors
dans un équivoque et dans un compromis continuels, et ainsi les demi-vertu, les demi-probi-
tés, les demi-vérités se trouvent parmi les gens les
plus honorés et les mieux posés dans la société.
Le moyen après cela que le progrès moral se pro-
duise, que le juste l'emporte sur l'injuste?... Le sol
est jonché d'obstacles de toutes sortes, on ne sait
où marcher, il faut absolument se résoudre à ouvrir le droit chemin soi-même et supporter patiem-

ment d'étre traité d'original par les uns et de puritain par les autres, jusqu'au jour *à venir* où le vrai absolu régnera souverainement.

Edouard n'avait eu ni le temps ni l'occasion d'acquérir la connaissance de l'art, mais il possédait ce mystérieux idéal du beau qui fait saisir avec sûreté la pensée du génie sous quelque forme qu'elle se manifeste.

M. de Mervins s'était décidé dans l'intérêt de la santé de son compagnon à faire un séjour dans les Hautes-Alpes. Ils se rendirent donc à un de ces hôtels-châlets qui offrent une confortable hospitalité aux amateurs de belles excursions. La première impression de nos jeunes gens en parcourant la route taillée dans le roc sur le flanc de la montagne fut une admiration enthousiaste. Arrivés au pied du glacier de la haute vallée où ils allaient séjourner, ils furent ravis du spectacle qui s'offrit à eux. Une multitude de châlets construits sur le même modèle sont jetés çà et là de tous côtés, et donnent à ce sublime paysage un air animé et souriant.

Ce fut avec un très-vif plaisir que Gaston et Edouard prirent possession de deux chambrettes boisées qui leur avaient été assignées, au milieu de l'affluence des voyageurs montés en même temps qu'eux.

A peine eurent-ils terminés leurs petits arran-

gements qu'ils sortirent pour voir et admirer encore. Ils suivirent le premier sentier qui s'offrit à
eux et arrivèrent au bord d'un large et profond
ruisseau qui descendait de la base du glacier et
courait avec une extrême rapidité à travers la
prairie ; le bruyant murmure de cette eau vive
donnait une voix à la muette nature. Ils en su-
birent tellement le charme qu'ils le suivirent longtemps en silence, écoutant et regardant cette onde
transparente comme si l'esprit de la montagne
parlait par elle. De temps à autre, ils rencontraient
un homme ou une femme qui les saluaient amica-
lement et non en étranger ; on se sent *frères* au
milieu de cette nature grandiose ; les distinctions
de la société perdent forcément leur prestige!
Au tournant de la montagne, le ruisseau cesse sa
course latérale, et se jette dans un profond ravin
qui sépare deux monts. Dans sa chute, une partie
de l'eau se divise sur des rocs saillants et bondit
en écume d'une blancheur éblouissante, puis retombe en humide et fine poussière. Nos touristes,
émerveillés de ce spectacle inattendu, regardèrent
au fond de cette gorge et virent qu'elle abritait
une petite rivière qui descendait tumultueusement
la montagne, et dont le lit était obstrué par des
troncs d'arbres brisés et des fragments de ro-
chers.

La société rassemblée dans leur hôtel était cos-

mopolite ; on était venu de partout contempler le
glacier, et plusieurs amateurs se disposaient à en
faire l'ascension le lendemain dès l'aurore. Pendant le jour, nos jeunes gens préféraient se promener en tête-à-tête et causer familièrement.

Une après-midi qu'ils avaient longtemps marché
à l'aventure, ils arrivèrent au pied d'un mont ro-
cailleux couronné par une espèce de plate-forme.
Le désir de jouir du point de vue qu'on devait
avoir en cet endroit leur donna l'idée d'en faire
la difficile ascension. Ils se trouvèrent amplement
récompensés de leur peine par le sublime tableau
qui s'offrit à leurs regards. Plusieurs glaciers qu'ils
n'avaient point encore vus se découvraient au loin,
une partie du lac Léman se montrait d'un autre
côté, et des montagnes sans nombre et de toutes
formes donnaient à ce paysage une surprenante
majesté. Des rocs aïgus et crenelés, d'autres couverts de neige, portaient sur leurs larges flancs des
forêts de sapins et de mélèzes d'une sombre et
mystérieuse apparence, au-dessous desquels de
verts pâturages descendaient jusqu'à la vallée.

Assis sur le sommet du rocher d'où ce vaste
panorama s'offrait à eux, ils ne pouvaient se
lasser de contempler de si contrastantes beautés.
Le soleil couchant colorait le ciel de ses rayons
ardents, et tandis que les plaines se gazaient d'une
blanche vapeur qui ne permettait plus de rien dis-

tinguer dans cette lointaine profondeur, les crêtes
des montagnes et des glaciers resplendissaient
d'une vive lumière. On aurait dit un vaste incendie
embrasant l'occident, et illuminant de ses reflets
toute l'étendue. Les nuages semblaient rouler des
flots d'argent et d'or, ils présentaient ces sublimes
et fantastiques effets qui exaltaient jadis l'imagination des peuples scandinaves. Avant de disparaître
de l'horizon, le soleil jeta un dernier et plus radieux éclat ; puis tous les feux s'éteignirent successivement dans le ciel et sur les hauteurs alpes-
tres. Cette grande et royale fête fit place aux
ombres du crépuscule et la lune resta seule pour
présider sur la nuit sereine qui allait commencer.

Nos deux amateurs attardés se souvinrent alors
qu'ils avaient encore une longue marche à faire
pour regagner leur hôtel, et se mirent en route,
mais la descente était rude, les pierres roulantes,
ils risquaient à chaque pas de tomber et, dans leur
préoccupation, ne s'aperçurent pas qu'ils avaient
pris le côté opposé à celui par lequel ils étaient
montés. Ce fut donc en vain qu'ils cherchèrent
le sentier qui devait les ramener sur leur chemin. Ils ne savaient plus de quel côté se diriger
lorsqu'ils aperçurent une petite lumière qui par-
tait d'un châlet situé près de là. Ce fut pour eux
un phare au milieu de ces lieux solitaires et de
la nuit déjà sombre. Ils se rendirent à cette ha-

bitation et y apprirent l'erreur qu'ils avaient faite.
L'hospitalité leur fut gracieusement offerte par le
maître du logis, ils l'acceptèrent avec empressement, car on ne pouvait, à cette heure tardive,
tourner la montagne; le chemin était long, fort
escarpé, et coupé par plusieurs torrents. Du reste,
cet incident ne leur était point désagréable; tout
voyageur aime les aventures; ils entrèrent donc
avec plaisir dans la maisonnette et furent char-
més d'y trouver un bon feu allumé. L'air fort
piquant du soir les avait pénétrés. Une marmite de
fonte suspendue à la crémaillère de la vaste che-
minée laissait échapper un fumet qui parut très-
savoureux à des gens dont l'appétit se trouvait fort
aiguisé.

Le couvert fut bientôt mis, et chacun y prit
place gaiement. La famille se composait du père,
de la mère, d'un fils et d'une fille, tous deux ado-
lescents. La table du paysan est singulièrement
sobre pendant qu'il séjourne sur la haute montagne
avec ses vaches; leur hôte s'en excusa avec aisance
et bonhomie, et rendit grâces avant le repas en
quelques paroles bien accentuées. Nos jeunes messieurs ne s'attendaient guère à pouvoir entrer en
conversation d'une manière intéressante avec un
villageois logé sous les tavillons (1) et encore moins

(1) Tuiles de sopin dont les toits des châlets sont couverts.

de trouver en lui une culture intellectuelle assez
complète. Cette surprise agréable leur était réservée, et ils s'aperçurent bientôt que ce simple paysan était un homme de jugement, et qu'avec son
langage non exempt de solécismes et son accent
traînant, il avait beaucoup à dire; ses idées étaient
nettes et ses réflexions pleines de sens et d'expérience. Il s'empressa de questionner les jeunes
Français sur leur pays en homme qui était au courant de la politique du jour, et eux s'enquirent à
leur tour de ce qui concernait le gouvernement de
la Suisse. Il se montra très au fait des affaires de
sa patrie et en parla avec l'enthousiasme d'un
citoyen qui lui est tout dévoué; du reste, il faisait
lui-même partie du grand conseil du canton de
Vaud, ce qui l'obligeait de séjourner souvent à
Lausanne.

Jamais M. de Mervins n'avait eu l'idée que tant
de développement intellectuel pût se trouver chez
un simple agriculteur; il est vrai qu'il n'avait point
essayé de faire connaissance sous ce rapport-là avec
les habitants du village de Saint-Pol. Il y avait
dans le paisible bon sens de leur hôte une sorte
d'autorité qui rappelait le citoyen d'un pays libre
et la noble indépendance d'une bonne conscience.
Edouard s'était expliqué de suite cette supériorité,
car il savait combien l'éducation du peuple suisse
est soignée, et quelle lumineuse influence la con-

naissance de la Bible exerce sur ceux qui en font la base de leur croyance et le conseiller de leur cœur.

Le jeune fils de la maison avait cédé sa chambre aux étrangers, il trouvait tout naturel d'aller dormir sur le foin amassé dans la seconde moitié du châlet. Le bouvier et le fromager n'avaient pas d'autre abri pendant le séjour d'été.

Tout résonne dans ces maisons construites en bois de sapin; aussi les deux voyageurs, quoique logés à l'étage sous le toit, s'aperçurent qu'on faisait la lecture dans la cuisine après leur départ. A ce bruit monotone succéda des accents assez distincts pour que quelques mots arrivassent jusqu'à eux. C'étaient ceux d'une prière. On monta ensuite, pieds déchaussés et en silence, mais l'escalier et les planchers trahissaient les pas les plus discrets par leur craquements.

Le sommeil fut parfait, mais court; avec le jour, tout se mit en mouvement. Le bouvier par un coup de sifflet, que les échos répétèrent, fit venir les vaches au rendez-vous matinal. Obéissantes à l'appel, elles arrivèrent de divers côtés pour se faire traire, chacune à son tour. Leurs clochettes sonores faisaient entendre leur gai carillon dans toutes les directions, rien n'était plus joli à voir ni plus agréable à entendre. L'air était frais, car le soleil ne s'était pas encore levé sur la vallée; située au

couchant, elle ne voyait disparaître l'ombre proje-
tée par les montagnes que bien avant dans la
matinée ; toutefois, la nature s'y montrait belle et
sereine au commencement de cette radieuse journée de septembre.

Le café fut posé sur la table avec la crème
excellente et le pain de ménage ; le père de famille se découvrit, remercia Dieu pour la nuit
paisible, implora sa puissante protection en faveur
de toute sa maison, de ses hôtes et de sa chère
patrie.

Un bon appétit, une joie meilleure encore assai-
sonnèrent ce repas offert avec une gracieuse urba-
nité. Le paysan proposa aux jeunes gens de les
conduire une partie du chemin, ce qui fut accepté
avec reconnaissance. Après avoir pris congé de la
femme et des enfants, ils se mirent en route, et
bientôt l'entretien de la veille fut repris avec un
nouvel entrain ; la course était longue, mais l'on
causa si bien qu'elle parut courte, et l'on se promit de part et d'autre de se revoir prochainement.

« — Je ne saurais vous exprimer, » dit Gaston à
Edouard, « la joie qui dilate mon cœur ce matin ;
il me semble que je respire plus librement ; le prix
de l'âme humaine me paraît plus grand, les fausses
appréciations auxquelles l'ambition et la vanité
donnent cours ont perdu tout leur empire sur moi,

je répète, avec une conviction intime, le vers de notre poëte :

Rien n'est beau que le vrai, le vrai seul est aimable.

« Jamais je n'oublierai les moments que nous venons de passer dans cette rustique demeure.

« Que ne puis-je la faire connaître à ceux qui l'ignorent, cette forte vie morale dont nous venons de jouir dans la société de cet excellent homme. »

XLVIII

MONSIEUR DE MERVINS A MADAME D'ORVILLE

« Florence, ce 28 octobre 1851.

« Vous me l'avez dit, ma bonne tante, il ne faut pas chercher le bonheur sur la terre, je viens de saisir toute la portée de cette vérité par ma propre expérience, car c'est dans le temps même où je m'abandonnais à l'espoir d'être un jour digne de Suzanne que je me vois dans la cruelle nécessité de renoncer à elle et pour toujours ! Je dois bannir jusqu'à son souvenir, éloigner de ma pensée son image chérie, oublier tout ce qu'elle était pour moi et ôter de mon cœur et de ma vie les projets si doux que je contemplais et caressais sans cesse. C'est à elle que je dois d'être devenu un homme sérieux, d'aimer ce qui est vrai et bon ; c'est elle qui m'a inspiré le désir et la volonté de cultiver mon intelligence dans le but de me rendre utile à mon pays ! Et pourtant, cette étoile si aimée, si brillante qui attirait sans cesse mes regards, doit disparaître à jamais de mon horizon, car j'ai acquis la certitude qu'Edouard l'aime !... J'ai surpris son secret, il ignore le mien, et je puis, sans qu'il s'en doute, sacrifier mon bonheur au sien. Il est digne d'elle, il peut satisfaire à tous les sentiments de Suzanne et aux besoins de son intelligence.

Avant de connaître Ferny, je n'aurais pas supposé qu'on pût réunir des qualités en apparence fort opposées ; ainsi tant de vraie bonté à une inébranlable résistance contre le mal moral, de profondeur dans la manière de sentir à la vivacité de l'intelligence, un esprit si grave à une gaieté fine et gracieuse ! Oui, chère tante, mon sacrifice est fait, la lutte a été terrible, il me semblait d'abord impossible de me soumettre à une si grande perte, mais le devoir l'a emporté, et je suis à présent brisé, mais résigné et calme ; sans perspective d'avenir pour mon cœur, sans émulation ni espérances terrestres, mais ayant appris à vouloir ce qui est juste et à ne plus agir en égoïste. N'est-il pas vrai, ma chère tante, que vous m'approuvez et que vous me soutiendrez? Votre affection et votre sympathie seront pour moi une source de consolation. Vous désirez, sans doute, savoir comment cette circonstance s'est produite, je vais vous en instruire.

« Edouard, quoique habituellement oublieux de lui-même, s'est accoutumé, peu à peu, à me communiquer ses idées et à me faire part de ses sentiments ainsi que de ses plans d'avenir avec une entière confiance. C'est vous dire qu'une réelle affection nous lie l'un à l'autre. Nous sommes arrivés à une grande facilité de relation et j'attribue ce mutuel abandon à la complète sincérité de nos intentions. Depuis que je vis avec lui, je goûte le bonheur de pouvoir parler à cœur ouvert, je ne lui ai tenu secret que mon amour pour Suzanne, et cela à cause d'elle.

« A propos du grand nombre de prêtres et d'ecclésiastiques de toutes sortes que nous rencontrions dans les rues de Milan, la conversation tomba sur le clergé italien, et sur le genre d'influence qu'il a exercée sur ce pays. Cet entretien nous conduisit à examiner la question du célibat. Edouard me dit à ce sujet qu'il croyait que le serviteur de Dieu pouvait doubler son action et son influence, s'il avait pour compagne une femme véritablement chrétienne, parce qu'elle rendait possible à son mari l'exercice de tous les devoirs de la famille, ainsi

que ceux de l'hospitalité; qu'il n'y avait nulle caste
à part dans l'Eglise de Jésus-Christ, puisqu'il en
est le chef unique, et que ce qui distingue les
chrétiens entre eux, ce sont les dons différents que
Dieu leur accorde, selon sa volonté, pour l'utilité
commune. Ainsi, ajouta-t-il, Grégoire VII a fait un
tort immense à la chrétienté en décrétant le célibat
des prêtres, car une femme pieuse est un puissant
auxiliaire pour le ministère de son mari. J'avais
remarqué le trouble d'Edouard en prononçant cette
dernière phrase, et lui demandai en souriant s'il
connaissait déjà une personne d'un tel caractère. Il
me répondit avec sa scrupuleuse et laconique véra-
cité : « Oui. »

« Cette réponse fut pour moi un trait de lumière ;
je me souvins qu'il avait dû voir Suzanne pendant
son dernier séjour chez sa mère, à Lagny, et je résolus de m'éclairer à cet égard. Je lui tendis le
piége de le faire causer sur lui-même plus qu'il ne
le fait d'ordinaire, et j'appris ainsi différentes circonstances de sa vie qui me confirmèrent dans ma
supposition. Deux semaines plus tard, j'eus l'entière certitude que c'était bien de Suzanne qu'il
s'agissait, car comme nous visitions les églises
de Florence pour en examiner les tableaux, nous
en remarquâmes un qui représentait la mort
d'un martyr; deux anges soutenaient le patient.
L'un d'eux rappelait d'une manière saisissante le

beau visage de Suzanne. Edouard fut le premier à
s'apercevoir de cette ressemblance, il ne put retenir une vive exclamation et pâlit, je regardai à
mon tour et fus ému comme lui, mais je gardai le
silence, car j'avais tout deviné et tout senti dans
ce court instant qui décida de mon sort.

« Ne croyez pas, ma bonne tante, que j'aime
moins Edouard depuis ce si triste jour ; je me juge
de sang-froid et je m'exécute, parce que je croirais
faire une action indigne d'un honnête homme, si
j'essayais de me placer entre deux cœurs si dignes
l'un de l'autre et si capables de se rendre mutuellement heureux. Je saurai les aimer pour
eux et dans ce cruel sacrifice je trouverai, je le
sens, une puissante consolation, car ce que j'ai
le mieux compris dans l'Evangile jusqu'à ce jour,
c'est le renoncement à soi-même ; il me semble
que c'est ce que l'exemple du Sauveur enseigne
surtout.

« Nous partirons pour Rome sous peu de jours
et j'espère être de retour à Paris à la fin de décembre. Qu'y ferai-je ? Comment rendre à ma vie un
but et à mon cœur une perspective qui le relève
de son abattement et renouvelle son énergie ? Ma
route est tracée, je ne saurais m'en détourner,
j'irai donc de l'avant, vous serez pour moi un bon
ange, chère tante, j'ai déjà expérimenté combien
votre sympathique bonté m'est salutaire, je le sen-

tirai encore dans la douloureuse circonstance où
je me trouve.

« Je salue mon oncle avec une respectueuse
affection et demeure fidèlement votre dévoué
neveu.

GASTON.

XLIX

GASTON DE MERVINS A PAUL DE LATRY.

Florence, 30 octobre.

« Mon cher Paul,

« Comme je suis en voyage depuis deux mois,
votre lettre ne m'est parvenue qu'avec un long
retard. Je me hâte de venir vous répondre. Je
ne saurais vous cacher qu'elle m'a fait beaucoup de peine, mais loin de m'ôter le courage
de vous entretenir ouvertement de mes nouvelles vues, elle m'y détermine, parce que je vous
suis plus attaché aujourd'hui que je ne vous l'ai
encore été. Tout ce qu'il y avait de vrai en moi a
repris vie, et je mets de ce nombre les sentiments
que je vous porte. Notre amitié déjà de vieille date
a eu une bonne origine, Paul ; vous vous souvenez
combien la discipline du lycée vous fut difficile à

accepter. Vous aviez connu et savouré les joies de
la famille auprès de vos excellents parents jusqu'à
votre treizième année ; la mort de madame votre
mère, qui suivit de si près celle du marquis, vous
jeta dans l'internat comme un naufragé sur une
aride plage ; tous deux orphelins et isolés, nous
aimions à nous rapprocher l'un de l'autre et vos
récits m'intéressaient comme si vous m'aviez parlé
de la mère que je n'ai jamais connue. Il eut été
bien heureux pour nous que cette bonne relation
intime à nous deux se fût continuée, mais, vous le
savez, dès que nous fûmes un peu grands garçons,
ce traître Gaspard se glissa comme un serpent entre nous, il sut nous captiver par ses ruses, et
quand il eut notre confiance, il exerça sur nos esprits plus jeunes et assez simples une désastreuse
influence. Il savait nos bourses bien garnies, il les
exploita en nous faisant jouer. Vous vous souvenez
comme moi des moyens qu'il employa pour détruire nos sentiments et nos principes. Son souvenir me fait horreur maintenant, et pitié aussi, car
je ne puis plus séparer ces deux impressions quand
je pense aux gens pervers, puisque plus on est
avancé dans le mal, plus on est réellement malheureux. Nos deux caractères n'étant pas les mêmes, les funestes effets de l'influence exercée par
Gaspard furent différents aussi. Ses sophismes et
son exemple m'enlevèrent l'amour du devoir et

les scrupules de la conscience; mes idées se re-
traicirent, mes facultés aimantes s'éteignirent et je
perdis toute noble émulation; il en résulta le très-
sot personnage que vous avez connu et qui semblait condamné à grossir la foule des insignifiances
et des inutilités sociales. Quant à vous, mon cher
Paul, permettez-moi de vous le dire, le poison
vous monta à la tête comme du vin de Champagne.
Tout ce qu'il y a de grâce et de verve naturelles
dans votre esprit se changea en feu d'artifices, vous
voulûtes plaire et briller, le plaisir devint votre but,
et la sensibilité de votre cœur fut desséchée par
cette vie excentrique et étourdissante à laquelle
Paris offre des ressources inépuisables.

« Il est facile de comprendre que, placé sous le
charme fascinateur de la société futile que vous
fréquentez, vous ne puissiez rien comprendre au
changement que ma dernière lettre vous indiquait
et que celle-ci vous confirme. J'aimerais mieux que
vous en jugeassiez par vous-même et que vous
vinssiez nous rejoindre dans une des villes que
nous devons encore visiter, pour passer quelques
semaines avec nous. Vous feriez la connaissance
de mon compagnon de voyage, et il gagnerait certainement votre confiance, car malgré le sérieux
de ses idées, il a toute l'aménité et l'amabilité que
donnent des sentiments généreux et une culture
distinguée; vous rapprendriez ainsi à goûter les

plaisirs de la véritable amitié, dont vous avez perdu la trace au milieu des relations extérieures et si mensongères de la camaraderie mondaine. Vous me trouverez très-différent de ce que vous m'avez laissé à mon départ de Paris; car je vous le dis simplement, mon cher Paul, j'ai de tout autres idées et de tout autres goûts, et je suis persuadé, connaissant votre vraie nature, que vous en seriez où j'en suis, si vous aviez fait les mêmes expériences que moi.

« Parmi nous autres jeunes gens, la religion est envisagée comme un joug qu'il faut secouer, et c'est la crainte de son autorité qui nous la fait accuser et rejeter avec un orgueilleux dédain, notre cœur en a peur; mais, cher ami, de toutes nos erreurs et de toutes nos manies d'étourdis, c'est la plus funeste, et je tiens à ce que vous appreniez par ma sincère déclaration que la croyance en Dieu est le point de départ de toutes les véritables joies du cœur.

« Vous devriez en savoir plus que moi sur ce sujet, surtout plus que je n'en savais, car madame votre mère vous a laissé un cahier écrit de sa main, à votre intention, dans lequel un jour vous me permîtes de lire et où je rencontrai de bien belles pensées, entre autres celle-ci qui me fit tant d'impression, qu'elle n'est jamais sortie de ma mémoire :

« *La nature sans le soleil, et l'âme sans Dieu ne*
« *peuvent rien produire.* »

« Nous plaignons les aveugles comme les plus
malheureux de tous les infirmes, parce qu'ils vivent dans une nuit sans fin, et bien maintenant
j'estime les incrédules infiniment plus malheureux,
parce que c'est dans leur cœur même qu'il fait obscur. Qu'est-ce, mon cher Paul, que cette vie superficielle trop générale parmi nous, dans laquelle on
ne s'élève à aucune vue d'ensemble sur l'existence
humaine, et ce morne silence gardé sur les intérêts de l'âme, et cette critique impie qui s'acharne
sur les sujets sérieux et se moque de l'éternité, et
cette habitude de plaisanter de tout comme si la
vie était réellement une comédie, et cette facilité
de relations avec des gens sans principes, et cette
préoccupation de jouir à tout prix, même en assis-
tant à des spectacles qui offensent les mœurs !
Qu'est-ce que tout cela, Paul, sinon la ruine de notre cher pays et de nous-mêmes ?

« Les entraves que forgeaient mes caprices et
mes idées erronées m'ont été ôtées. L'amour du
vrai s'est emparé de moi, le mensonge m'est devenu odieux ; j'aimerais mieux souffrir pour la vérité que jouir par le mensonge. Ce sentiment a décidé du sort de ma vie et réglé mes goûts. A une
époque déjà bien éloignée, ma conscience d'enfant
était droite et délicate, mais cependant je n'étais

pas libre entièrement comme je le suis aujourd'hui ;
car je subissais les idées fausses des personnes qui
me dirigeaient. Je ne saurais vous exprimer combien je suis heureux de cette liberté morale, mes
facultés sont vivifiées, mon jugement reprend sa
certitude et mon cœur tend à se répandre sur ceux
qui souffrent et sur ceux qui végètent dans l'inertie où j'étais, il y a si peu de temps encore ! Je
comprends bien ce vieillard auquel on avait demandé son âge et qui répondit : « J'ai deux ans. »
car il ne comptait sa véritable vie que du jour où
son âme s'était éveillée pour la vérité.

« La manière dont nous faisons ce voyage est
très-fructueuse et fort intéressante, non-seulement
nous en tirons parti pour notre instruction, et nous
en jouissons par tous les agréments qu'il nous offre, mais nous cherchons à comprendre l'esprit de
ce peuple, à reconnaître les progrès qu'il a fait depuis qu'il a recouvré sa vie civique, et nous lui dé-
sirons ardemment la lumière de l'Evangile pour
qu'il réalise les bienfaits de l'affranchissement. Naturellement le souvenir de Manin nous a été particulièrement présent en passant à Venise, nous
venons de lire sa vie, et j'y ai remarqué avec douleur combien cette belle âme a été privée des consolations de la foi sur la terre d'exil ; il paraît n'a-
voir eu d'autre culte que celui de la liberté politique et des affections de famille. Il en est ainsi de

beaucoup d'esprits supérieurs qui, ayant brisé le
joug de la superstition, se sont identifiés avec de
nobles inspirations, mais sont restés éloignés d'une
croyance positive. Edouard, mon ami, me disait
à ce sujet que la consolation des âmes affligées
qui ont noblement souffert est le secret de Dieu;
pour beaucoup, le rayon divin ne les éclaire qu'à
la dernière heure. Il y a, mon cher Paul, dans la
foi chrétienne une puissance d'action qui change
le caractère de toutes les situations de la vie;
ainsi l'an dernier j'aurais voyagé à la façon des
hirondelles qui, dans leur migration, ne cherchent que leur bien-être, tandis que maintenant
je me sens intéressé à tous et à chacun par un
sentiment de fraternité universelle qui n'est pas
un vain mot.

« Savez-vous que c'est une chose révoltante,
mon cher, que les soi-disant heureux de ce monde
restent généralement indifférents aux privations et
à l'ignorance des classes ouvrières. Je souffre avec
remords d'avoir été jusqu'ici de ce nombre, aussi je
ne rencontre pas un enfant vagabond, un ouvrier
sans travail, un mendiant, sans éprouver un ardent
désir de réparer envers eux mes torts passés. Je
n'avais pas l'idée d'avoir une part de responsabilité
quelconque envers les hommes en général.

« Ce sentiment m'est tout nouveau et je regrette profondément les propos que les gens de

service ont entendus de moi et de mes camarades. Je les regardais alors comme des inférieurs qui étaient à mes ordres, mais nullement comme mes semblables. Maintenant je sens exactement le contraire ; je suis persuadé que ce sont les gens qui ont reçu de l'éducation qui sont appelés à se dévouer à ceux qui en manquent, et que les personnes qui ont de la fortune se doivent à l'amélioration morale et physique du peuple. Jugez de l'œuvre à faire et s'il y a du temps à perdre ! !..........

« Avant de clore cette si longue lettre, mon cher Paul, je veux encore toucher un dernier point.

« Vous avez coutume, pour amuser votre esprit, de lire ou de parcourir les romans qui sont en vogue dans un certain public ; si j'en juge par mon expérience, ce genre de lectures est un des agents les plus actifs pour l'anéantissement des principes. Ces romans font semblant de vouloir flétrir le vice, mais en réalité leur but est de l'alimenter, car ils reproduisent avec un brillant coloris les scènes de la vie mondaine dans lesquelles les plus mauvaises passions sont mises en jeu, et agissent ainsi à la façon des verres réflecteurs faisant converger les rayons de ce feu impur et destructeur sur l'imagination surexcitée du lecteur. On doit reconnaître que les auteurs de pareils livres en mettant le mal en évidence sans honte et sans douleur, soit par cynisme, soit par spéculation sordide, commettent

un attentat contre les mœurs publiques et infil-
trent adroitement un mortel venin dans le cœur
des lecteurs imprudents ou téméraires qui les accueillent.

« Je vous supplie instamment, mon cher Paul,
de briser aussi avec cette habitude-là.

« Je suis effrayé du volume que je viens de vous
écrire; n'y voyez, je vous en prie, que le réveil
d'une affection de frère, et l'effet des sentiments
qui se sont emparés de mon cœur. J'attends votre
prompte réponse à la proposition de venir nous rejoindre.

« Votre dévoué et ancien ami.

« GASTON. »

L

MADAME LA COMTESSE D'ORVILLE A M. DE MERVINS

Paris, 5 novembre.

Mon cher neveu,

Votre lettre, datée de Florence et reçue aujour-
d'hui, m'a causé une très-vive émotion. Je ne puis
vous exprimer toute ma compassion pour votre
souffrance, ni combien je suis touchée de vous
trouver à la hauteur d'un tel sacrifice. Il m'est évi-

dent que, pour l'avoir accompli sans hésitation, il
fallait que vous fussiez enseigné et conduit par la
charité de Dieu, et cette grâce est si grande qu'elle
doit dominer tout autre sentiment. J'en ressens
une profonde reconnaissance, et mon amitié pour
vous s'en est beaucoup accrue. Le comte ne devait
pas rester étranger à une circonstance si importante de votre vie, je lui ai donc donné votre lettre
à lire; en me la rendant, il avait les larmes aux
yeux et m'a dit : « Je vous prie de faire savoir
« à Gaston que je le considère comme mon propre
« fils, et que notre maison est désormais la sienne. »

« Je ne pouvais dormir cette nuit; votre lettre
était toujours devant moi, et je me disais : « Puis-
« que Gaston est capable de s'oublier à ce point, il
« sera certainement un jour employé à une de ces
« œuvres qui demandent un amour ardent pour le
« bien du pays, ou à des améliorations sociales
« désirées et toujours ajournées faute d'un zèle
« suffisant; » et ce verset de l'Evangile s'est présenté alors à mon esprit : « Quand j'étais en pri-
« son, vous êtes venu me visiter. »

« Je vous donne ces impressions telles qu'elles
sont descendues dans mon cœur attendri, vous en
ferez ce que bon vous semblera; j'ajouterai seulement cette réflexion : que les maux qui échappent
aux regards du public n'attirent pas son attention
et n'occupent pas sa sollicitude comme le font ceux

qui, placés immédiatement à sa portée, excitent journellement sa compassion ; il en résulte que les premiers sont plus ou moins négligés et demandent les soins d'une charité prévenante, zélée et persévérante dont le mobile soit vraiment intérieur.

« Nous attendons avec une vive impatience votre retour, je suis persuadée que nous mènerons tous ensemble, sans en excepter ma chère cousine, une douce vie d'intimité, et à propos de cela je pensais que, pour les familles comme pour l'Eglise, l'amitié se produit par l'accord des sentiments et nullement par des règles et des formes imposées d'autorité. On comprend comment, au début de la fondation des ordres religieux, il a pu y avoir une sainte et austère union ; la piété ardente de grandes âmes, le besoin de fuir la grossière et impie ignorance du monde d'alors, rassemblèrent les âmes éprises du bien et avides de paix. C'était l'heure de la vie monastique, mais la partie matérielle de ces œuvres excentriques grandit au dépend de la vie spirituelle et, se trouvant en dehors de l'état normal de la société et contraire à la vie de famille, ces fondations devinrent des corps sans âmes, et contribuèrent immensément à dénaturer le christianisme aux yeux du monde. Elles eurent deux effets également funestes : celui de scinder la vie humaine, qui est essentiellement *une*, en mettant la religion à part des choses terrestres, puis de faire

oublier que la nature de la foi chrétienne est de
pénétrer partout et d'être dans notre existence ce
que le morceau de sucre est dans le verre d'eau ; il
s'y fond et lui donne son goût. Notre Sauveur
n'avait pas revêtu un caractère ascétique ; ses apôtres étaient semblables dans leur costume et leur
vie extérieure aux gens du peuple, ils ne se distin-
guaient des autres hommes que par leur foi et leur
charité, et rapportaient à la seule puissance de
Dieu les miracles qu'ils faisaient. L'Eglise était le
rassemblement des disciples d'un même endroit
comme l'indique les salutations qui terminent les
épîtres de saint Paul ; ainsi il écrit aux Corinthiens :
« Les Eglises d'Asie vous saluent ; Aquilas et Pris-
« cille, avec l'Eglise qui est dans leur maison, vous
« saluent avec beaucoup d'affection dans notre
« Seigneur ! »

« Que tout cela est simple, intime, réel, pratique,
on y trouve la confiance d'une cordiale affection
fraternelle, et le principe d'une vivante unité. Le
mot *église* dans l'Ecriture s'applique à la réunion
des chrétiens de tous les siècles et de tous les
lieux.

« La position dans laquelle vous vous trouvez à
l'égard de M. Ferny et de Suzanne met en relief un
des effets produits par la charité chrétienne. Saint
Paul, dans la sublime définition qu'il en donne, dit :
« La charité n'est point envieuse..... Elle ne cher-

« che point son propre profit... » A votre insu,
mon cher Gaston, vous avez obéi à ses inspirations.
Jetez un regard sur ce qui se passe dans le monde,
et vous reconnaîtrez que les duels, les inimitiés,
les calomnies, les désespoirs dus à la jalousie et
aux passions diverses, sont les fruits amers de
l'égoïsme et de l'anti-fraternité qui troublent toutes
les classes de la société; vous pouvez apprécier
mieux que moi combien l'accomplissement d'un
devoir difficile donne de force pour lutter victorieusement contre de moindres tentations.

« Je viens d'achever un livre qui m'a fort intéressée et qui m'a introduite dans un ordre de
choses dont j'ignorais l'existence. C'est la biogra-
phie du comte de Zïzendorf. Il a joué un rôle religieux important en Allemagne et ailleurs encore.
Né dans les grandeurs, il a toute sa vie aimé et
protégé les petits de ce monde; c'est une belle individualité, celle de ce jeune homme, appartenant
à la plus haute aristocratie de son pays, et qui fut
constamment gardé dans l'humilité et le renoncement des choses terrestres par son amour et son
adoration pour le Sauveur. En 1690, à l'âge de
dix-neuf ans, pendant ses voyages, il passa six mois
à Paris; son imagination était exaltée et poétique,
il avait les dons extérieurs les plus brillants et se
trouvait introduit à la cour du Régent, mais sa foi
éclairée et fervente le préserva de tous les piéges

dont il se trouvait entouré; il ne se lia pendant ce séjour en France qu'avec des personnages qui, par l'élévation de leurs vues, correspondaient à ses sentiments sérieux, et sortit de ce centre qui aurait pu être si nuisible à sa moralité sans que ses principes et ses sentiments chrétiens eussent reçu la moindre atteinte.

« Dès son plus jeune âge, il avait pris à cœur d'avancer le règne de Dieu autour de lui, et ce vœu reçut son accomplissement par la persécution suscitée en Moravie à des artisans et à des pieux agriculteurs. Le comte de Zizendorf, reconnaissant en eux de sincères disciples de Jésus, leur offrit un asile sur un de ses vastes domaines héréditaires et se constitua leur protecteur devant les puissants de ce monde. Bientôt il organisa en société fraternelle tous ces émigrés qui avaient abandonné leurs maisons et leurs champs pour rester fidèles à leurs convictions. Ils se soutenaient par leur travail et étaient animés d'une foi forte et éclairée, leur charité se montra dès leur installation, car à peine avaient-ils commencé de bâtir leur village d'Herrnhout qu'ils envoyèrent quelques-uns d'entre eux, les mieux qualifiés, porter l'Evangile aux païens. Cette société, connue sous le nom de l'Unité des Frères Moraves, a son centre en Allemagne et exerce maintenant son dévouement missionnaire depuis le Groenland jusqu'aux pieds de l'Himalaya.

J'ai remarqué dans l'histoire de cet homme éminent un fait qui a de l'analogie avec vos circonstances actuelles. Il venait d'être fiancé à une jeune
personne qui répondait en tous points à ce qu'il
pouvait désirer, lorsqu'il apprit que son ami, le
comte de Reuss, aspirait aussi à cette alliance, mais
n'avait pas su se déclarer à temps. Sur l'heure
même il prit le parti de se sacrifier, et renonça à
son propre bonheur avec une fermeté qu'on ne
put vaincre; son cœur, plein de la charité qu'inspire Jésus, la manifesta dans ce pénible renoncement. Deux années plus tard, il trouva dans la
sœur de son ami une compagne remarquablement
qualifiée pour le seconder dans la belle mission à
laquelle il consacra son existence entière.

« Je suis persuadée que M. Ferny s'est donné de
cœur à vous et que votre amitié durera toujours,
parce qu'elle repose sur des sentiments qui se dé-
velopperont de plus en plus chez tous deux.

« Quant à vos anciens camarades, je crois que
vous aurez très-naturellement une belle mission à
remplir à leur égard. Ce qu'ils ne daigneraient pas
écouter de la part d'une personne étrangère à leurs
idées, ils l'entendront avec confiance de votre bouche, parce que vous avez marché dans leurs sentiers, connu ce qu'ils recherchent, et parlé leur
langage; vous avez donc la clé qu'il faut pour pénétrer dans ces esprits-là, et, en sentinelle fidèle,

vous saurez leur signaler l'ennemi qu'ils n'aper-
çoivent pas.

« Je vous envoie mes plus tendres vœux, mon
cher Gaston.

« Votre affectionnée tante,

« P. comtesse d'Orville. »

LI

PAUL DE LUTRY A GASTON DE MERVINS

Paris, 10 novembre.

« Vous êtes parfaitement qualifié, mon cher
Gaston, pour devenir un éminent frère prêcheur,
et si vous n'avez pas deviné votre vocation, c'est
moi qui vous la révélerai.

« Parole d'honneur! votre sagesse m'a troublé
et je me sentirais un penchant pour la méditation,
si je n'avais devant moi le spectre d'assez fâcheux
souvenirs.

« Tout à l'heure, notre camarade Léon est venu
me chercher pour notre promenade habituelle,
mais je me suis trouvé si peu disposé à l'accompagner, que j'ai prétexté une violente migraine pour
rester chez moi.» En effet, « Paul, m'a-t-il répondu
en me regardant avec son aplomb ordinaire,
« vous avez mauvais visage, et sentez la fièvre. »

« C'est un grand succès pour vous que j'aie préféré un tête-à-tête avec ma pauvre petite conscience à une promenade fringante et aventureuse.

« Il y a un mot dans votre lettre qui a eu sur moi un effet extraordinaire; ce mot m'est allé au cœur comme une flèche et il y est resté; je ne puis ni ne veux l'en arracher, car je sens que la douleur qu'il m'a causé m'est salutaire. Depuis ce moment-là, je vois d'un autre œil mes soi-disant plaisirs; j'ai même commencé à les prendre en pitié, je l'avoue; il me semble que je ne prends plus que par habitude et comme machinalement les sentiers où se rencontrent les oisifs et les étourdis.

« N'êtes-vous pas émerveillé, Gaston, de ce que ma plume vient de vous tracer? Je m'en étonne autant que vous et c'est peut-être un de ces miracles dont vous discourez si bien et qui ont excité ma mauvaise humeur et ma superficielle gaieté dans la réponse que je fis à votre lettre. D'où vient le pouvoir que vous exercez sur moi maintenant? Je relisais tout à l'heure votre lettre, et j'en ai reçu une impression beaucoup plus forte qu'à la première lecture; j'y vois plus clair, une porte s'est ouverte devant moi et j'assiste presque en spectateur au lever de cette aurore intérieure qui succède à ma longue nuit.

« J'ai renoncé à m'attacher au colonel Polin, et

comme je désire vous voir à votre arrivée et encore après, je me suis arrangé pour prolonger ce
temps de vacance. Vous m'aiderez de vos conseils
pour la décision que j'aurai à prendre et pour la
demande que je devrai faire au ministre.

« J'ai à vous communiquer un événement qui a
plongé la famille de ma sœur dans le deuil le plus
profond ; mon beau-frère avait accordé à son fils
de prendre part à l'ouverture de la chasse ; Arthur,
entièrement inexpérimenté, ayant placé son fusil
près de lui sans précaution, la détente partit et ce
cher jeune homme fut atteint mortellement. Son
père, présent à l'accident, fut saisi d'un si violent
désespoir que nos craintes se portèrent sur lui. Je
fus chargé d'annoncer cette catastrophe à ma pauvre sœur ; elle fut admirable, et surmonta sa douleur pour calmer celle de son mari. Je vous laisse
à comprendre les regrets que laisse ce fils unique,
qui était vraiment un charmant garçon.

« Toutes les personnes venues de Paris pour
s'amuser à Blaye se trouvèrent fort désappointées,
et repartirent aussitôt après l'enterrement. Je reçus
une impression extrêmement pénible du contraste
que présentait la frivolité de leurs préoccupations
avec le sérieux de la circonstance, et je compris
à ce moment-là combien l'amour de la dissipation
est en désaccord avec la fragilité de la vie. Je
restai tout septembre à Blaye, car je sympathise

de tout mon cœur à la douleur des malheureux parents d'Arthur.

« Je ne puis me rendre à votre invitation amicale, mais nous allons bientôt nous retrouver à Paris. J'ai accepté enfin la proposition, toujours repoussée jusqu'alors, de ma cousine de Sainte-Roche et je m'en applaudis, car son hospitalité est très-affectueuse et je me trouve ainsi placé dans une situation fort différente de celle que j'avais prise en quittant Saint-Cyr.

« Au retour d'une visite chez mon oncle, je trouve cette lettre non achevée sur ma table, je vais vous l'expédier après y avoir ajouté quelques lignes. J'avais emporté avec moi à Fontenay le journal de ma bonne mère pour le lire, selon votre conseil. Ah! cher Gaston, quelle émotion m'a donné cette écriture et le contenu de ce précieux cahier! Ma mère me semblait à côté de moi, je croyais la voir et recevoir ses tendres caresses, j'ai lu et relu ces pages toutes remplies du témoignage de son affection, de ses tendres exhortations et de nobles idées. Pourquoi vous le cacher?.. j'ai pleuré... amèrement pleuré!... Je ne puis m'expliquer qu'élevé par une pareille mère, l'ayant tendrement aimée, j'aie pu mettre en oubli de tels sentiments et devenir la proie du faux, de l'ignoble, et de cette légèreté impitoyable qui se joue de tout et foule aux pieds la conscience comme un

préjugé ! Je ne m'explique un tel égarement que
par le mauvais entourage que nous avions dans
notre internat au moment où l'effervescence des
passions offre une entrée facile à toutes les séductions.

« J'attends votre réponse avec impatience.

« Votre dévoué,

« PAUL. »

LII

MONSIEUR DE MERVINS A MADAME D'ORVILLE

« Rome, 10 novembre.

« La lettre que vous m'avez écrite en dernier
lieu, ma chère tante, m'a été infiniment précieuse,
votre affection et celle de mon oncle sont un encouragement et un repos pour mon cœur ; vous
apprendrez avec satisfaction que le sacrifice que
j'ai fait à Edouard semble avoir doublé mon énergie et m'a affranchi complétement de la fausse
honte qui me retenait encore, lorsqu'il s'agissait
de confesser ouvertement mes convictions. Je ne
saurais expliquer comment cette révolution s'est
opérée en moi, le fait est que je me sens comme
délié, et il n'y a pas de sarcasme qui pourrait
m'empêcher maintenant de dire ouvertement ce

que je pense. La société d'Edouard m'est inesti-
mablement bienfaisante; son esprit cultivé donne
une saveur et un relief à tous les sujets que nous
traitons ensemble, sa foi les éclaire et sait en tirer
les conséquences qui correspondent au grand but
de l'existence. Sa charité se répand sur tous ceux
avec lesquels il entre en rapport, quels qu'ils soient;
il sait rallumer la flamme prête à s'éteindre, et
donner, à de faibles intelligences, un aliment proportionné à leur état; je sens que la mienne se
forme à son école.

« Les circonstances par lesquelles nous avons
passé, vous et moi, ma bonne tante, sont vraiment
bien remarquables ! Comment aurions-nous pu les
prévoir ? J'ai été très-frappé de ces paroles dans
notre lecture de ce matin :

« Quelques-uns ont logé des anges sans le sa-
« voir. »

« Ange signifie *envoyé*, » me disait Edouard ; à
propos de ces paroles, je pensai aussitôt à Suzanne,
qui semble réellement avoir été *envoyée* pour transformer votre vie et la mienne. Vous serez heureuse
d'apprendre que je la considère à un tout autre
point de vue à présent; elle ne m'apparaît plus que
comme le moyen employé pour me tirer de ma
léthargie; le changement qu'ont subi mes sentiments à son égard m'étonne d'autant plus qu'il
s'est fait sans effort et comme à mon insu; tout

retour sur le bonheur qui m'a échappé me semble
impossible; elle est à mes yeux la future compagne d'Edouard, et je n'éprouve aucune jalousie de
ce qu'il possédera le trésor que j'ai perdu. Chaque
jour j'observe des influences que je n'ai point pro-
voquées et qui s'introduisent dans mes plus intimes sentiments; je dois donc reconnaître qu'il y a
maintenant en moi un autre agent que ma propre
volonté; qu'une force bienfaisante soutient ma
faiblesse et qu'une lumière, plus sûre que celle de
mon jugement, m'éclaire et me montre le chemin
où je dois marcher.

Que ferai-je à mon retour? Je l'ignore; je serai
bien heureux de me trouver sous votre toit paternel
et maternel et de jouir de votre affection. Quant
au reste, je veux obéir à cette recommandation de
ne pas se faire de souci pour le lendemain. Je sais
que notre sort est en de meilleures mains que les
nôtres, et que mes préoccupations doivent se porter ailleurs que sur mes propres intérêts; j'espère
pouvoir un jour me rendre utile je connais assez
le triste état de la société pour sentir ses besoins,
mais je ne suis point encore capable de lui être
utile; c'est à le devenir que tendront mes efforts.

« Votre récit sur le comte de Zizendorf m'a vivement intéressé, il a été bien heureux de pouvoir
accomplir de si grands desseins. Comme vous le
dites, ma chère tante, il faut réveiller l'intérêt en

faveur des infortunés qui sont négligés. Puissé-je
un jour plaider leur cause avec succès!

« Croyez à mon tendre respect, mes chers parents.

« GASTON. »

« Nous ne sommes à Rome qu'en passage, nous
allons à Naples pour quelques jours, puis nous re-
viendrons ici, d'où nous comptons reprendre le
chemin de la patrie pour y arriver avant Noël. »

LIII

MONSIEUR DE MERVINS A PAUL DE LUTRY

« Naples, 20 novembre 1861.

« Mon cher Paul,

« Votre lettre m'a causé une grande joie; avant
de la recevoir, je l'espérais, car j'ai beaucoup vécu
du souvenir de nos premières bonnes relations, et,
mettant de côté les tristes années qui leur ont succédé, je crois qu'une solide et fructueuse amitié se
greffera sur la jeune tige. Ce que j'ai aujourd'hui à
vous communiquer est aussi extraordinaire qu'intéressant.

« Nous nous sommes rendus de Florence à Naples
sans presque nous arrêter à Rome, parce que notre

intention est d'y séjourner en revenant. L'hôtel où
nous sommes installés ici est entouré d'un beau
jardin. Le lendemain de notre arrivée, comme nous
prenions notre chocolat devant la terrasse, nous
vîmes apporter un malade sur une chaise longue;
on le plaça sous un grand oranger, il était entouré
d'oreillers, une dame le soignait. Bientôt une toux
creuse vint nous révéler la nature de son mal. Il
se fit donner des journaux, en enleva la bande,
puis les reposa; comme il entendit du bruit de
notre côté, il tourna la tête, mon regard rencontra
le sien et il me sembla que son visage ne m'était
pas étranger. Apparemment il eût la même impression, car il me regarda de nouveau, et en ce moment je le reconnus. C'était Gaspard, oui, c'était lui
Mais quel changement!... Ce vigoureux et grand
jeune homme, aux formes athlétiques, se trouvait
réduit à l'état de squelette et portait sur ses traits
les signes d'une mort prochaine... Je me rendis
immédiatement auprès de lui, et j'appris qu'il était
à Naples depuis trois mois, mais sans que le climat
l'eût soulagé. Nous parlâmes naturellement beaucoup de sa santé; il se plaignit de son isolement,
du cruel ennui auquel le livrait la privation de toutes espèces de distraction. Je lui offris de faire la
lecture de ses journaux, j'avais besoin de trouver
un moyen de diversion à ce triste entretien, je
sentais que ma présence devait lui rappeler le

temps où il était bien portant et indépendant, et lui rendre plus sensible sa triste situation. Sa toux très-fréquente, interrompait la lecture que je lui faisais, mes pensées étaient ailleurs, je lisais machinalement, lui-même n'y prêtait pas, je crois, grande attention. Sa mère étant venue lui annoncer le médecin, je me retirai. Le lendemain, je renouvelai ma visite et je le retrouvai tel que je l'avais connu, brusque, ayant peu à dire, irascible, critiquant tout, gens et choses. Une morne tristesse rendait sa pâleur encore plus frappante. Je ne savais comment faire arriver une idée consolante à cet esprit si positif et si incrédule; je cherchais vainement une parole propre à l'éclairer et à le sortir de son profond découragement. Je me retirai sans avoir pu lui être le moins du monde utile ou agréable. De nos croisées nous le voyions sous l'arbre où il passait la moitié du jour; tantôt il dormait, tantôt il faisait une partie de carte avec sa mère. Je ne puis vous exprimer combien je souffrais de me sentir si près de cet infortuné sans oser lui venir en aide. Il y a deux jours que le pauvre malade ne parut pas dans le jardin; le soir on vint nous dire, de la part de sa mère, que le médecin croyait sa fin très-prochaine. Cette nouvelle me causa une vive émotion et accrut mon regret de ne pas avoir su lui parler sérieusement. J'offris à madame Brélas de veiller son fils. Elle accepta volontiers ma proposition, et à neuf heures j'étais installé dans cette chambre faiblement éclairée, où aucun espoir semblait ne pouvoir pénétrer, ni pour la guérison du corps, ni pour celle de l'âme.

« Gaspard fut saisi d'une affreuse crise d'oppression, à laquelle nous crûmes qu'il succomberait, car il ne pouvait aspirer l'air qui lui était nécessaire; nos soins ne lui apportaient aucun soulagement; cependant le mieux arriva, il put prendre un peu de repos, et lorsqu'il demanda sa tisane, je m'approchai pour la lui donner, déterminé à porter sa pensée sur l'éternité dont il était si près; j'hésitais, je cherchais mes mots, le temps s'écoulait et je n'avais aucune initiative, enfin je me hasardai et lui dit : « Gaspard, croyez que Dieu existe et qu'il « aime à faire grâce à ceux qui l'implorent. » Il leva sur moi des yeux étonnés, secoua deux fois la tête, puis prononça d'un ton sec et décidé : « Silence ! » Je ne puis dire la torture à laquelle j'étais livré en ce moment là; sa vie semblait prête à s'éteindre, il fallait se hâter de lui venir en aide malgré lui; je lui dis à voix basse, en empruntant à la Bible ses propres expressions : « Nous avons « un avocat auprès de Dieu, savoir Jésus-Christ. » Il me lança cette fois un regard irrité et s'écria : « Je n'y crois pas, n'en parlez plus ! » Je me tus, en effet, mais dans le secret de mon cœur je priai pour lui; la certitude qu'Edouard sympathisait avec mon

angoisse me soutenait. J'essuyais en silence les
gouttes de sueur qui coulaient sur le front de ce
pauvre agonisant, lorsque tout à coup il se dressa
sur son séant, avec une force nerveuse dont on ne
l'aurait pas cru capable, étendit ses deux bras en
avant comme s'il repoussait quelqu'un; ses yeux,
grands ouverts, exprimaient une terreur extrême.
Après cet effort, il retomba sur son oreiller comme
anéanti; de temps en temps il ouvrait les yeux,
regardait avec anxiété autour de lui, puis tournait
la tête du côté de la muraille. Je fis prier Edouard
de descendre, car je ne savais plus que faire; sa
présence me rendit de l'espérance; il se plaça à la
tête du lit pour rester inaperçu; je vis qu'il priait
intérieurement. Tout était silencieux; une pâle
lumière éclairait cette lugubre scène; la mère allait
et venait sans parler, elle paraissait soulagée qu'on
lui prêtât assistance. Une heure se passa ainsi;
Gaspard semblait dormir. Tout d'un coup, un violent
tressaillement le saisit, il jeta un cri perçant, l'effroi
et le désespoir se montrèrent sur ses traits boule-
versés et nous éprouvâmes une si grande compassion pour cette mystérieuse souffrance, que le désir
de délivrer ce pauvre désolé remplaça tout autre
sentiment dans mon cœur; aussi fus-je bien heureux d'entendre Edouard qui, sous l'influence
d'un eardente pitié, supplia Dieu, d'une voix émue,
avec insistance, de pardonner à cette âme pour

laquelle aussi Jésus est mort. Cette touchante et chaleureuse intercession porta dans mon cœur la consolante conviction que Gaspard serait délivré. Peu après il rouvrit les yeux qu'il avait tenu fermés depuis son grand effroi. Son regard n'était plus troublé, il cherchait le mien, et me tendit la main en me disant d'un ton confidentiel :

« L'ange les a chassé, ils ne sont plus ici; dites-
« moi, Gaston, qu'ils ne reviendront plus! »

« Edouard reprit avec sa belle voix sonore et sympathique, en espaçant les mots pour être bien compris du malade :

« Christ a paru pour détruire les œuvres du dia-
« ble. » (I Jean, iii, 8).

« Un complet silence succéda à ces paroles. Gaspard était calme, Edouard continua :

« Dieu n'a point envoyé son Fils dans le monde
« afin de condamner le monde, mais afin que le
« monde fût sauvé par lui. » (Evang. Jean, iii, 17.)

« Les traits du malade avaient changé d'aspect, ils n'annonçaient plus aucun trouble, ni même aucune souffrance; il ne dormait pas, il ne disait rien, il pensait..... Nous quittâmes doucement la chambre sans qu'il s'aperçût de notre sortie. Deux heures après, sa mère nous fit demander; il désirait que M. Ferny lui fît une lecture; aussitôt qu'il le vit, Gaspard lui dit :

« Lisez-moi, je vous prie, le récit de la mort du

« Christ, je voudrais apprendre à le connaître, car
« je l'aime. »

« Edouard lui lut une grande partie du 23ᵐᵉ
chapitre de l'Evangile de saint Luc, et quand il en
vint à la promesse de Jésus au brigand repentant,
il leva la main et fit signe de répéter ces passages.
Il voulait dire quelque chose, mais une suffocation
l'en empêcha, et nous restâmes tous trois en sus-
pens pendant cette crise douloureuse, attendant
qu'il pût donner son idée. Il paraissait agité par
une grande tristesse; son angoisse passait dans
nos cœurs; enfin la voix lui revint, et, s'adressant
à Edouard, qui était près de lui, il lui dit d'un air
désolé :

« Le souvenir de mes blasphèmes et de ma coupable vie m'accable; lors même qu'ils me seraient
pardonnés, je ne pourrais me les pardonner à moi-
même : comment donc en être délivré? seront-ils
toujours devant moi comme d'impitoyables accusa-
teurs? »

« Edouard lui conseilla d'écouter avec confiance
ce que la Révélation déclare à nos cœurs tourmen-
tés et avides de consolations. Ouvrant sa Bible, il
lui lut deux versets de la 1ʳᵉ épître aux Cotossiens.
Ignorant si vous avez chez vous la Sainte Ecriture,
je vais vous les transcrire ici :

« Et vous qui étiez autrefois éloignés de Dieu,
« et qui étiez ses ennemis par vos pensées et par

« vos mauvaises œuvres, il vous a maintenant
« réconciliés avec lui, par le corps de sa chair,
« par sa mort, pour vous faire paraître devant lui
« saints, sans tache et irrépréhensibles, pourvu
« que vous demeuriez bien fondés et inébranlables
« dans la foi, sans abandonner jamais les espé-
« rances de l'Evangile que vous avez entendu. »

« Il lui lut aussi cette si consolante déclaration :

« Jésus-Christ nous a été fait, de la part de
« Dieu, sagesse, justice, sanctification et rédemp-
« tion. » 1 Cor., i, 30.

« Et il ajouta : « Toutes ces pensées de pardon
« gratuit, de délivrance complète, de régéné-
« ration du cœur et par suite de la vie, sont des
« choses que l'œil n'avait point vues, que l'oreille
« n'avait point entendues et qui n'étaient point
« montées à l'esprit de l'homme avant que l'Evan-
« gile nous les eût révélées. »

« Gaspard écoutait avec une attention extraordinaire, ses yeux ne perdaient pas de vue Edouard,
et il aspirait chacune de ses paroles comme altéré
de pardon et de consolation.

« Le voyant ainsi disposé, Edouard se sentit
porté à lui faire entendre le beau cantique que je
vous transcris ici ; la mélodie, d'accord avec les paroles, prêtait à la flexible voix de mon ami une
puissance si saisissante qu'il me semblait que le

26

chœur des anges l'accompagnait, je ne saurais
raconter de telles émotions :

Eternel, ô mon Dieu, j'implore ta clémence;
Indigne de pardon devant ta sainteté,
Je n'ai droit, je le sens, qu'à ta juste vengeance,
Car ton œil est trop pur pour voir l'iniquité.

« Gaspard, surpris et visiblement ému par ses
accents mélodieux, joignit les mains et parut s'absorber dans une méditation profonde.

Du juste seul tu dois exaucer la prière,
Mais il n'est qu'un seul juste, et ce juste, c'est toi,
Toi qui vins en ton Fils partager ma misère;
Et ce Fils aujourd'hui veut t'implorer pour moi.

« Des larmes coulaient doucement sur les joues
blêmes du pauvre malade, il était toute attention et
son regard avait repris une vie extraordinaire.

Je suis le criminel, Jésus souffre à ma place;
Par sa mort, il m'arrache à l'éternel trépas.
Que lavée en son sang, mon âme trouve grâce!
Et que son Esprit saint vienne guider mes pas!

« Merci, merci! » dit-il en tendant la main à
Edouard, « vous venez de me donner un soulage-

ment prodigieux. Ce chant a éveillé dans mon
cœur des idées et des émotions toutes nouvelles;
j'ai entrevu quelque chose de cette infinie charité
de Dieu dont vous m'avez parlé, et je comprends
que plus le pécheur est coupable, plus la miséricorde de son juge est manifestée... »

« Il ne put en dire davantage, une nouvelle
crise d'oppression lui ôta l'usage de la parole pendant quelques heures. »

« Il a vécu encore trois jours pendant lesquels la
vie morale soutint la vie physique épuisée en lui.
Nous avons vu se produire une belle transformation
dans son cœur; il devint simple comme un enfant,
reconnaissant, affectueux, son humilité a été complète, il se regardait comme le dernier des hommes et répéta souvent, et toujours avec attendrissement, ce verset qu'Edouard lui avait lu et dont il
s'était aussitôt emparé avec ardeur :

« Cette parole est certaine et digne d'être reçue
« avec une entière croyance; que Jésus-Christ est
« venu au monde pour sauver les pécheurs, dont
« je suis le premier. » (1 TIMOTHÉE, I, 15).

« Il nous recommanda sa mère, priant Edouard
instamment de la solliciter de se tourner vers Dieu
qu'elle n'avait pas encore connu... Mon ami s'ac-
quitta de ce solennel message, mais sans succès,
sembla-t-il; cette âme indifférente était comme
éteinte; la vérité n'y trouvait point d'échos.

« Il nous dicta plusieurs lettres et voulut les faire partir immédiatement; les unes avaient pour but de rétracter des paroles impies et d'annoncer la grâce dont il venait d'éprouver les effets, les autres devaient réparer des injustices de diverses sortes ou justifier des gens calomniés par lui. Nous l'avons vu quitter ce monde en paix, parce qu'il croyait à la pleine miséricorde de Dieu, répétant avec une profonde gratitude le nom de Jésus; ce nom, qui est la délivrance même, fut le dernier qu'il prononça en expirant.

« Demain, après lui avoir rendu les derniers devoirs, nous quitterons cette ville. Le grand témoignage de la puissante charité de Dieu, dont nous venons d'être témoins, nous en rendra le souvenir à jamais précieux. Notre projet est de passer trois semaines à Rome et de revenir ensuite par mer directement à Marseille. Je me séparerai donc bientôt d'Edouard, ce qui me sera extrêmement pénible, car il a été pour moi un guide, un exemple et un ami.

« Adieu, mon cher Paul, comptez sur ma sincère amitié.

G. de M.

LIV

MADAME LA COMTESSE D'ORVILLE A SON NEVEU

Paris, 2 décembre 1861.

Encore une petite lettre, mon cher Gaston, avant votre retour ; je ne saurais attendre trois semaines pour vous dire combien votre dernière nous a fait de plaisir, il nous tarde infiniment de vous revoir.

Je ne suis point surprise des douces expériences que vous faites, car je m'explique d'où vous vient la force d'âme qui vous soutient, et cette influence bienfaisante qui s'étend sur les sentiments que vous portez à Suzanne. En cédant à l'impulsion que la charité vous a donnée, vous avez attiré de nouveaux dons, et je vous dirai tout bas, car ceci est fort intime, qu'il se passe des choses analogues dans mon cœur. En m'appliquant de jour en jour à faire ce que la Parole de Dieu prescrit, je reçois plus de clarté dans mes vues et de force dans ma volonté. Cette relation si réellement filiale avec le Seigneur est un bonheur dont je ne me serais jamais fait une idée avant de l'éprouver moi-même.

« Votre ami, le jeune marquis de Lutry, est venu s'informer si vous étiez arrivé, je l'ai reçu en votre honneur le plus gracieusement que j'ai pu et nous avons beaucoup parlé de vous; il a tout à fait le cachet de l'homme du monde, et même du monde très-léger; cependant, il m'a intéressé, car il vous aime, je l'ai senti à plusieurs choses qu'il m'a dites; vous ferez bien de l'inviter quand vous serez ici, afin qu'il puisse voir de ses yeux que les gens sérieux ne s'ennuyent pas, et même qu'ils ne sont pas ennuyeux. Ma chère cousine est arrivée; c'est une précieuse acquisition pour l'agrément de notre maison; l'âge n'a point diminué sa vivacité d'esprit et de manières, ni rien ôté à sa bonne mémoire, qui est un riche répertoire de choses anciennes et de choses nouvelles; aussi est-elle au courant de tout. Elle a le don de peindre les gens et les choses avec une vérité saisissante, imitant les accents, les gestes, et jusqu'à l'expression des physionomies, tout cela sans malice et sans médisance; c'est une simple reproduction fort amusante en certains cas; elle fait dans la vie, comme avec son habile crayon, des croquis de maître en quelques traits. Cette chère cousine nous a apporté toutes espèces de lectures qu'elle a choisies pour nos soirées, elle s'intéresse aux sujets les plus divers, et puise aussi bien dans un livre d'agriculture ou d'économie politique que dans un roman ou dans un recueil de poésies; elle a, comme l'abeille, le don de butiner du miel partout où il s'en trouve; sa pénétrante intelligence la sert à merveille pour cela. Je pense qu'on doit attribuer une amabilité si remarquable à ce discernement délicat qui lui fait apercevoir et saisir avec tant d'empressement le beau moral, que si peu de gens savent voir chez autrui; personne ne l'ennuie, elle tire parti de tout, même des esprits les plus bornés, leur faisant mettre en dehors le peu d'idées ou d'expérience qu'ils possèdent et renvoyant chacun enchanté de soi et d'elle. Cette chère cousine me disait :

« — Il n'y a que le démon avec lequel il n'y a rien à gagner, toute créature humaine a pour le moins une bonne qualité, il faut faire constamment appel au bien et ne pas réveiller le mal. Il en est un peu de la perversité comme de ces maladies qu'on ne peut traiter qu'en assoupissant le malade. Mettez, en effet, une personne fausse et médisante par habitude au milieu de gens véridiques et bienveillants, elle sera désorientée et vexée d'abord, mais sa méchanceté finira, faute d'exercice, par s'engourdir et l'influence de la bonté l'emportera enfin, parce qu'elle en sentira la salutaire supériorité pour son propre repos. »

« Nous n'avons point encore eu de réception, et je crois que nous ne ferons à cet égard que l'indispensable, mais nous goûtons un très-vif plaisir à réunir souvent quelques personnes choisies ; le comte et moi sommes fort désireux de contribuer au réveil des esprits sérieux et de faire de notre maison un centre utile pour tout ce qui pourra favoriser dans notre société le développement des sentiments bienveillants et charitables en faveur des affligés et des opprimés de tout genres ; il est plus que temps que les personnes haut placées sachent prendre l'initiative pour la réforme de ce luxe et de cette frivolité qui ont atteint, semble-t-il, les dernières limites. Quelle responsabilité, cher Gaston, pèse sur nous autres, gens de loisir et d'éducation, qui devons donner l'exemple et exercer un esprit bienveillant envers tous! Que vous êtes heureux d'avoir vécu en tête-à-tête avec un homme d'une si grande distinction morale et intellectuelle! Ce voyage a été une bien bonne chose pour vous et pour lui! Pourquoi les grandes âmes sont-elles si clairsemées dans ce pauvre monde? Il semble qu'elles devraient faire nombre, car la supériorité du juste sur l'injuste et de la vérité sur le mensonge est évidente comme la clarté du jour. On ne peut attribuer un aveuglement si général et si persistant qu'à un secret asservissement au mal qui nous est bien expliqué par ces paroles :

« Ils ont mieux aimé les ténèbres que la lumière, « parce que leurs œuvres sont mauvaises. (JEAN, III.)

« Je ne puis vous dire combien je suis enchantée
de la transformation de notre intérieur, tout y a pris
vie, l'hôtel n'est plus solitaire ; des intérêts multi-
ples se partagent notre temps, nous avons fait la
connaissance de plusieurs personnes parfaitement
aimables qui ont désiré nous être présentées, parce
qu'elles ont appris que nous avons à cœur les
intérêts de la classe ouvrière, elles s'en occupent
aussi et nous ont offert de joindre leurs efforts aux
nôtres pour aviser au moyen d'atteindre notre commun but. Je vois déjà que ce seront pour nous de
bons amis et une société tout à fait d'accord avec
nos vues et nos sentiments.

« J'ai introduit d'assez grandes réformes dans
notre maison, il y avait beaucoup d'abus faute de
surveillance suffisante dans plusieurs parties du
service. Le bon goût et le comfort peuvent être
conservés tout en supprimant une foule de choses
et d'habitudes qui se sont introduites par imitation
et laisser-aller. J'ai déjà réalisé ainsi une forte
épargne sur nos dépenses générales, ce qui me
permet de répondre généreusement aux appels
qui nous sont faits et de préparer quelques œuvres
très-utiles. Le comte a bien voulu consentir à pré-
lever la dixième partie de nos revenus au profit
d'autrui, ce sera donner moins que le peuple juif
ne le faisait et ne le fait encore probablement ;
mais c'est une grande chose obtenue.

« Tout ce qui peut seconder l'éducation des enfants du peuple a un attrait particulier pour moi, je m'occupe d'un projet à cet égard, et, dès votre retour, nous combinerons cela ensemble, il faut absolument travailler sur la nouvelle génération pour enrayer le développement si effrayant de l'incrédulité. Que de choses nous aurons à nous raconter, mon cher Gaston, et combien les sujets qui nous intéressent sont nombreux !

« Je vous quitte avec le doux espoir de vous revoir bientôt.

« Votre affectionnée tante,

« PULCHÉRIE D'ORVILLE. »

LV

NOEL

Edouard Ferny n'était pas revenu à Lagny depuis plusieurs années, le temps de ses vacances étant toujours mis à profit pour des leçons dont le prix était destiné à ses frais d'études pendant le reste de l'année. Suzanne l'avait donc perdu de vue quant à sa personne tout en connaissant ce qui le concernait par les relations intimes qui unissaient madame Ferny à la famille Frantz. La première impression qu'elle reçut à l'arrivée d'Edouard lui fut défavorable. Il était pâle, amaigri, tout son extérieur avait un air de négligence et un manque de grâce et d'aisance que frappa d'autant plus la jeune fille qu'elle avait encore présent à son souvenir les manières distinguées et les traits mâles et réguliers de M. de Mervins. Ce premier coup d'œil donné, Suzanne n'y songea plus, car elle apprit bientôt à connaître Edouard sous des rapports qui gagnèrent sa confiance. Les entretiens qu'il avait les soirs avec son oncle Georges attiraient toute son attention, ils s'occupaient ensemble des questions à l'ordre du jour qui concernent directement le bonheur du peuple, améliorations et réformes dont Suzanne sentait elle-même l'urgente nécessité depuis qu'elle avait entrevu le monde et ses misères.

Dans ce petit cercle de la Prairie circulait une vie abondante et généreuse. L'activité de l'intelligence et celle du cœur s'y manifestait sous les formes les plus variées, et ce fut au milieu de ces bienfaisantes joies de l'amitié que se produisit la proposition de voyage pour Edouard avec M. de Mervins ; il fut, comme on le sait déjà, mis de suite à exécution et Maurice invita madame Ferny à venir passer ces quelques mois chez lui. La récolte du blé avait manqué dans le canton ; on redoutait la cherté des vivres pour l'hiver, parce que la saison

pluvieuse avait nui à toutes les productions sur lesquelles le paysan compte pour son alimentation
journalière. Maurice jugea fort à propos de prendre des mesures contre ces difficultés prévues et
fit un achat assez considérable de céréales à l'étranger, qu'il revendit à Lagny et aux environs à prix
coûtant, avec la condition de ne pas élever le prix
du pain. Il réalisa, par cette ingénieuse prévoyance
un bien considérable pour ce petit pays, et lorsqu'on lui en exprimait de la reconnaissance, il répondait simplement que cette idée lui étant venue,
il allait de soi de la mettre à exécution, qu'il aurait
été sans excuse de ne pas faire la chose.

L'hiver est précoce dans les vallées entourées de
montagnes, il a un aspect sévère, car les nuits sont
plus longues et plus froides qu'en plat pays, mais
on s'applique à défier les frimats en préparant de
chauds vêtements et de fortes provisions de bois
amassées dans le bon temps. Chaque difficulté
suscite l'industrie et amène ainsi d'utiles compen-
sations, c'était le cas de la ferme en particulier,
personne n'y redoutait la mauvaise saison ; on s'en
était fait une amie par de prévoyants préparatifs de
toutes sortes qui entretenaient le bien-être et l'a-
bondance.

Le 24 décembre était chaque année un jour de
bonheur et de libéralités. Aux anciennes coutumes
des ancêtres s'en étaient ajoutées de nouvelles, et

toutes avaient également pour but de solenniser
joyeusement ce grand anniversaire.

Le premier Noël a été célébré par le chant « d'une
« multitude de l'armée céleste, louant Dieu et di-
« sant :

« Gloire à Dieu au plus haut des cieux; paix sur
« la terre; bonne volonté entre les hommes ! »

C'était dans ce même esprit qu'on célébrait la
fête de Noël à la Prairie. On donnait gloire à Dieu
en le louant par de saints cantiques chantés de
cœur avec adoration; on exerçait sur tout le voisinage un esprit de paix et de bienveillance ; s'il y
avait des inimitiés parvenues à la connaissance de
Maurice, il prenait d'avance ses mesures pour faire
naître un rapprochement et obtenir un sincère pardon, donnant pour plus puissant argument la parole des anges :« *Paix sur la terre, bonne volonté*
« *entre les hommes.* » Il lui arriva bien souvent d'é-
teindre de vieilles rancunes nées de l'avarice et qui
avaient résisté à ses représentations, en donnant
de sa poche, sous le sceau du secret, l'argent qui
avait causé tout ce mal. En prévision de cet heureux jour, on préparait très-longtemps à l'avance
les cadeaux qu'on voulait faire aux indigents, dons
en nature de toutes sortes, car pendant l'année
écoulée les enfants avec leur mère avaient, à un
moment déterminé de la journée, confectionné des
bas et des vêtements chauds pour leurs pauvres

chers amis du voisinage, qu'ils connaissaient tous
de noms et d'âges et dont les divers besoins avaient
été pris en note secrètement. Chacun d'eux s'attendait à recevoir le complément de sa garde-robe
dans ce grand jour et la chambre consacrée à recueillir tous ces préparatifs était bien remplie quand
le temps de la distribution arrivait. Mais on ne se
bornait pas à penser aux pauvres à la Noël : c'était
la fête de tous les habitants de la maison, enfants
et domestiques, chacun avait sa bonne part. Une
année était assez longue pour rendre au fameux
sapin tout son prestige, et quoique le programme
de la joyeuse cérémonie fût bien connu, elle se présentait toujours avec son caractère de surprise et
de bruyant ravissement.

Ce soir-là, au moment où l'arbre, chargé d'une
multitude de bougies en souvenir de la nuit étoi-
lée de Bethléem, venait d'être illuminé et que le
coup de sonnette traditionnel avait donné le signal
pour l'entrée des enfants et de leurs amis, le bruit
des roues d'une voiture résonna sur le pavé de la
cour, et aussi rapidement que la foudre succède à
l'éclair en un jour d'été, aussi promptement parut
Edouard Ferny au milieu de la nombreuse réunion. Il était resplendissant de santé, son regard
vif, son air heureux lui donnaient une apparence
si différente de celle qu'il avait à son départ, quelques mois auparavant, que l'étonnement général
fut égal à la joie causée par sa présence.

La fête des enfants, un instant suspendue par cet événement, ne tarda pas à reprendre son cours. Edouard s'y associa immédiatement, mais quand les jeunes héros du jour eurent recueillis leurs dons et pris leur gai repas, une autre fête, toute intérieure et profondément sentie par l'heureuse mère et la famille toute entière, commença pour tous. Madame Ferny croyait rêver en comparant ce florissant jeune homme au blême convalescent qu'elle avait ramené de l'Université. La conversation ne pouvait tarir, les heures s'envolaient sans qu'on s'en doutât, tant l'échange des idées et des sentiments était facile et doux. Minuit sonnèrent et le souvenir du divin anniversaire s'empara à l'instant de tous les cœurs. Maurice se fit apporter la grande vieille Bible de ses aïeux qui servait toujours en cette circonstance, et l'ouvrit au neuvième chapitre du prophète Esaïe, pour lire cette belle prédiction :

« L'Enfant nous est né, le Fils nous a été donné,
« l'empire a été posé sur son épaule, et on l'ap-
« pellera l'Admirable, le Conseiller, le Dieu Tout-
« Puissant, le Père de l'Eternité, le Prince de la
« paix. »

Un chant harmonieux et plein d'adoration et de ferveur vint clore cette heureuse soirée. Tous les cœurs étaient à l'unisson pour croire et aimer avec reconnaissance.

LVI

GASTON DE MERVINS A EDOUARD FERNY

Paris, 10 janvier 1862.

Depuis que nous avons pris congé l'un de l'autre à Dijon, mes pensées vous ont constamment suivi, et j'attends avec impatience chaque jour la lettre que vous m'avez promise ; je comprends que la joie du retour et les bons amis qui vous entourent aient absorbé votre attention et vos moments, mais je vous connais assez pour ne pas douter de la fidélité de votre affection, et ne saurais plus me passer des douces relations qui se sont établies entre nous.

« Mon oncle et ma tante m'ont fait le plus tendre accueil, jugez de ma reconnaissance en me voyant l'objet de tant de sollicitude ; jusqu'ici, jamais personne ne m'avait attendu ni désiré ; je tournais dans le vide, mais maintenant j'ai vraiment une famille à laquelle je me sens uni. La comtesse, avec sa gracieuse et vive imagination, a voulu que les faits repondissent aux sentiments ; en conséquence, elle avait orné de fleurs ma chambre comme en un jour de fête, et y avait placé les deux beaux

grands portraits de mon père et de ma mère, au-
dessous desquels étaient suspendues sa photo-
graphie et celle de mon oncle comme pour me
montrer qu'ils voulaient remplacer auprès de moi
les parents que j'ai perdus. Cette attention m'a
profondément ému.

« L'hôtel est charmant cet hiver; tout y respire
la vie nouvelle dont ses habitants sont animés.
L'apparence somptueuse qui caractérisait cette
demeure semble avoir disparu. Je ne sais à quoi
attribuer cette impression, car rien ne me paraît
changé dans l'ameublement, les mêmes tableaux
décorent les appartements. Peut-être faut-il attribuer cette appréciation à la transformation des
habitudes et de la manière d'agir de la maîtresse
de la maison? La vie matérielle est dominée par
celle de son âme, et tout s'en ressent autour d'elle.

« Je ne puis dire avec quelle satisfaction toujours
nouvelle je me retrouve chaque jour dans ce centre
d'affection. Nous nous faisons part mutuellement
de ce qui nous arrive ou nous préoccupe ; il y a un
charme infini dans cette communauté d'idées et de
sentiments ; la conversation est pleine d'agrément
et de profit pour moi par le fait de l'expérience de
ceux qui m'entourent. Je suis déjà fort lié avec la
vieille cousine de ma tante, quoiqu'elle me soit une
nouvelle connaissance ; elle s'est mise si vite au
courant de mes projets et y a pris tant d'intérêt,

que nous ayons mille choses à nous dire ; ses observations, d'ailleurs, sont fort judicieuses. Mon oncle approuve mon plan d'étude, il m'a communiqué ses observations très-paternellement et j'y puise de précieux renseignements. Je crois qu'il est très-occupé d'idées religieuses, car il écoute nos conversations sur ce sujet d'un air approbateur et méditatif, mais il ne le traite pas lui-même, et je pense qu'il n'a pas franchi la barrière qui sépare le simple assentiment donné à la vérité, de la profession décidée de disciple de Christ. Sa manière de vivre n'est cependant plus la même, il fréquente peu son cercle, et ne quitte le soir son intérieur que lorsqu'il ne peut se dispenser de se rendre à certaines réceptions officielles. Grâce à son intermédiaire, je suis entré en relation avec plusieurs hommes généreux et capables qui s'occupent en philanthropes de la question des prisons, et ont déjà obtenu quelques résultats favorables par leurs réclamations persévérantes auprès des autorités compétentes. Je suis heureux de trouver ce noyau de gens zélés, mais je vous avoue que leur manière de voir et de sentir ne me satisfait point, parce qu'ils manquent de spiritualité. Je retrouve dans leurs meilleurs projets les mêmes lacunes et les mêmes tendances que dans l'organisation actuelle ; leur charité paraît réelle, mais elle est bornée et sans portée, puisqu'elle n'embrasse pas les intérêts éter-

nels des coupables et se renferme dans une compassion toute terrestre. Ah ! cher Edouard, qu'il
est affligeant de constater que, pour de si grands
maux, on emploie de si impuissants remèdes.
Voyez là conséquence de cette insuffisance de
moyens réparateurs ! Combien les récidives sont
fréquentes et combien il est rare que le séjour dans
les prisons amène la réforme des coupables ! Vous
avez à cet égard des idées avec lesquelles je sympathise entièrement et que je voudrais faire connaître. En effet, il faudrait que ces grandes questions fussent étudiées à la lumière de la charité de
Dieu et que ce fût par ses inspirations que les lé-
gislateurs fussent guidés pour faire du relèvement
des criminels le but essentiel de leur œuvre. Il
importerait aussi que la société fût pénétrée du
même esprit et que loin de repousser les détenus
après leur libération, elle leur offrît une protection
efficace et des moyens de réintégration qui leur
vinssent moralement en aide.

Je vois tous les jours davantage combien il y a
de paganisme dans les idées qui ont cours dans le
monde, et cet état d'ignorance spirituelle explique
l'abaissement et l'espèce d'aveuglement dans lequel se trouve une grande partie de notre population. Ce mal continuera ses ravages si on ne lui
oppose pas une influence vivifiante et énergique. Il
faudrait, en augmentant le nombre des écoles,

fournir de saines et utiles lectures au peuple, car
si la lumière ne le guide pas dans le bon chemin,
elle le fera marcher plus vite dans le mauvais et
précipitera sa perte.

« Il m'est évident que, pour remonter le courant
des usages et des préjugés qui ont force de loi dans
nos mœurs je dois acquérir une expérience et une
capacité dont je suis encore dépourvu; il me faudra
du temps, des études, et surtout le développement
de la vie intérieure pour arriver à la maturité exigée par un travail qui rencontrera tant d'obstacles.

« J'ai revu Paul; il m'a satisfait par ses dispositions; l'expression de sa figure et ses manières
se ressentent déjà de ce qui se passe dans son cœur,
et j'ai le plus grand espoir de le voir bientôt délivré « *du filet de l'oiseleur* » dont il avait été si habilement enlacé. Ma tante l'a invité plusieurs fois,
elle entre pleinement dans la sollicitude que je lui
porte, et il paraît étonné de trouver tant de sérieux et de bonté chez une femme d'un esprit si
aimable.

« La mort de son neveu paraît avoir fait sur
Paul une grande impression; il a eu sous les
yeux, dans ce triste événement, une preuve bien
forte de la fragilité du bonheur terrestre, et je crois
que sa légèreté a été blessée à mort par ce chagrin,
car il aimait beaucoup ce jeune homme.

« Je vous quitte avec l'espoir de recevoir pro-

chainement une longue lettre de vous, mon cher
Edouard.

« Votre affectionné,

« GASTON. »

LVII

GEORGES FRANTZ A MADAME D'ORVILLE

« La Prairie, 21 mars 1862.

« Madame,

« Nous avons appris par Edouard que monsieur
votre neveu s'occupe très-sérieusement de la question des prisons, et cette nouvelle nous a causé
une vive joie. Voilà donc un ami zélé, acquis à
cette classe d'infortunés dont le sort excite, en
général, si peu de sollicitude spirituelle ; nous
plaiderons leur cause, de concert avec lui dans
notre retraite, car nous prenons le plus vif intérêt
à cette œuvre importante. M. de Mervins, par son
zèle et son exemple, entraînera sans doute d'autres
âmes généreuses dans cette voie, et, à cet égard
encore, il sera fort utile ; car, ce qu'il faut maintenant à notre cher pays, ce sont des hommes qui se
montrent décidés pour le bien par conviction, et

qui aient de l'initiative pour le réaliser. Les spé-
cialités se manifesteront ensuite pour l'utilité commune; le zèle, une fois allumé, la vie morale
reprendra son cours, et une saine émulation ramè-
nera parmi nous la véritable prospérité.

Nous nous faisons tous un très-grand bonheur
de voir se réaliser votre bienveillante promesse de
vous réunir à notre famille pour l'événement qui
s'apprête. Le mariage de Suzanne et de Ferny est
fixé au 15 mai, mais s'il entrait dans vos conve-
nances, madame, que le moment fût plus rappro-
ché, à cause de votre départ pour Saint-Pol, nous
y aviserions.

« Edouard avait formé le projet de se consacrer
aux missions chez les païens; il voulait porter
l'Evangile là où il est encore ignoré, mais ses idées
se sont modifiées en observant de près les besoins
de la France; il a compris que c'était à son propre
pays qu'il devait se consacrer, pour répandre la
connaissance du pur christianisme, qui seul peut
guérir les plaies de la société moderne. La liberté,
les progrès moraux et sociaux, ainsi que la fraternité réelle entre tous les hommes, sont les conséquences de cette céleste doctrine.

Il voudrait faire comprendre aux ouvriers comme aux gens lettrés que chaque bon citoyen,
quelle que soit sa position, a une tâche très-im-
portante à accomplir pour soutenir virtuellement
notre vie sociale.

« La manière dont nos relations se sont établies
avec vous, madame, a quelque chose de fort simple
et de très-naturel, mais si nous considérons combien peu, selon les apparences, nous étions desti-
nés à nous connaître, nous admirerons que, par des
circonstances insignifiantes en apparence, des liens
si précieux pour chacun de nous aient pu se former successivement, et nous y reconnaîtrons cette
action mystérieuse et puissante qui, à notre insu,
prépare de bienfaisants résultats.

« Mon père me prie de vous offrir ses respectueuses salutations. Suzanne se propose de vous
écrire au premier jour, et moi je demeure, madame,
votre dévoué et affectionné serviteur,

« G. FRANTZ. »

FIN

TABLE DES MATIÈRES

I. — Introduction .... pages 1
II. — Le Dévouement 8
III. — Encore des Larmes 19
IV. — Le Calme après l'Orage 26
V. — Nouvelles Epreuves de Maurice 39
VI. — Le Sacrifice 52
VII. — Une Vocation 56
VIII. — L'Ecole 61
IX. — Le Départ de Dorothée 68
X. — Séjour en Algérie 73
XI. — Correspondance 90
XII. — Mariage de Georges 96
XIII. — Les Jeunes Epoux 105
XIV. — Suzanne Enfant et Jeune Fille 111
XV. — L'Ecole du Dimanche 116

XVI. — La Vie en Famille.................. pages 126

XVII. — Les Enseignements de Georges........... 133

XVIII. — Retour de Suzanne à la Prairie.......... 141

XIX. — Départ de Suzanne pour Paris........... 151

XX. — Arrivée de Suzanne chez Madame d'Orville 156

XXI. — Lettre de Suzanne à son Oncle Georges.. 162

XXII. — Madame Georges Frantz à sa Nièce..... 172

XXIII. — Première Lettre de Madame d'Orville à sa
Cousine 177

XXIV. — Deuxième Lettre de Madame d'Orville à sa
Cousine........................... 188

XXV. — Troisième Lettre de Madame d'Orville à sa
Cousine........................... 199

XXVI. — Quatrième Lettre de Madame d'Orville à
sa Cousine........................ 215

XXVII. — Cinquième Lettre de Madame d'Orville à
sa Cousine........................ 220

XXVIII. — Suzanne à son Oncle 229

XXIX. — Encore Suzanne à son Oncle........... 240

XXX. — Suzanne à sa Famille................ 247

XXXI. — Paul de Lutry à Gaston de Mervins...... 257

XXXII. — Gaston de Mervins à Paul de Lutry...... 260

XXXIII. — La Vocation de la Jeune Fille.......... 264

XXXIV. — Suzanne à Madame Georges Frantz..... 271

XXXV. — Madame d'Orville à sa Cousine......... 282

XXXVI. — Suzanne quitte Madame d'Orville....... 287

XXXVII. — Madame d'Orville à Mlle de Buiry....... 293

XXXVIII. — Madame d'Orville à Georges Frantz...... 302

XXXIX. — Suzanne à Madame d'Orville.......... 306

XL. — Charles Berthier à Georges Frantz...... 313

XLI. — Georges Frantz à Madame d'Orville...... 315

XLII. — Madame d'Orville à Suzanne........... 318

XLII. — Madame d'Orville à Suzanne........... 318

XLIV. — Edouard Ferny . . . . pages 326

XLV. — Gaston de Mervins à Madame d'Orville . . . 331

XLVI. — Paul de Lutry à Gaston de Mervins 335

XLVII. — Le Voyage 338

XLVIII. — Monsieur de Mervins à Madame d'Orville 351

XLIX. — Gaston de Mervins à Paul de Lutry 356

L. — Madame d'Orville à M. de Mervins 364

LI. — Paul de Lutry à Gaston de Mervins 371

LII. — Monsieur de Mervins à Madame d'Orville 375

LIII. — Monsieur de Mervins à Paul de Lutry 378

LIV. — Madame d'Orville à son neveu 389

LV. — Noël 394

LVI. — Gaston de Mervins à Edouard Ferny 400

LVII. — Georges Frantz à Madame d'Orville 405

FIN DE LA TABLE.

Nice: — Typ. V.-Eugène Gauthier et Cᵉ, descente de la Caserne, 1.

www.ingramcontent.com/pod-product-compliance
Lightning Source LLC
Chambersburg PA
CBHW050743030726
47505CB00002B/379